W0239287

Matt Rees

DIE DAMASKUS-CONNECTION

Unverkäufliches, unkorrigiertes Leseexemplar

Pressesperrfrist: 26. Januar 2018
Wir bitten Sie, Rezensionen nicht vorher zu veröffentlichen.
Vielen Dank für Ihr Verständnis.

Matt Rees

DIE DAMASKUS-CONNECTION

Thriller

Aus dem Englischen
von Werner Löcher-Lawrence

C.H.Beck

Titel der englischen Originalausgabe:
The Damascus Threat. An ICE Thriller

Für die deutsche Ausgabe:

Gesetzt aus der Guardi LT und der Neuen Helvetica:
Janß GmbH, Pfungstadt
Druck und Bindung: Pustet, Regensburg
Umschlaggestaltung: Geviert, Grafik & Typographie,
Michaela Kneißl
Umschlagabbildung: shutterstock
Gedruckt auf säurefreiem, alterungsbeständigem Papier
(hergestellt aus chlorfrei gebleichtem Zellstoff)
Printed in Germany
ISBN 978 3 406 70042 2

www.chbeck.de

Für Lisa Erbach Vance

«Geduld ist die Kunst des Hoffens.» (Luc de Clapier, 1746)
Hab Dank für deine große Geduld und Kunst.
Hier kommt die Hoffnung …

Dank auch den ICE-Agenten
des New York City Field Office

«Das ICE wird sein Anti-Weiterverbreitungs-Programm ausbauen und sich dabei auf die besonders ernsten Bedrohungen konzentrieren: nukleares Material, fortgeschrittene Waffensysteme und risikoreiche Technologien.»

US Immigration and Customs Enforcement (ICE)

Alle in diesem Roman vorkommenden Namen, Personen, Organisationen, Orte und Ereignisse entspringen entweder der Phantasie des Autors oder werden rein fiktiv benutzt. Jede Art von Ähnlichkeit mit tatsächlichen Geschehnissen, Orten oder Personen, lebend oder tot, sind nicht beabsichtigt und rein zufällig.

Prolog

Underwood hängte sie im Staub und Gedränge um das Grab der Enkelin des Propheten Mohammed ab, stieß mit seinem Jeep auf den Airport-Highway und hielt im Rückspiegel nach dem Mercedes Ausschau, der sich zwischen Eselskarren und überfüllten, bedenklich zur Seite neigenden Mini-Bussen durchwand. Zehn Minuten später kam der Jeep schlitternd vor dem ruhigen Terminal zum Stehen. Ein lethargischer Flughafenangestellter richtete warnend seinen Finger auf das «Nur für Taxis»-Schild am Bordstein. Underwood zog ein paar zerknüllte Geldscheine aus seiner Cargo-Hose und drückte sie dem Mann in die Hand. In der Hitze stach ihm jeder Atemzug scharf und qualvoll in die Lunge, während er unter dem schlecht gemalten Schild mit der Aufschrift *Die syrisch-arabische Republik verabschiedet sich und wünscht Ihnen eine glückliche* hindurchstolperte. Glück schien etwas so seltsam Fremdes in Damaskus zu sein, dass es den Schildermaler offenbar von der Leiter geworfen hatte, bevor er den Satz beenden konnte. Underwood verstand den Mann.

Drei Männer in weiten, schwarzen Lederjacken und mit dicken Schnauzbärten liefen zwischen Security-Gate und Tabakkiosk hin und her, und Underwood war lange genug im Nahen Osten gewesen, um zu wissen, dass sie zum Geheimdienst, dem *Muchabarat*, gehörten. Unter schweren Lidern starrten sie ihn an, als könnten sie ihn schon mit ihren Blicken zur Strecke bringen.

Er tastete nach dem Päckchen in der Schenkeltasche seiner Hose. Es war klein und leicht, fühlte sich jedoch so todbringend wie die Glock 17 hinten in seinem Hosenbund an. Er spähte nach dem Logo der Post, einem goldenen Kreis mit türkisfarbenem Strich. Aus der Stadt selbst ließ sich nichts mehr verschicken, aber hier, das wusste er, konnte er sein Päckchen geradewegs ins Flugzeug bekommen. Er durchquerte die Halle zum Schalter.

Die Geheimpolizisten folgten ihm mit ihren Blicken. *Sie sehen deine Panik,* dachte er. *Bleib verdammt noch mal ruhig.* Schweiß stach ihm in die Haut, als wären es Fettspritzer aus einer glühend heißen Pfanne. Der Mann draußen hatte sich auf einen Karton gesetzt und pulte sich zwischen den Zähnen herum. Vom Mercedes war nichts zu sehen. *Noch* nicht.

Underwood legte den Arm auf die Schaltertheke, fingerte das Päckchen hervor und zog einen dünnen, blauen Luftpostumschlag aus der Hemdtasche.

Der Postbeamte war mager, mit einem winzigen Schnäuzer und ohne Kinn, wie die Karikatur seines Präsidenten auf dem verblichenen Plakat hinter ihm an der Trennwand. Der Mann nahm den Brief und sagte etwas.

Underwood deutete auf seine Ohren und hörte sich durch die Schwingung in seinem Kiefer rufen: «Ich bin taub.»

Der Mann zuckte zurück. Underwood senkte die Stimme.

«Artillerie. Granaten», sagte er und machte eine Geste, als flögen ihm die Ohren weg. *«Boom.»*

Der Postbeamte zupfte nervös an seinem Schnäuzer und schob ihm eine in schlechtem Englisch verfasste Liste mit den möglichen Versandarten hin. Underwood tippte auf das Wort *Express.* Der Mann nickte und legte die Liste wieder weg.

Der Brief würde das Einzige sein, was seine Frau und Tochter je als Erklärung bekämen. Als eine Art Erklärung.

Das Päckchen ging an Jeff Parry. Der würde der Sache ein Ende machen ... wenn sie nicht ihm ein Ende machte.

Wie mir.

Die Geheimpolizisten wandten sich dem Fenster zu. Underwood folgte ihrem Blick. Der alte Mercedes kam hinter seinem Jeep zum Stehen. Seine Verfolger waren da.

Underwood schob ein verschwitztes Bündel Geld über die Theke. Der Beamte nahm es verwirrt in die Hand. Es waren mehr als fünfhundert Dollar. «Behalten Sie's», sagte Underwood.

Die vier Männer sprangen aus dem Mercedes, angespannt, athletisch, die Gesichter hinter Strumpfmasken versteckt. Kurze, belgische Maschinenpistolen an den Hüften.

«Bitte, sorgen Sie dafür, dass der Brief durchkommt.»

Der Beamte sah, was sich draußen zusammenbraute, und versteckte sich hinter der Theke. Er schüttelte den Kopf.

«Viele Menschen werden sterben, wenn das nicht ...» Underwood griff nach seiner Brieftasche. Er holte ein Foto von Francine heraus. Wegen dieses Zeugs war sein Blick wie vernebelt, und seit Tagen tränten seine Augen, aber das jetzt waren echte Tränen. Er beugte sich über die Theke und zeigte dem Mann das Foto, nahm den Umschlag und wedelte damit in seine Richtung. «Für mein kleines Mädchen.»

Der Postbeamte packte den Brief und das Päckchen und kroch in den Raum hinter der Trennwand.

Die bewaffneten Männer stürmten herein. Underwood schlug vor den verlassenen Mietwagenschaltern Haken, um sie von der Post abzulenken.

Die Geheimpolizisten zögerten. Sie waren hier, um Bestechungsgelder zu kassieren und von Zeit zu Zeit etwas Scotch zu konfiszieren. Schießereien waren was für Leute, bei denen es um alles oder nichts ging.

«Verschwindet», rief Underwood ihnen zu. «Raus hier.» Er zog seine Glock.

Seine Verfolger eröffneten das Feuer. Drei schnelle Feuerstöße, und die Muchabarat lagen am Boden. Der größte der Männer rief auf Englisch: «Erledigt sie.»

Einer der Schützen lief zu den sich windenden Polizisten. Underwood hob seine Glock und traf ihn in den Hals. *Aus zwanzig Metern, die Augen voller Tränen und die Lunge ein nukleares Testgebiet. Nicht schlecht, Daryl.* Er ließ die Waffe sinken und würgte. *Ein guter Schütze ist noch längst kein guter Mensch. Aber das weißt du, oder, Arschloch?*

Der Große hob seine Maschinenpistole und schickte ein Dutzend Kugeln in seine Richtung.

Die Geschosse schnitten durch seine Schienbeine. Er schlug mit dem Hinterkopf auf den Boden. Vor seinen Augen blitzte es auf, dann kehrte die Sicht schemenhaft wieder zurück. Die Decke des Terminals war weit, weit weg, verschattet und ohne Licht. Er schloss die Augen.

Der Schütze grub seinen Stiefel in die breiige Wunde in Underwoods linkem Bein. Der Schmerz war das Geschoss einer Drei-Millionen-Megajoule-Railgun, Underwood zuckte hoch und schlug ein weiteres Mal mit dem Kopf auf den Boden.

Der Mann hockte sich neben ihn und hob die Strumpfmaske. Es war Lance. «Wie geht's, Daryl? Was machst du am Flughafen? Willst du verreisen?»

Underwood konnte die Worte kaum hören. Er versuchte zu akzeptieren, was kam. Er durfte sich nicht wehren. Er musste stumm bleiben, bis seine Post im Flugzeug war, musste seinem Körper erlauben zu sterben, auch wenn seine Seele noch nicht losließ. Lance beugte sich vor. Sein Trapezmuskel hob sich in einem bedrohlichen Winkel und lüftete die schusssichere Weste. Er fasste Underwoods Kinn und drehte den Kopf zur Seite. «Oh, du hast dein Hörgerät verloren.»

Der Spott drang durch Underwoods Taubheit. Er knurrte und würgte.

«Gehen wir, *Hombre.*» Lance packte Underwoods Fuß. Er verdrehte den gebrochenen Knochen und zog ihn über den Boden zur Tür.

Underwood hatte nicht die Luft, um zu schreien.

TEIL 1

Kapitel 1

Amy Weston lief die 26th Street hinunter und spürte ihr nahes Ende. Mit jedem Schritt rückte es näher. Sie hatte Übung darin, den Moment der Auslöschung zu erkennen. In Libyen hatte sie sich um phosphorversengte Kinder gekümmert, in Syrien war es Nervengas gewesen. Wann immer ein Patient starb, zählte sie die Tage bis zu ihrem eigenen Ende herunter. Jetzt zählte sie, weil der Hagere hinter ihr her war. Die Kapuze seines grünen Sweatshirts verschattete sein todesbleiches Gesicht, aber sein Mund verriet eine amüsierte, raubtierhafte Lust.

Weston eilte durch den Verkehr auf der Ninth Avenue. Würde er es hier tun? Hier waren zu viele Menschen. Er kam näher. Er versuchte nicht einmal, unerkannt zu bleiben.

Einen Block weiter lag das Gebäude der Polizei- und Zollbehörde des Ministeriums für Innere Sicherheit, des *US Immigration and Customs Enforcement,* kurz ICE. Da war sie sicher. Fürs Erste.

Die Hand des finsteren Mannes hinter ihr steckte in der Tasche seines Kapuzen-Sweatshirts. Da hatte er eine Pistole, Weston war sich sicher. Wegen ihr hatte er sie dabei.

Quanah hatte sie zum ICE geschickt, weil sie unbedingt mit einem Beamten der amerikanischen Regierung reden wollte. Jedes Vergehen, jedes Verbrechen, bei dem die Grenzen des amerikanischen Staates überschritten würden, liege im Zuständigkeitsbereich des ICE, hatte er gesagt. Weston hatte noch nie von der Truppe gehört. «Ist Verrazzano einer von den Guten?», hatte sie gefragt.

Quanah brummte: «Du brauchst keinen Guten.»

Der Kapuzenmann wurde schneller. Weston rannte. Die Erinnerung an Quanah, seine Kraft und Liebe, überwältigte sie. Wenn er jetzt hier wäre, müsste sie nicht rennen.

Sie stieß mit einem telefonierenden, jungen Mann zusammen und stolperte auf die Straße.

Ein gelbes Taxi wich ihr aus und kam mit quietschenden Reifen vor ihr zum Stehen.

Der Kapuzenmann hielt auf sie zu, eine Hand auf die Brust gepresst, das blasse Gesicht verzerrt. Vielleicht war er dem Tod näher als Weston.

Sie flüchtete auf den Rücksitz des Taxis. «Fahren Sie. Schnell, fahren Sie.»

Der Fahrer war ein schlanker Haitianer. Er setzte den Wagen in Bewegung.

Die Ampel der Avenue schaltet auf Gelb. Der Haitianer bremste.

«Fahren Sie», schrie sie. «Zwanzig Dollar. Zwanzig Dollar, wenn Sie's noch schaffen.»

Der Haitianer zögerte, trat aufs Gas und raste die Avenue entlang.

Weston starrte aus dem Rückfenster. Ihr Verfolger war verschwunden. Sie hatte den Schmerz in seinem Gesicht und die Hand auf seiner Brust gesehen. Er war einer von *ihnen*. Sie wusste es. Und es saß in seiner Lunge. Offenbar hatte es auch ihn erwischt.

Etwa einen halben Block weiter drückte sie dem Fahrer einen Schein in die Hand, sprang aus dem Auto und rannte auf die nördliche Straßenseite, auf ein zu einem Bürogebäude konvertiertes Lagerhaus zu.

Ein halbes Dutzend Leute stand am Empfang, um sich

in die Besucherliste einzutragen. Sie drängte an ihnen vorbei und verströmte eine solche Angst und Dringlichkeit, dass selbst die sonst so direkten New Yorker keinerlei Kommentar dazu abgaben.

Weston zog eine zusammengefaltete Ausgabe der *New York Times* aus der Tasche und suchte nach einem Ausweis, bekam ihren Führerschein zu fassen, warf ihn auf die Theke und setzte ihren Namen auf die Liste. Der Wachmann gab ihr einen Pass und wählte Verrazzanos Anschluss. Ein Musikvideo dröhnte auf dem Schirm über dem Zeitungsstand bei den Aufzügen. «Mach das leiser», rief der Wachmann.

Der Kioskbesitzer starrte verwirrt auf seine Fernbedienung. Drückte mit dem Daumen einen Knopf. Die Musik wurde lauter.

«Himmel noch mal, LEISER.»

Mehr Besucher kamen durch die Drehtür von der Straße, aber niemand mit einem Kapuzen-Sweatshirt.

«Fahren Sie hinauf. Sechster Stock», sagte der Wachmann zu Weston.

Sie hielt dem Mann am Drehkreuz ihren Besucherpass hin, drückte auf den Aufzugknopf. Alles okay, sie trat in den Aufzug. Die Türen schlossen sich, der Lärm aus der Eingangshalle, Musik und Reden verklangen. Dr. Weston atmete auf. *Also war das noch nicht mein Ende*, dachte sie, *noch* nicht. Sie wedelte sich Luft zu.

Da schob sich eine sehnige Hand zwischen die fast geschlossenen Türen.

Westons Schrei klang selbst in ihrem Kopf viel zu leise, verschluckt vom Rauschen der Welt, die sie retten wollte.

Der Kapuzenmann kam zu ihr herein.

Weston wich zurück in die Ecke des Aufzugs, möglichst weit weg von ihm. Der Mann hustete heftig. Seine Haut war grau, die Lippen fast blau. *Er ist einer von ihnen.*

Jetzt sprang auch noch eine Frau zu ihnen in den Aufzug und schenkte Weston ein «*Das-war-knapp*»-Lächeln.

Der Kapuzenmann packte sie am Hals und stieß sie zurück. Krank und zitternd, aber immer noch voller Kraft. Die Frau taumelte aus dem Aufzug.

Die Türen schlossen sich. Der Mann trat auf Weston zu, seine Augen waren von einem wilden Smaragdgrün, der Kopf zuckte auf seinem Hals wie bei einem Vogel.

Sie kniff die Augen zusammen, doch der Aufzug war voller Toter. Voller Flüchtlingskinder, Rebellen und hilfloser alter Menschen. All die Opfer. Sie schrien – schrien nach ihr und Verrazzano.

Sie spürte die Hände des Mannes kaum, die in ihre Kleider fuhren und sie durchsuchten. Er drückte ihren Kopf zurück und schob ihr seine Finger unter die Zunge. Sie würgte, und er zog sie zurück.

Unter den Toten hörte sie Underwood. Bevor er verschwunden war. Ihr die verheerenden Geheimnisse eines niederträchtigen Lebens zukeuchend, nachdem sie ihm erklärt hatte, dass ihm nur noch Tage blieben.

Der Kapuzenmann drückte ihr seine Pistole auf die Brust.

Kapitel 2

Der Nachmittagsbeschuss mit Granaten fing an, als Nabil Allaf in sein Büro in der Abteilung für Militärische Aufklärung kam. Die Einschläge, drei Kilometer entfernt im Außenbezirk von Damaskus, erschütterten den Raum. Die ferne Bedrohung durchflutete Allaf. Er war braun wie ein Rosenholzsarg, die tiefen Raucherfalten Knoten im Holz, dabei schien es Monate her, dass er es gewagt hatte, durch die Sonne zu gehen. Er schloss das Fenster, um den Lärm des syrischen Bürgerkriegs auszusperren, und steckte sich eine Zigarette an. Er musste sich um eine andere Schlacht kümmern.

Das Mädchen auf dem Display seines Blackphone war so schön, wie es nur schlafende Kinder sein können. Die Wange der Kleinen ruhte auf einem Stoff-Panda. Allaf betrachtete das Bild über das sicherheitsverbesserte Android-System und dachte wehmütig an die eigenen Züge in dem Alter. Er wünschte, seine Erinnerungen ließen sich tilgen wie dieses Video, das gleich nach dem Anruf von seinem Schweizer Server gelöscht werden würde. Der kleine Nabil hatte keine Nacht durchgeschlafen. Dafür hatte sein Vater, der General, gesorgt.

«Bist du so weit?», fragte Allaf.

Die Telefonkamera im Schlafzimmer des Mädchens schwang herum und füllte sich mit dem massigen, kahlen Kopf des Janitscharen, dessen Züge so ausdrucksstark wie die Schnauze eines Autos waren. Man konnte sich vorstellen, in den Scheinwerfern und der Wölbung der Haube eine

Persönlichkeit auszumachen, dabei war es nicht mehr als eine Eigenheit des Designs. Allaf benannte seine Agenten nach den Kämpfern des alten türkischen Reiches, die als Kinder entführt und zu Soldatensklaven ohne Vergangenheit gemacht worden waren, mit einer Zukunft, die von ihrer Treue und Ergebenheit abhing. Der Janitschar schloss kurz die Augen, um seine Bereitschaft zu signalisieren, und richtete die Kamera zurück auf das Kind in dem dunklen Raum.

Auf seinem Computer öffnete Allaf Silent Circle, eine verschlüsselte Videoanwendung, die über kanadische Server lief. Die zugehörige App hatte er auf das Handy seiner Zielperson aufgespielt, angehängt an eine einfache, unschuldig wirkende SMS, die den entsprechenden Code beim Anklicken in das Betriebssystem eingab. Jetzt rief er das Telefon an.

«Ja?» Eine klumpige Silbe. Der Mann am anderen Ende der Leitung hatte geschlafen. Allaf schüttelte den Kopf. Es war noch vor sieben Uhr morgens in New York, doch der syrische Botschafter bei den Vereinten Nationen hätte längst wach sein und sich auf einen Tag voller diplomatischer Aufgaben vorbereiten sollen.

«Einen Morgen der Freude, o ehrwürdiger Herr», sagte Allaf auf Arabisch.

«Einen Morgen des Lichts.» Der Mann räusperte sich.

«Möge Allah Sie segnen, ehrwürdiger Abu Hafiz.»

«Und tausend Segenswünsche auch für Sie, o ehrwürdiger Herr.» Der Botschafter wartete, dass der Anrufer sich identifizierte.

Stattdessen begann Allaf mit seiner ersten Instruktion. «Gehen Sie in das Zimmer Ihrer Tochter Nasrine.»

Er hörte die Stille und den Schock am anderen Ende. Dann spürte er die Bewegung und den Luftzug am Mikrofon. Der Mann verließ sein Schlafzimmer und lief über den Flur.

Allaf sah auf den Blackphone-Schirm. Der Janitschar schwenkte die Kamera vom Gesicht des Mädchens und richtete sie auf die Tür. Der Botschafter erschien, massig und mit runden Schultern, seine Silhouette zeichnete sich vorm Flurlicht ab, das Telefon hielt er am Ohr. Er schnappte nach Luft und zitterte.

«Sie tun heute Folgendes», sagte Allaf. «Wenn der Präsident der Vereinigten Staaten ans Mikrofon der UN-Vollversammlung tritt, verlassen Sie und Ihre Delegation den Saal. Sie kehren in die Botschaft zurück und bleiben dort.»

Eine Pause. Der Botschafter wartete auf mehr. «Und?»

«Das war's.»

«Das ist eine einschneidende diplomatische Demonstration. Wozu soll das dienen? Wer sind Sie, dass Sie das von mir fordern?»

Allaf lachte leise. «Mein Freund wird es Ihnen zeigen.»

Die Kamera bewegte sich zurück zu dem Mädchen. Die Kleine streckte sich und brabbelte etwas, wachte jedoch nicht auf. Die Glock des Janitscharen schmiegte sich zwischen ihren Kopf und den plüschigen Panda.

«O Abu Hafiz, ich denke, Sie haben keine Fragen mehr», sagte Allaf.

«Keine Fragen», murmelte der Botschafter. «Nehmen Sie die Pistole weg.»

«Möge Allah Ihnen ein langes Leben schenken.» Allaf schloss die Silent-Circle-App auf seinem Computer.

Auf dem Blackphone-Schirm verfolgte er, wie der Janitschar am Botschafter vorbei zur Wohnungstür ging. Er schloss die Verbindung mit einer einfachen Wischbewegung.

Kapitel 3

Verrazzano wartete im Vorraum des ICE-Büros auf Amy Weston. Auf der Stockwerksanzeige sah er, dass der Aufzug bei der Zwei stoppte. Wahrscheinlich sprang da ein schlecht rasierter T-Shirt-Designer mit zerrissener Hose und einem Tablett dünner Frappuccinos für die übrigen Mode-Heinis bei Tommy Hilfiger hinaus. Das ICE-Büro befand sich auf einer Etage, die sie einer Steuersünder-Firma abgenommen hatten. Als die Behörde nach 9/11 gegründet wurde, waren alle Bundesgebäude in New York randvoll belegt gewesen, und das hier hatte sich als Erstes aufgetan. Im Gegensatz zu vielen anderen Beamten störte es Verrazzano nicht, sich die Aufzüge mit Werbeleuten, Modeschöpfern und gelegentlich auch mit Martha Stewart zu teilen, die in ihr Büro hochfuhr, aus dem sie Amerika mit herzhaften Rezepten und Tipps für die perfekte Hochzeit versorgte. Nur die Security machte ihm Sorgen. Sicher, in die Räume des ICE kam niemand hinein, die schwere Tür wurde von einem bewaffneten Wachmann per Fernbedienung geöffnet und geschlossen. So gut wie jeder konnte jedoch in die Aufzüge und in diesen Vorraum vor der Dienststelle.

Seine Finger spielten den schwungvollen Riff eines New-Orleans-Jazz-Klassikers auf seinem Bein. Seine Mutter war immer stolz auf ihn gewesen, wenn er auf dem Klavier Beethoven und Chopin vortrug, Dixieland war jedoch ihre wahre Liebe, da hielt es sie nicht mehr auf ihrem Stuhl. Ohne es recht zu merken, beruhigte er sich mit seinem lautlosen Spiel.

Hinter ihm rollten die quietschenden Räder des Hausmeisterkarrens durch die Sicherheitstür.

«Morgen, Leonard», sagte Verrazzano.

«Java.» Der Hausmeister hob eine Hand und zeigte auf Verrazzano. «Von Allen Toussaint. Aufgenommen unter dem Namen Tousan, 1958.»

Verrazzano war nicht bewusst gewesen, dass er die Melodie mitgesummt hatte. «Erwischt.»

Leonard hob die Hand, Verrazzano schlug dagegen.

«Wie geht's, Dom?» Der Hausmeister war zwanzig Jahre älter und näherte sich seiner Pensionierung. Er schob seinen Karren neben den Aufzug und drückte den Rücken durch, die Hände in den Hüften. «Allen Toussaint, oh, yeah. Spielen Sie viel?»

«Nur, um mich zu beruhigen, und mich bringt kaum was aus der Fassung.»

«Ganz der eiskalte ICE-Agent.» Leonard grinste. «Und warum spielen Sie jetzt? Was nagt an Ihnen?»

Verrazzano zuckte mit den Schultern. Das gedämpfte Geräusch des Aufzugsmotors setzte wieder ein, die Kabine näherte sich dem sechsten Stock.

«Toussaint hat auch *Working in the Coal Mine* geschrieben», sagte der Hausmeister. «Ich mag den Song. Besonders die Aufnahme von Lee Dorset. *Lord, I'm so tired. How long can this go on?* Das frage ich mich auch jeden Tag, Mann. Sie nicht?»

«Wie lange?» Verrazzano schüttelte den Kopf. Ewig würde es so weitergehen. Und das war gerade so lange, wie er brauchte, um für das Leben, das er gelebt hatte, zu bezahlen. Für das, was er getan hatte. «Ich frage mich nie was, es sei denn, ich kenne die Antwort.»

Der Hausmeister lachte und rieb sich das Kreuz. «Tja, da haben Sie recht. Es geht immer weiter und gibt keinen

Grund, mit was anderem zu rechnen, egal, wie müde Sie sind.»

Die Stahltüren öffneten sich. Verrazzano streckte die Hand aus, um Dr. Weston zu begrüßen.

Sie ergriff sie und ging in die Knie. Blut sickerte auf Verrazzanos Finger.

«Scheiße, verdammt.» Der Hausmeister ließ seinen Wischmop fallen.

Ihr Blick war durchdringend, und er richtete sich auf Verrazzano, ohne einen Gedanken an ihre Schmerzen. Sie hatte keine Angst vor dem Tod, sondern vor dem, was mit der Welt geschehen würde, wenn sie nicht mehr war. Verrazzano kannte diesen Blick. Maryam Ghattas hatte ihn so angesehen, als sie seine Arme packte, bevor er sie auf den Boden des Treppenhauses stieß und auf die Straßen Beiruts hinauseilte.

Der Hausmeister stolperte zur ICE-Tür und schlug gegen das schussfeste Glas. «Wir brauchen Hilfe. Schickt jemanden her.»

Die schwere Sicherheitstür öffnete sich mit einem elektronischen Klacken, und der Wachmann kam heraus.

Verrazzano legte Dr. Weston auf den dünnen, blauen Teppich. Sie war etwa vierzig, ihr schulterlanges Haar hellbraun, aber dunkel auf der blassen Haut. Der blonde Flaum auf ihrer Oberlippe zitterte. Sie zog an seinem Ärmel, die Augen traten hervor, die Pupillen winzige Bleistiftflecken im Moosgrün der Iris. Er starrte sie an, verzweifelt und schockiert, als wollte sie ihn mit sich nehmen, wenn sich diese Augen für immer schlossen. So, wie Maryam Ghattas das Leben mit sich genommen hatte, das er bis zu ihrem Tod dort im Treppenhaus geführt hatte.

Er schob die *New York Times* zur Seite, die sie sich auf die Brust drückte. Es waren mindestens drei Einschüsse.

Der Wachmann kam. «Kinsella ist unterwegs.»

Sie war die Top-Erste-Hilfe-Frau unter den Agenten. Aber selbst Noelle Kinsella würde Dr. Weston nicht mehr retten können. Genauso wenig, wie ihr Special Agent Dominik Verrazzano helfen konnte. Er nickte stumm.

Der Hausmeister drückte Verrazzanos Schulter. «Kommen Sie, Mann. Ist okay.»

Die Geste erweckte ihn wieder zum Leben. Er rief dem Wachmann zu: «Lassen Sie das Gebäude schließen. Sämtliche Ausgänge.»

Weston schob ihm ein Stück Papier in die Hand. Es war blutig, die schwarze Tinte jedoch nicht verwischt. Er las: *«33.516388, 36 269086.»*

Verrazzano hielt den Zettel vor sie hin. «Was ist das?»

Die Sicherheitstür klackte. Kinsella kam mit dem Erste-Hilfe-Kasten zu der auf dem Boden liegenden Frau gelaufen. Ihr Haar war lang und trocken, bunt wie Herbstlaub. Es wehte hinter ihr her, ihr greller Schmuck klirrte. Westons Wunden pulsierten und rasselten.

«Halten Sie durch», sagte Verrazzano. «Dr. Weston, bleiben Sie wach.»

«Sie müssen sich beeilen.» Ihre Stimme war wie das Flüstern aus einem Albtraum. «Sie haben nur noch ein paar Tage. Mehr nicht.»

Die restliche Luft wich aus ihr. Sie schien im Boden zu versinken, als wäre sie eine aufblasbare Puppe und kein Mensch aus Fleisch und Blut.

«Was ist in ein paar Tagen?» Verrazzano beugte sich zu ihr vor. «Doktor, was ist dann?»

Ihr Blick verlor seine Dringlichkeit. Ein paar Tage, ein paar Jahre. Es war egal. Für sie gab es nur noch die Ewigkeit.

Der Hausmeister beugte sich über seinen Karren und fluchte.

Kinsella riss die Zellophanverpackung eines Brustsiegelpflasters auf. Die sich weitenden Einschusskanäle hatten lebenswichtige Organe zerstört. Kinsellas Hände schwebten über der Frau, die dünnen Finger voller dicker goldener Ringe und Sommersprossen. Die Verletzungen waren so groß, dass sie nicht wusste, wohin mit dem Pflaster.

Verrazzano starrte auf das Stück Papier. Es war aus einem Ringbuch gerissen, und offenbar handelte es sich um geografische Koordinaten, die jemand sorgfältig notiert hatte. Bill Todd kam in den Vorraum gerannt, seine Glock 19 bereits in der Hand. Er registrierte den Körper auf dem Boden und die niedergeschlagene Haltung Kinsellas mit dem Brustsiegel in der Hand. Verrazzano sah für eine Sekunde Verzweiflung in Todds Gesicht aufflackern, doch schon war da wieder sein barscher, harter Blick. Er wusste, was für eine niederschmetternde Erinnerung seinen Kollegen in diesem Moment erfüllte. Aber Todd war bereit, und Verrazzano musste darauf vertrauen, dass er ihm den Rücken freihielt.

Kinsella schloss Weston die Augen. So feierlich fuhr sie mit der knochigen Hand über das Gesicht der Frau, als wären tausend Seelen zum Himmel aufgefahren.

Verrazzano und Todd sprangen in den Aufzug.

«Der Schütze muss im zweiten Stock ausgestiegen sein. Da hat er gehalten.» Verrazzano hämmerte auf den Knopf, und sie sanken nach unten.

Kapitel 4

Der Feueralarm schrillte und erfüllte das Großraumbüro im zweiten Stock. Silberne Farbe bedeckte Ziegel und Balken, offen liegende Rohre und Lüftungskanäle. Das Firmenlogo des berühmten Modedesigners pulsierte in grellem Rot, Weiß und Blau über der Empfangstheke. Verrazzano lief vor Todd aus dem Aufzug und schwenkte seine H&K MP7 durch die Lobby.

«Ich bin ein Federal Agent», rief er der Rezeptionistin zu. «Wo ist die Feuertreppe?»

Die Frau starrte ihn wie gelähmt an.

«Wo ist sie? Los doch.»

Die Rezeptionistin hob ihren modisch ausgemergelten Arm und deutete quer durchs Büro.

Verrazzano sprintete zwischen entsetzten Hipstern hindurch. Die Tür zur Feuertreppe stand offen. Schon war er draußen und nahm immer gleich mehrere Stufen auf einmal. Todd folgte ihm, etwas schwerer auf den Füßen, das Gesicht voller Wut über den Mord an der Frau, die oben lag.

Die Verladerampen im Erdgeschoss führten auf die 26th Street hinaus. Die Halle war riesig, ursprünglich einmal hatte die Leigh Valley Railroad hier ihren Wagenpark unterbringen wollen. Ein Band schmutziger Fenster hoch unter der Decke ließ düsteres Licht herein. Die stählernen Tore waren geschlossen, nur das ihnen am nächsten liegende nicht. Todd rannte hinaus und suchte die Straße ab. «Da läuft keiner.»

In diesem Moment öffnete sich ganz hinten in der Halle

eine Tür, nur einen Spaltbreit. Ein Mann schlüpfte hindurch. Verrazzano sah ihn.

«Bill, lauf zur Ecke vor», schrie er und nahm die Verfolgung auf, sprang im Halbdunkel über Kisten und Paletten und rannte hinaus auf die Eleventh Avenue. Die Bürgersteige waren nur mäßig bevölkert, und Verrazzano machte den Fußgänger mit dem entschlossensten Gang aus, einen Mann in einem grünen Kapuzen-Sweatshirt. Er sah nach Army aus, als wäre er auf einem Trainingsmarsch.

An der Ecke tauchte Todd auf. Verrazzano nickte zu dem Kapuzenmann hinüber. Todd joggte über die Straße, um ihn abzufangen. Da stoppte ein Taxi vor ihm. Todd schlug aufs Dach und fluchte, es solle weiterfahren. Der Kapuzenmann hörte ihn und sah sich um. Todds billiger blauer Anzug und seine steife Haltung machten ihn so eindeutig zu einem Polizisten, wie eine Flasche Crystal und zwei dahinstolzierende Wackelknie einen Hip-Hop-Künstler erkennen ließen. Die Zielperson sprintete los. Verrazzano rannte quer über die Avenue.

Todd rief dem Mann hinterher, er solle stehen bleiben. Er hob seine Glock, aber an der nächsten Ecke standen lauter auf Grün wartende Leute. «Alles aus dem Weg.»

Der Mann rannte den Block hinunter. Offenbar etwas unsicher auf den Beinen, erreichte er die Treppe, die zur alten Hochbahn hinaufführte, auf der die Stadt einen neuen Park angelegt hatte.

Verrazzano und Todd waren gut zehn Meter hinter ihm.

Der Mann sprang auf die Treppe und eilte zum Park empor. Die ICE-Beamten hämmerten über die Eisenstufen hinter ihm her.

Am oberen Ende der Treppe angekommen, musste Verrazzano lächeln. Manchmal traf es ihn noch unerwartet, dieses Gefühl, ans Ende einer Verfolgungsjagd zu gelangen.

Er war es eher gewohnt, sich im Dschungel wegzuducken, während ein afrikanischer Schlägertrupp vorbeikam und seine Angst zu wittern versuchte.

Das ehemalige Hochgleis nördlich des Meatpacking Districts wirkte so gepflegt wie auf einer Stadtplaner-Skizze. Die Menschen schimmerten wie Computeranimationen schweißfreier Jogger und junger Eltern zwischen Wiesenpflanzen und Bänken aus brasilianischem Walnussholz. Der verzweifelt zitternde Flüchtige würde sich hier oben nicht lange verstecken können. Verrazzano ließ den Blick über das stellenweise hoch aufwachsende Pfeifengras gleiten.

Eine Hand mit einer Pistole schob sich aus einem braunen Blätterbusch. Feuer spuckte aus der Mündung.

Jogger strauchelten. Eltern schrien. Todd warf sich auf den Boden.

Verrazzano schrie: «Alles runter.»

Todd schob seine Glock vor, kauerte im Gestrüpp und murmelte unverständliche Worte.

«Schütze, ich bin Federal Agent», rief Verrazzano. «Nehmen Sie Ihre Waffe herunter. Ich will Sie nicht erschießen.»

Der Mann erhob sich aus dem hohen Gras, wie ein Samenkorn, das von einer Böe hochgeweht wird. Sein kantiges Gesicht verzog sich.

Verrazzano sah mehr als nur die Resignation eines Mannes, der wusste, dass er nie wieder frei sein würde. Er hatte in den letzten vier Jahren genug Leute wie ihn hinter Gitter gebracht, um diesen Gesichtsausdruck deuten zu können. Der Kapuzenmann war tieftraurig, als sähe er alles Böse dieser Welt vor sich und erkenne seinen Anteil daran. Die Hand hing schlaff an seiner Seite herab, aber immer noch mit der Ruger LCP.

«Lassen Sie die Waffe fallen.» Verrazzano ging auf ihn zu.

Der Mann sah zu den Wolken hoch, die mit dem Wind über sie hinwegzogen. «Es ist das Vier-Zehn.»

«Das *Vier-Zehn*?»

«Es tötet mich.»

«Niemand tötet Sie.»

«Das Vier-Zehn.»

«Was ist das Vier-Zehn?»

Der Mann schüttelte den Kopf auf eine Weise, als hätte er Angst, er würde ihm von den Schultern fallen.

Verrazzano trat näher. Er war nur noch ein paar Meter von ihm entfernt. «Warum haben sie Dr. Weston erschossen?»

«Wen?»

Ihre Stimmen waren weich. Sie sprachen über ein Thema, das sie beide kannten. Das Töten. «Die Frau im Aufzug. Dr. Amy Weston. Warum haben Sie sie erschossen?»

Sein Gesicht war vernarbt, ein wüstes Schlachtfeld. Seine Seele schien zu brennen, zu schaudern und nach Verrazzano greifen zu wollen, der jede Art von Verbrecher kannte, die es gab – Massenmörder, Zuhälter, Drogendealer, Waffenschieber. Das Böse reichte nie nur bis knapp unter die Haut, es drang tief in sie ein und durchflutete sie vollkommen. Überleben konnten sie damit nur, indem sie es in sich aufnahmen, absorbierten und zu einem stolzen Teil ihrer selbst machten. Aber der da vor ihm gehörte nicht zu diesen Männern. Verrazzano konnte es an seinem Gesicht ablesen. Wie er sich mühte, das Böse aus sich herauszuwürgen.

«Wie heißen Sie?», fragte Verrazzano.

Der Mann neigte den Kopf zur Seite, als wäre ihm noch nie in den Sinn gekommen, dass Menschen Namen hatten.

«Geben Sie mir Ihre Waffe.» Verrazzano streckte den Arm aus.

Überrascht sah der Mann auf die Ruger in seiner Hand, wie auf ein Handy, das völlig unerwartet losklingelte. Er ließ sie fallen.

Verrazzano atmete erleichtert aus und bückte sich danach.

Der Mann bewegte sich schnell, sprang auf das Geländer am Rand des Parks und balancierte hoch über der Straße, ein Tänzer, der zu einer Arabeske ansetzte.

«Nein.» Verrazzano versuchte ihn zu erreichen.

Der Mann verschränkte die Arme vor der Brust und ließ sich nach vorn fallen. Zehn Meter tiefer schlug er mit dem Kopf zuerst auf dem Asphalt auf.

Seine Beine waren noch in der Luft, als der City-Bus ihn erfasste und zehn Meter weit die Straße hinunterschleuderte.

Kapitel 5

Todd kniete sich neben den Körper des Toten. «Er hatte etwas Militärisches», sagte er. Verrazzano überprüfte Atmung und Puls und durchsuchte die Taschen des Mannes. Kein Geld. Kein Ausweis. Er schob die Ärmel des Sweatshirts hoch, keine Tätowierung, die ihnen weitergeholfen hätte. Dicke Adern erstreckten sich über sehnige Muskeln, sonst war da nichts.

«Ich hätte ihn erschossen», sagte Todd. «Wenn es hätte sein müssen.»

Verrazzano wusste, was Todd gemurmelte hatte, als er seine Waffe auf das Gras richtete, in dem der Mann versteckt gewesen war. Gegen seinen trockenen Mund hatte er angeredet und den Drang, danebenzuschießen. Das natürliche Bedürfnis, *kein* Leben auszulöschen. Er durfte den Fehler nicht wiederholen, für den er vor einem Jahr fast mit seiner Laufbahn bezahlt hatte.

«Ich weiß», sagte Verrazzano.

Er griff in seine Jacke.

«Ich hätte den Kerl töten sollen», sagte Todd. «Den Kerl in D. C.»

Verrazzano hatte den internen Bericht gelesen, hatte gehört, was geredet wurde, bevor Todd nach New York versetzt worden war. Dass er es bei einer Schießerei verpasst hatte, einen Verdächtigen zu eliminieren, und ihn hatte entkommen lassen. Auf seiner Flucht hatte der Mann dann, ein Gangster namens Pangiottis, einem anderen Agenten eine Kugel in den Rücken gejagt, der heute wie ein Neunzigjähriger ging, und das würde so bleiben, bis es endgültig mit ihm vorbei war. Verrazzano zog ein Messer aus der Tasche, dessen Klinge in den schwarzen Stahlgriff eingeklappt war. «Es ist der Kopf, Bill», sagte er. «Du hast keine Ahnung, wie weit er dich gehen lässt, bis dein Finger auf dem Abzug liegt.» Er ließ die Klinge herausschnappen, deren Spitze wie die Klaue eines Raubvogels gekrümmt war.

«Was hast du vor?»

Verrazzano hörte das Schrille in Todds Stimme. «Ganz ruhig, Bill.»

Er drehte die Schraube, um die Klinge zu arretieren, und schlitzte die Vorderseite des Sweatshirts auf. Das weiße T-Shirt darunter war blutgetränkt. Auch das schnitt er auf. Ein schmales Band Brusthaarfusseln bedeckte die Kuhle zwischen den Brustmuskeln. Immer noch keine Tätowierung. Er fuhr mit den Fingern unter dem Schlüsselbein entlang und zog die Brauen zusammen.

Ein paar Leute kamen aus dem Bus und starrten sie an, die Arme um die Körper geschlungen. Auch der Fahrer trat nervös näher.

Verrazzano strich mit der Hand über die Haut unter dem Schlüsselbein und umschloss mit den Fingern eine etwa sieben mal fünf Zentimeter große Vorwölbung. Eine Ader schien davon in Richtung Herz zu führen. Er drückte die Spitze des Messers auf die Haut neben der Wölbung, schob die Lippen vor und trieb sie einen guten Zentimeter in den Körper.

«Dom, hör auf.» Todd griff nach Verrazzanos Schulter.

Der sah ihn so durchdringend an, dass Todd seine Hand zurückzog. «Wir haben nicht die Zeit, bis die Forensiker die Leiche untersucht und die Ergebnisse ins System eingespeist haben. Lass mich.»

Zögerlich trat Todd einen Schritt zurück.

Verrazzano schnitt die Haut um den unteren Teil der Wölbung auf, fuhr mit den Fingern in die blutige Fleischtasche und riss eine kleine, gut einen Zentimeter dicke, silberne Platte heraus.

«Was *ist* das?», fragte Todd.

«Ein Herzschrittmacher.»

Er durchtrennte die plastikummantelten Drähte, die den Schrittmacher mit dem Herzen des Toten verbanden. Der Busfahrer übergab sich in die Gosse.

Verrazzano nahm einen Beweisbeutel aus der Tasche und öffnete ihn.

Todd bedeckte seine Kehle. «Du kannst doch nicht einfach ...»

«Wenn du einen von denen hast», sagte Verrazzano und hob den Schrittmacher in die Höhe, «kannst du im Notfall darauf bauen, dass die Leute, die dich behandeln, Zugang zu deinen Unterlagen bekommen. Jeder Arzt findet, was er wissen muss, wenn er das Ding scannt.»

Todds Blick folgte dem Blut in den Falten des Plastikbeutels. «Darauf ist also ...»

«Alles über unseren Mann.» Verrazzano steckte den Beutel ein. «Einschließlich seines Namens.»

Todd erschauderte. «Meine Fresse, Dom.»

Verrazzano klappte die Klinge zurück in ihren Griff. «Warte hier auf die Jungs vom NYPD. Ich finde unterdessen heraus, wer der Typ war.»

Kapitel 6

Roula Haddad hielt den schwarzen Plastikscanner über den Schrittmacher auf dem Instrumententablett. Der Drucker auf dem Tisch spuckte ein Blatt Papier aus. Verrazzano nahm es.

Die Schrittmacherdaten waren in Tabellenform verfasst. Pulsweiten, Arrhythmien, der Batterieladezustand, und oben stand der Name des Mannes, aus dessen Körper Verrazzano den Apparat geschnitten hatte. «Lee Hill», sagte er. «Überprüf den Namen, Roula.»

«Bin schon dabei», sagte sie und gab ihn ins System ein.

Die Computerexpertin des New Yorker Büros war attraktiv wie ein Model. Ihre exotischen, libanesischen Züge schienen ständig vom Scheinwerfer eines Modefotografen ausgeleuchtet zu werden, dabei unterschied sie sich, was ihre Figur anbelangte, ziemlich von den Magersüchtigen auf den Catwalks der Szene. Ihr Schwerpunkt lag tief, und ihre Hüften waren breiter als ihre Schultern. Ihr bei der Arbeit zuzusehen, war so faszinierend, wie ihr nachzuschauen, wenn sie den Flur hinunterging. Sie schaltete zwischen drei Monitoren und Dutzenden Sites und Datenbanken hin und her und wusste immer, wo gleich etwas Wesentliches kam. Verrazzano nahm an, dass die Chefs in D. C., wenn das ICE den perfekten Agenten erfinden wollte, nichts Besseres finden würden als ein Arabisch sprechendes Computergenie, eine Frau, deren Schönheit Verdächtige derart verrückt machte, dass sie fast schon von ihr überführt werden *wollten*. Und dann lass sie auch noch während des Bürgerkriegs in Beirut geboren worden sein, sodass sie genau weiß, zu welchen Schrecken es kommt, wenn das Gesetz nicht mehr gilt, und sich voller Energie dem Ziel des ICE hingibt, die wirklich üblen Täter auszuschalten.

«Sieh dir das an.» Roula schob sich die schwarzen Ringellocken aus der Stirn und deutete auf den zweiten Monitor. Ein eingescanntes Bild der letzten Nachricht der toten Dr. Weston war da zu sehen. «Ich habe die Koordinaten mal ins Satellitenprogramm eingegeben.»

Auf dem Bildschirm erschien der weiße Streifen einer Schnellstraße. Verstaubte Dächer. Eine offene, dürre Grasfläche mit den gleichförmigen Kronen angepflanzter Bäume. «Das ist der Tishreen-Park in Damaskus. In Syrien.»

Noelle Kinsella tauchte neben der Trennwand zum nächsten Arbeitsplatz auf. «Damaskus? In dem Artikel, den Dr. Weston in der Zeitung markiert hat, geht es um Syrien.» Sie brachte ihre Vokale so zwischen ihren gerundeten Lippen hervor, als wollte sie pfeifen, was typisch Long Island war, wie der Billy-Joel-Fanclub. Den Arbeitsvorschriften zufolge sollten die Haare der weiblichen Mitarbeiter nicht mehr als schulterlang und zu einem ordentlichen Pferdeschwanz gebunden sein. Kinsella hatte die Vorschriften offenbar nicht gelesen, oder sie waren ihr egal. Oder beides.

«Ich ruf den Artikel mal auf», sagte Haddad.

Kinsella verschränkte die Arme vor der Brust und fragte Verrazzano leise: «Wie war Billy the Kid?»

Verrazzano schenkte ihr einen warnenden Blick. «Agent Todd war in Ordnung, Noelle. Wenn ich eine Sache im Leben gelernt habe, dann, dass jeder eine zweite Chance verdient.»

«Wir bekommen nur nicht alle, was wir verdienen, oder?»

«Am Ende schon, doch, das tun wir.»

Sie schüttelte den Kopf.

«Hier ist er.» Haddad deutete auf ihren Bildschirm, auf dem ein Bild der Seite aus der *New York Times* zu sehen war, die Dr. Weston auf ihre Wunde gedrückt hatte.

Die Zeitung war um einen Artikel gefaltet worden. Verrazzano las die Überschrift. *«Das Weiße Haus will neuen Syrien-Plan verkünden.»* Er überflog die ersten Absätze. «Der Präsident wird in dieser Woche vor den Vereinten Nationen eine Erklärung abgeben. Der Kongress drängt auf eine verstärkte Bekämpfung islamistischer Gruppen sowie eine erhöhte Militärhilfe für die von uns unterstützten Rebellen.»

«Das Weiße Haus steht nicht an der Ecke 26th Street und West Side Highway», sagte Kinsella. «Warum ist sie zu *dir* gekommen, Dom?»

«Amy Weston war eine Expertin für chemische Waffen. Sie war gerade für die UN in Syrien, und da kenne ich jemanden, den sie getroffen und der sie zu mir geschickt hat.»

«Syrien hat seine chemischen Waffen doch abgegeben. Vor ein paar Jahren haben sie eine Vereinbarung mit den Vereinten Nationen getroffen. Was hat Dr. Weston da jetzt gemacht?»

«Die UN hat Inspektoren in Damaskus, um zu überwachen, dass die Syrer keine *neuen* chemischen Waffen für den Bürgerkrieg entwickeln.»

«Denkst du, die syrischen Koordinaten könnten auf ein Chemiewaffen-Lager hindeuten?», sagte Haddad.

«Vielleicht. Bevor unser Schütze von der Brücke sprang, sagte er, das ‹Vier-Zehn› bringe ihn um. Was könnte das sein? Vielleicht hat er ihr die Schuld daran gegeben. Vielleicht dachte er, dass sie daran beteiligt war, ihn umzubringen, und er hat sie aus Rache getötet.»

«Ich suche gerade mal nach ‹Vier-Zehn›.» Haddad sah

auf ihren Schirm. «Aber da scheint nichts Relevantes zu kommen.»

«Vier-Zehn.» Kinsella berührte ihre wellnessbraune Stirn, als schmerzte sie.

«Doktor Weston hat sich mit chemischen Waffen beschäftigt. Könnte das was mit den Ziffern zu tun haben? Ist es womöglich eine molekulare Struktur?», fragte Verrazzano.

«Chemische Waffen haben kompliziertere Strukturen. Ihre Nummerierung im Chemical Abstract Service und der PubChem-Datenbank ist zwar etwas kürzer, aber immer noch länger als Vier-Zehn.»

«Die molekulare Masse vielleicht, oder der Schmelzpunkt? Das wären sicher nur ein paar Stellen.»

Kinsella lächelte Verrazzano mit ihren purpurroten Lippen anerkennend zu. «Drei Stellen, genauer gesagt.»

Sie lief zu ihrem Schreibtisch, ließ sich auf ihren Stuhl fallen und griff nach einer Reihe von Büchern und Ordnern, die an ihrem Monitor lehnten. Auf der Mappe, die sie hervorzog, war das Logo der Organisation für das Verbot chemischer Waffen in Den Haag zu erkennen. Sie blätterte sie durch und fuhr mit dem Finger über winzige Zahlenkolonnen.

Verrazzano trat hinter sie.

Während sie deren molekulare Masse überprüfte, murmelte Kinsella die Namen verschiedener chemischer Wirkstoffe: «Tabun, Sarin, Schwefel, Senfgas, Lewisit, VX, Cyanwasserstoff, Chlorgas.» Das Ganze wiederholte sie mit dem Schmelzpunkt und anderen zentralen Maßzahlen und schob die Mappe schließlich mit einem Seufzer weg.

«Nichts?», sagte Verrazzano.

«Nicht einmal entfernt etwas, Junge. Nichts mit Vier und Zehn.»

Verrazzano lehnte sich gegen den grauen Filz ihrer Trennwand und schloss die Augen. Er schob alle aufkommenden Befürchtungen weg und konzentrierte sich auf das Problem. In vagen Umrissen wurde eine Antwort sichtbar. «Was immer dieses ‹Vier-Zehn› sein mag, wir können doch wohl davon ausgehen, dass es giftig ist?»

«Da es Dr. Weston solche Sorgen gemacht hat, nehme ich es an.» Kinsella stützte ihre Ellbogen auf den Tisch und das Kinn in die Hände.

«Gehen wir die schlimmsten Möglichkeiten mal durch. Was sind die giftigsten chemischen Waffen?»

«VX-Gas. Oder Sarin.»

«Wie würdest du die Toxizität von, sagen wir, Sarin messen?»

«Auf einer Skala von eins bis zehn? O Mann, eine klare Zehn.»

Eine Skala. Das musste es sein. Der Umriss der Lösung wurde klarer. «Aber so, von eins bis zehn, stuft man sie nicht ein.»

«Nein. Das geht von null bis vier. Die Einstufung wird von der Fire Protection Association vorgenommen. Null bedeutet kein Gesundheitsrisiko. Bei vier kann schon eine kurze Berührung den Tod bedeuten.»

Kinsella saß aufrecht da, aufmerksam und voller Energie. «Und diese Einstufungen werden dargestellt …»

«Mit einem sogenannten ‹Gefahrendiamanten›, einem auf der Spitze stehenden Quadrat und drei Ziffern, die den Notfallhelfern genau sagen, womit sie es zu tun haben.»

Verrazzano nahm einen Notizblock von Kinsellas Tisch. Er redete und zeichnete gleichzeitig. «Oben steht die Einstufung der Brandgefahr. Sagen wir, das ist eine Eins. Rechts die Reaktionsgefahr. Eine Null. Und links, das ist die Gesundheitsgefahr. Da nehmen wir das Maximum, die Vier.»

Er zeigte Kinsella seinen Diamanten. «Da hast du die Vier-Zehn. Welche chemische Waffe wird so deklariert?»

Kinsella griff erneut nach ihrer Mappe und blätterte durch einen anderen Teil. «VX ist eine Vier-Eins-Eins. Tabun? Nein, das ist eine Vier-Zwei-Eins. Hier, Vier-Eins-Null. Scheiße, es ist Sarin.»

Das Wort selbst klang schon übel, wie der Schnitt eines Messers durch deine Schlagadern.

«Was kannst du mir darüber sagen?», fragte Verrazzano.

Kinsella verzog das Gesicht, als hätte sie gerade selbst eine Dosis des Nervengases abgekriegt. «Eine mäßig intensive Berührung führt innerhalb von Minuten zum Tod.»

«Symptome?»

«Eine laufende Nase, Atembeklemmungen, Erbrechen, und du scheißt dich voll. Du zuckst noch etwas, und dann erstickst du. Das war's.»

«Aber der Mann, der Dr. Weston erschossen hat und sagte, ‹Vier-Zehn› bringe ihn um, schien unter keinem dieser Symptome zu leiden.»

«Vielleicht ist er nur leicht damit in Berührung gekommen. Dann braucht Sarin eine Weile, um die Selbstregulierungsfunktion von Drüsen und Muskeln zu zerstören. Das ist es, was dich tatsächlich umbringt. Ob es sechs Monate oder sechs Sekunden dauert, die Organe werden überbeansprucht und können die Atmung nicht länger aufrechterhalten.»

Beide Agenten überdachten einen Moment lang die tödliche Gefahr der Substanz, mit der sie es zu tun hatten. Welcher Feind darüber verfügen und wo er zuschlagen mochte.

«Noelle, sieh nach, ob es in unseren Datenbanken in letzter Zeit etwas im Zusammenhang mit Sarin gegeben hat. Frage auch beim FBI nach.»

«Alles klar.»

«Sieh nach, was die NSA hat. Vielleicht haben die einen Anruf oder eine E-Mail abgefangen. Und betone den Syrien-Aspekt. Der sollte sie ausreichend interessieren, um zu kooperieren.»

Kinsella drehte den schweren Goldring mit dem falschen Amethyst an ihrem Finger. «Dr. Weston sagte, wir hätten ein paar Tage. Bevor was passiert? Was denkst du?»

«Sie war Chemiewaffen-Inspektorin. Ihr ging es sicher nicht um das Haltbarkeitsdatum auf einer Milchtüte.»

«Ich habe manchmal Albträume mit Terroristen, die so was wie Sarin in der City freisetzen.»

Verrazzanos Lächeln war düster. «Sei froh, dass du beim ICE bist. Andere Leute brechen nachts in Schweiß aus, weil sie sich vorstellen, vor einer Versammlung reden zu müssen und sich zum Clown zu machen. Das sind Ängste, an denen sich kaum was ändern lässt. Wir dagegen wälzen uns wegen Geldwäschern, Cyberkriminellen und Menschenhändlern im Bett herum. Das ist besser.»

«Ja?»

«Ja. Weil wir sie am Ende alle kriegen.» Er legte ihr die Hand auf die Schulter. «Träum was Schönes.»

Kapitel 7

Martin Chavez spielte mit der Steuerung seines Rollstuhls, wie er es in Bagdad auf Patrouille mit der Magazin-Entriegelung seines M16A2 getan hatte. Er las den Brief noch mal von vorn. Sein trockener bürokratischer Stil zerriss ihn förmlich wie der mit hochexplosivem Material vollgestopfte Fiberglasbrocken, der ihn aus dem Irak nach Hause geschickt hatte.

Auf dem Weg, den alle Veteranen kennen. Durch die Hölle.

Sehr geehrter Mr Chavez,

Ihr Engagement und Ihre in Ihrer Bewerbung und Ihrem Vorstellungsgespräch für die Stelle eines Computerkriminalität-Analytikers in der Cyber-Abteilung (GS4–1) unseres New Yorker Büros bewiesenen Fähigkeiten haben uns beeindruckt, dennoch müssen wir Ihnen leider mitteilen …

Er war so sicher gewesen, dass es diesmal klappen würde. Die Frau hatte ihm erklärt, dass sie einen Veteranen einstellen wollten. Den ganzen Monat hatte er ihre Karte in seiner Hemdtasche mit sich herumgetragen. Damit sie ihm Glück brachte. Er holte sie hervor. In den Karton war ein goldenes Siegel geprägt.

Ministerium für Innere Sicherheit
US Immigration and Customs Enforcement
Ermittlungsabteilung

Roula Haddad
Special Agent

Chavez hatte sich seinen eigenen Namen auf so einer Karte vorgestellt, aber jetzt erdrückte ihn die Bedeutung der Regierungsstellen, deren Namen oben auf der Karte aufgedruckt waren – das, was noch von ihm übrig war. Er stopfte die Karte zurück in seine Tasche.

Special Agent Roula Haddad wollte Veteranen einstellen, aber sie hatte keine Ahnung, was es *bedeutete*, ein Veteran zu *sein*. Sie war nicht von einer Bombe aus einem Humvee geschleudert worden, hatte nicht ein ganzes Jahr in einem heruntergekommenen Militärkrankenhaus gelegen und wieder und wieder das von den Dschihadisten ins Internet gestellte Video von der Attacke angesehen, die ihr die Beine genommen hatte.

Er senkte sein Handgelenk auf den Joystick und fuhr quer durch den Raum. Der schwere Rollstuhl war ein spezielles schwedisches Modell mit einem sperrigen elektrischen Antrieb unter dem Sitz, der ganz aus Plastik war, damit er keine Metalldetektoren alarmierte und sein Benutzer in demütigender Weise abgetastet werden musste. Der Brief flog auf den Teppich.

«Marty, ich bin dann gleich weg», rief Adela aus dem Bad. «Was möchtest du heute Abend essen?»

Der 7er-Zug dröhnte auf dem Hochgleis draußen vor dem Fenster vorbei. Chavez beschloss, auf den nächsten zu warten. Dann wollte er es tun. Der Lärm würde den Schuss übertönen.

«Such was aus», rief er und senkte die Stimme: «Ich fress nur noch Scheiße.»

Er öffnete den Schrank und holte die Beretta aus der Sockenschublade. Socken brauchte er nicht mehr.

Auf der Lehne seines Rollstuhls lag das Bild eines Soldaten in Paradeuniform, die Brust voller Orden. Chavez berührte es, als verabschiedete er sich von einem geliebten Menschen, dem Worte nichts bedeuteten, der aber alles verstand. Er drehte das Foto um und las: «Ich bin hier und halte dich. Dein Kumpel Kyle.» Der Soldat, dessen Worte entschlossen und klar durch den Tod gedrungen waren, der sich in Chavez' Lunge und Hirn gesammelt hatte – Kyle Massie –, hatte Chavez' Hand gehalten und ihm Mut gemacht, während ein entsetzter Sanitäter die Stümpfe seiner Beine betastete.

Chavez sah aus dem Fenster und wartete auf den nächsten Zug.

Kyle besuchte ihn oft. Nicht aus Mitleid. Er kam, um Chavez dafür zu danken, dass er auf seine verzweifelte Stimme gehört hatte. Ihm dafür zu danken, dass er noch lebte und nicht gestorben war, während er seine Hand gehalten hatte.

Auf der Fensterbank stand ein billig gerahmtes Foto. Die Familie Chavez bei der Parade am Veterans Day nach Martins erstem Irak-Einsatz. Adela, seine Frau, umarmte seine breite Brust, als wäre sie fünf und er ihr Lieblings-Teddy. Seine Hand lag auf Rickys Schulter. Der Junge war schüchtern, strahlte aber vor Stolz. Daddy trug seine Orden.

Der Schweiß auf seinem Hals brannte. Er schien sich durch die Haut zu fressen und die Kehle mit Galle zu füllen. Der Urinbeutel lag schwer auf seiner Hüfte. Chavez sollte ihn ausleeren. Himmel, er konnte nicht mal mehr pinkeln. Tränen überschwemmten seine Augen. Ein Mann konnte sich womöglich gelassener seinen Tod vorstellen, als ein Leben zu akzeptieren, das zu nichts nütze war.

Er drehte das Foto von ihnen dreien um. Er ertrug es nicht. Adela liebte ihn, und Ricky entwickelte sich prächtig.

Aber der IT-Spezialist Martin Chavez, Kompanie B, Neuntes Ingenieurs-Bataillon, war ein nutzloses Fiasko. Er hämmerte sich mit dem Lauf seiner Neun-Millimeter gegen die Stirn.

Der nächste Zug kam herangerattert. Chavez schob eine Patrone in die Kammer.

Adela drückte die Toilettenspülung.

Er presste sich die Pistole an den Hals. Die Räder des 7er-Zugs kreischten über die Gleise.

«Marty? Hörst du mich, *Papi*? Ich bin gleich da.»

Das ist so verdammt egoistisch, sagt er sich. *Willst du, dass sie dich so findet?* Das konnte er Adela nicht antun.

Er schob die Pistole zurück zwischen seine Socken. Er würde es woanders tun, während sie bei der Arbeit war. Er drückte die Schublade zu, doch sie verkantete sich und wollte weder vor noch zurück. Immer war es Adela, die ihm hinterherräumen musste. Lass es ausnahmsweise mal anders sein. Er schlug gegen die Schublade und fluchte.

Die Schlafzimmertür öffnete sich. «Ich mach das schon für dich, Schatz.» Adela kam durchs Zimmer.

«Das kann ich selber.» Er drückte noch einmal und riss am Griff vorne, um sie freizubekommen. Drückte und riss, voller Wut und rot im Gesicht.

Die Schublade flog heraus. Seine Socken landeten auf dem Teppich. Alle metallgrau. Die Pistole lag zwischen ihnen.

Adela bückte sich danach. Die Handschellen an ihrem Gürtel klackerten gegen den korrosionsgeschützten Stahl der SIG Sauer in ihrem Halfter.

«Gib sie mir», sagte Chavez.

Adela zog den Schlitten einen Zentimeter zurück und sah die Messinghülse der Patrone durch die Auswurföffnung der M9. «Du hast eine Kugel in der Kammer, Marty.»

Er zuckte mit den Schultern.

Ihr Blick fiel auf den ICE-Brief unter ihrem Fuß. Sie las

ihn und starrte ihren Mann an. Sie begriff, was er vorgehabt hatte. «*Oh*, nein. Nein, Schatz.» Adela ging auf die Knie und umarmte ihn in seinem Stuhl. Sie drückte ihr Gesicht gegen seinen Bauch. Er war fett geworden, da er nicht mehr gehen konnte. Sie wurde ebenfalls schwerer, als könnte all das Elend, mit dem er sie fütterte, in Kalorien gemessen werden. «Ricky braucht dich», flüsterte sie.

«Niemand braucht mich, verdammt.»

Sie flüsterte: «*Ich* brauche dich, Baby.»

Er wollte so dringend allein sein, weg und sterben. Das Schlimmste war, dass er alles hatte, was einen Mann glücklich machen sollte. Er hatte ein Dach über dem Kopf, diese Frau liebte ihn, und sein Junge war um ein Mehrfaches aufgeweckter und klüger als irgendwer sonst, den er kannte. Alles andere war nichts als Dekoration, das, was einem Mann Status verlieh und ihm die Bewunderung und den Neid anderer Männer einbrachte. War unwichtig. Und trotzdem wollte er sich umbringen?

Er hatte sogar Kyle. Einen Kumpel, der wusste, was er durchgemacht hatte. Einen Kameraden, dem er nach wie vor wichtig war.

Er küsste seine Frau auf die Stirn und murmelte eine zusammenhanglose Entschuldigung. Sie drückte ihn an sich. «Weißt du noch, als Ricky geboren wurde?», sagte sie. «Weißt du noch, was du da getan hast?»

Chavez versuchte zu antworten, doch ein Schluchzen übermannte ihn.

«Gehalten hast du ihn», sagte sie. «Du hast deinen kleinen Jungen an dich gedrückt.»

Die Erinnerung an das Kind in seinen Armen, winzig und warm, die schwarzen Augen, die seinen Vater ansahen. *Er wusste mehr als ich, damals schon,* dachte er.

«In deinen großen, starken Armen hast du ihn gehalten

und gesagt, du würdest dich immer um ihn kümmern. Er braucht dich, Marty. Er ist wirklich clever, und was er sagt, klingt so erwachsen, aber er ist noch ein kleiner Junge. Er ist noch so hilflos wie damals. Er braucht dich.»

Er umarmte sie, als würde die improvisierte Sprengladung unter ihm ein weiteres Mal in die Luft gehen und als wären das jetzt seine letzten Momente.

Es klingelte.

«Ich gehe.» Adela stand auf.

Chavez fuhr mit seinem Rollstuhl über den Teppich. «Du machst dich für die Arbeit fertig. Ich sehe nach, wer es ist.»

«Baby?»

Er hielt an und wandte ihr den Kopf zu.

«Wie wäre es mit Tacos heute Abend?»

«Das wäre toll.»

Er durchquerte das Wohnzimmer. Die Schlösser an der Tür saßen so tief, dass er an sie herankam. Er machte auf.

Im nüchternen Schein des Neonlichts draußen auf dem Korridor stand ein hoch aufgeschossener Mann, breitbeinig, die Hände auf dem Rücken. Sein blondes Haar war kurzgeschnitten und zur Seite gekämmt, das Gesicht knochig und gebräunt. Er trug eine Camouflage-Hose, geschnürte Arbeitsstiefel und eine braune Lederjacke.

Kyle Massie salutierte. «Spezialist Chavez. *Hooah.*»

Kapitel 8

Verrazzano sichtete das Material der Überwachungskamera. Haddad spürte, wie sehr er sich konzentrierte. Sie würde sich mit allem, was sie hatte, in diesen Fall hineinhängen. Sie würde ihn nicht enttäuschen.

Die Aufnahmen zeigten, wie Dr. Weston den Aufzug betrat und den Knopf für den sechsten Stock drückte. Ihre Arme waren über der Zeitung verschränkt, und sie wippte ungeduldig auf den Fersen.

Gerade als sich die Türen schlossen, kam ein Mann mit einem Kapuzen-Sweatshirt herein. Er schlug auf das Bedienelement und hustete heftig. Weston drängte sich in die Ecke, panisch, in der Falle.

Eine weitere Frau trat in den Aufzug, der Mann warf sie hinaus. Die Kapuze verschattete seine Augen, doch die eingefallenen Wangen und die schmale Nase reichten Verrazzano, um ihn wiederzuerkennen. Es war der Mann von der High Line.

«Ist es der mit dem Schrittmacher?», fragte Haddad.

«Ja, das ist Lee Hill.»

Hill stieß die Frau gegen die Rückwand und langte ihr in die Kleider, sodass es zunächst nach einer sexuellen Attacke aussah. Aber dann wurde klar, was er tat. «Er durchsucht sie», sagte Haddad.

Der Mann packte Weston am Kinn und steckte ihr die Finger in den Mund, immer noch auf der Suche. Dann trat er zurück. Er hob die Pistole. Dr. Weston riss sich die Zeitung vors Gesicht, als könnte sie sich so schützen.

Ein stummes Zittern erfasste die Bilder, als die Schüsse fielen.

Verrazzano schien den Rückschlag der Pistole zu spüren, als feuerte er die Schüsse selbst ab. Wie bei Maryam Ghattas. Aber es war nicht das Gleiche, ganz und gar nicht. Dr. Weston war allein, als sie ihr Ende fand. Da war kein Kind, kein erschüttertes, unschuldiges Gesicht, das ihren Mörder bis in seine Träume verfolgte.

Amy Weston brach zusammen. Der Mann beugte sich über sie und fuhr ihr noch einmal in die Kleider.

«Was immer er da sucht, es sieht nicht so aus, als hätte er es gefunden», sagte Verrazzano.

Hill verließ den Aufzug im zweiten Stock. Die Türen schlossen sich, der Aufzug fuhr weiter.

«Er war kein Killer. Er hat sie nicht in den Kopf geschossen.» Das Video lief weiter. Amy Weston mühte sich, ihr Notizbuch aus der Schultertasche zu ziehen. Sie kritzelte etwas darauf und kämpfte sich auf die Füße.

«Wie kann sie überhaupt noch leben?», sagte Haddad.

«Was sie mir sagen wollte, war wichtig genug, um sie weiteratmen zu lassen, bis sie ihre Nachricht überbracht hatte.»

Dr. Weston schwankte, und als sich die Türen öffneten, verschwand sie aus dem Bild.

Haddad sah die blutige Notiz, die geografischen Koordinaten. Was bedeuteten sie? Ihr Computer ließ einen dumpfen Ton hören. Der Scan war fertig. Sie klickte auf das kleine Bild, um es zu vergrößern. Verrazzano beugte sich über den Tisch. Es war Lee Hill in einem Tarnanzug.

«Das Bild stammt aus dem Personalverzeichnis des Verteidigungsministeriums», sagte sie.

«Bill hatte recht. Er war in der Army.»

«Nein, bei den Marines.» Haddad las die Information von ihrem Monitor. «Staff Sergeant in Afghanistan. Mit dem Navy Cross ausgezeichnet, weil er verwundete Kameraden unter schwerem Beschuss aus der Gefahrenzone geholt hat.»

Verrazzano ließ den Blick über den Bildschirm gleiten. «Er ist schon lange raus. Sein letzter Einsatz war 2007 in Afghanistan. Hat die Truppe 2008 verlassen.»

«Seitdem hat er für private Militärunternehmen gearbeitet, erst kürzlich wieder für ein neues. Schon mal was von Molnir Partners gehört?»

Er schüttelte den Kopf. «Hast du eine Adresse?»

«In Queens. Er wohnt da mit seiner Frau, Jennifer Esquibel Hill.»

Kapitel 9

Massie nahm eine DVD des jüngsten Tom-Cruise-Actionfilms vom Couchtisch in Martin Chavez' Wohnzimmer. «Du machst Witze, oder?»

«Adela mag ihn.» Chavez lächelte.

Massie rief in die Küche hinüber und wedelte dabei mit der DVD: «Adela, was um alles in der Welt siehst du in diesem kleinen Spinner?»

Sie brachte ihm einen starken Kaffee. «Bei dem war ich sofort hin und weg.»

«Was soll das heißen? Ist das ein Spruch aus einem seiner Girlie-Filmchen?» Er warf die DVD zurück auf den Tisch und grinste. «Ich kapier's einfach nicht.» Sie lief zurück in die Küche, um ihr Mittagessen einzupacken.

Massie nahm einen Schluck. «Das ist ein super Kaffee, Adela.»

«Freut mich, Kyle, mein Lieber.»

«Sollen wir ein bisschen über Spinner reden?» Chavez wusste, dass kein Filmstar je an Kyles Held herankommen würde, sein Freund kleidete sich sogar so und trug die Haare wie er. Er beschloss, etwas Spaß zu machen, und zeigte auf Massies Tasse. «Steve McQueen hat sich Kaffee-Einläufe verabreichen lassen, weil er dachte, so seinen Krebs heilen zu können.»

«Mach dich nicht über den King of Cool lustig, Bruder.» Massie stellte die Tasse auf den Tisch und schob seine blau getönte Persol-Sonnenbrille auf der Nase höher. Er lächelte. «Ich habe dich vermisst, Marty.»

Chavez senkte den Blick. Der halbe Marty, den sein alter Kumpel vermisste, war nicht mehr da. Alles unterhalb der Leiste, um genau zu sein. Er verzog das Gesicht, angewidert von seiner Reaktion, seinen kranken, depressiven, negativen Gedanken.

Adela kam aus der Küche. «Bis später, *Papi.*» Sie küsste Chavez auf die Stirn und hielt sein Gesicht in ihren Händen.

«Ich werde da sein», flüsterte er.

Als sich die Wohnungstür hinter Adela schloss, beugte sich Massie vor, die Ellbogen auf den Knien. «Ich weiß, wie's dir geht, Mann.» Er schob die Ärmel seiner Bomberjacke hoch. Seine Handgelenke waren voll von Probeschnitten, wie Psychiater sie nennen. Den Spuren von Selbstmordversuchen. «Ich kenne mich da aus.»

Chavez schluckte. «Woher weißt du …?»

«Ich habe meine Beine nicht verloren, aber auch nicht meine Augen. Ich sehe doch, was mit dir los ist. Schließlich hätte ich selbst fast meinen verdammten Verstand verloren. Albträume, Schweißausbrüche. Ich stand die ganze Zeit unter Strom. Wenn irgendein Scheißer mein Bier umstieß, hab ich ihm die Zähne eingeschlagen. In Indiana habe ich dafür neunzig Tage gesessen. Ich war nur noch ein Stück Scheiße und konnte mich nicht mal selbst umbringen. Ein absoluter, verdammter Loser war ich.»

«Und jetzt geht's dir wieder besser?»

«Ich habe einen Job bei einer privaten Sicherheitsfirma gefunden. Das hat mir geholfen.» Er legte seine Hand auf Chavez' Finger, die den Kontrollstick seines Rollstuhls gepackt hielten. «Ich will den gleichen Schutz für dich, Mann. Ich will, dass du zu uns kommst.»

«Redest du von einem Job?»

«Kapiert.»

«Unmöglich. Ich glaub's nicht.»

«Aber claro, Mann. Hör zu, ich musste erst alles verlieren, bevor ich Hilfe annehmen konnte. Lass es bei dir nicht so weit kommen, Marty. Du musst an deine Frau und dein Kind denken.»

«Ich brauche kein Mitleid.»

«Genau, das brauchst du nicht.» Massie sah Chavez in die Augen. «Von mir kriegst du kein Mitleid, Mann. Du hast deine Beine verloren, aber du hast auch was gewonnen. Du hast gelernt, dass dich deine Freunde nicht verlassen, auch wenn alle denken, dass du fertig bist. Du hast gelernt, dass es einen gibt, der dir hilft, egal, was kommt. Kapiert?»

Chavez spürte, wie ihn Massies Eindringlichkeit erfüllte, und er brannte vor Stolz und Liebe. Er rieb sich die Tränen aus den Augen. «Kapiert.»

«Hast du mal diese Regierungsärsche gehört, wenn sie sagen, dass sie als stellvertretender Außenminister oder so für irgendeinen Scheiß *gedient* haben? Oder Typen an der Wall Street, die als Leiter von irgendwas bei J.P.-Scheiß-Morgan *gedient* haben. Die *dienen* nicht, die *bedienen* sich. Wer dient wirklich, Marty? Leute wie du und ich. Und jetzt ist es an der Zeit, dass *wir* uns was zurückholen.»

Massie zog eine Schachtel Winston heraus und steckte sich eine an. Chavez warf einen nervösen Blick zur Küche hinüber. Er rechnete jeden Moment damit, dass Adela kam und sich wegen des Rauchs beschwerte. Dann erinnerte er sich, dass sie bereits auf dem Weg zur Arbeit war. Massie nahm einen langen Zug.

«Wir bewerben uns für einen Security-Vertrag», sagte er. «Wenn wir ihn kriegen, bist du eindeutig mit an Bord.»

«Wer ist der Kunde?»

«Cyber-Security ist ein wichtiger Teil unseres Angebots. Da kommst du ins Spiel. Wir bieten den vollen Service. Wir haben Jungs, die mit Sturmgewehren dastehen und knallhart aussehen. Wir haben freundliche Gesichter für Leibesvisitationen. Und wir brauchen Genies wie dich, die Hacker daran hindern, Fotos von Ban Ki-moon mit Hörnern zu verunstalten.»

«Der Generalsekretär der Vereinten Nationen? Der Kunde ist die UNO?»

«Du wirst da arbeiten, wo Adela ist.»

«Moment mal. Adela verliert ihren Job?», sagte Chavez.

«Was redest du da?»

«Adela arbeitet in der Security der UN, und nach dem, was du sagst, scheinen sie die Sache an eine externe Firma auslagern zu wollen.»

«Die Vereinten Nationen brauchen zusätzliche Security-Kapazitäten. Da fliegt keiner raus.»

«Aber du redest von Leibesvisitationen. Genau das macht Adela.» Massie hob die Hände, als hätte er etwas zu Heißes angefasst. «Raste jetzt nicht aus. Die UN stellen einen neuen Tower an den East River, und die Security *dafür* übernehmen wir. Adela und ihre Kollegen kümmern sich auch weiter um die alte Heimat. Wir kriegen die glitzernde neue Ranch.»

«Für wen arbeiten wir?»

«Schon mal was von Tom Frisch gehört?»

«Dem Special-Forces-Kerl? Himmel, der ist ein harter Brocken, was?»

«Der ist so irre. Der sollte seinen eigenen Waffenkontrollvertrag unterschreiben.»

Chavez erinnerte sich daran, wie die Soldaten über Frisch gesprochen hatten. Frisch, der Green Beret, der durch die Gassen Bagdads geisterte, keinerlei Spuren hinterließ, nur ordentliche Löcher in den Stirnen toter Dschihadisten.

«Frisch hat speziell für diese Sache eine Kompanie zusammengestellt. Mit vielen erfahrenen Leuten aus der Delta Force, mit Rangers, Marines. Spezialist Chavez, wir würden uns geehrt fühlen, wenn du mit einsteigst.»

Kapitel 10

Verrazzano parkte den blauen Dodge Charger aus dem ICE-Wagenpark an der Ecke. Todd war noch am Schauplatz von Lee Hills Tod, und Kinsella durchkämmte die einschlägigen Datenbanken der Ermittlungsbehörden nach Hinweisen auf Sarin. Verrazzano war allein unterwegs. Ein Lincoln stand vor dem Haus des Mannes, der Dr. Weston getötet hatte. Der schmucklose Ziegelbau sah aus wie ein gewöhnliches Mietshaus, das auf zwei Stockwerke heruntergekürzt worden war, um es wie eins der begehrenswerteren Einfamilienhäuser weiter draußen vor der Stadt aussehen zu lassen.

Ein Mann kam aus Lee Hills Tür. Eine blonde Frau lehnte sich in den Türahmen und winkte ihm nach. Verrazzano las ihr die Worte von den leuchtend rot angemalten Lippen ab: «Ich liebe dich.» Der Mann reagierte nicht, sah die Straße hinauf und hinunter und ging zu dem Lincoln. Er trug einen blauen Anzug mit Krawatte. Sein Haar reichte ihm knapp über den Kragen und war in fettigen Locken über den lichter werdenden Schädel zurückgekämmt. Sein Schnäuzer war dick wie die Bürste eines Schuhputzers.

Der Mann ließ den Motor der Limousine an und fuhr die Straße hinunter. Verrazzano griff nach der Zündung seines Wagens, zog die Hand dann aber zurück. Das war vielleicht nichts. Wahrscheinlich nur der Besuch eines Freundes, der kaum etwas über Lee Hill wusste, und schon gar nichts über das, was er getan hatte. Die Frau war wichtiger, den Lincoln-Fahrer konnte er immer noch befragen.

Er flüsterte das Kennzeichen des Lincoln vor sich hin und rief Haddad an, die gleich abhob: «Roula, überprüf bitte, wem dieser Lincoln Town Car gehört. Kennzeichen: Delta-Papa-Charlie-Sieben-Acht-Neun.» Er stieg aus seinem Charger und überquerte die Straße.

«Zugelassen auf einen Jon Ivin», las Haddad von ihrem Schirm im ICE-Büro ab. «Er vermietet die Limousine, mit sich selbst als Fahrer. Wohnt in Atlantic Beach.»

«Schick mir die genaue Adresse. Vielleicht fahr ich kurz hin, nachdem ich mit Lee Hills Frau gesprochen habe.»

«Hey, sieh mal an. Jon Ivin ist ebenfalls ein Veteran.»

«War er mit Lee Hill bei den Marines?»

«Infanterie.»

«Einsätze in Afghanistan? Hat er Lee da kennengelernt?»

«Negativ. Er war im Irak.»

Verrazzano erinnerte sich an etwas, das ihm aufgefallen war, nachdem er die Army verlassen hatte. Die meisten Veteranen hatten genug Gewalt erlebt, um sie anschließend um jeden Preis zu meiden. Einige mochten sie jedoch so sehr, dass sie ohne Gewalt nicht mehr leben konnten. Zu welcher Sorte gehörten Lee Hill und Jon Ivin?

«Okay, danke.» Er ließ das Handy in die Tasche gleiten. Verrazzano stand an der Tür, aus der Hill getreten sein musste, um Dr. Weston zu ermorden. Er klingelte.

Die Frau, die ihm aufmachte, trug eine so dicke Make-up-Schicht, dass es sie warm halten musste, dazu ein rosa gestreiftes ärmelloses Top, das alle Mühe hatte, die mit Sommersprossen übersäten Brüste zu halten. Als sie Verrazzano sah, ließ die Enttäuschung sie noch zwanzig Jahre älter aussehen. Er spürte, dass sie darauf gehofft hatte, der Mann mit dem Lincoln wäre zurückgekommen. «Oh», sagte sie.

«Jennifer Esquibel Hill?» Er zeigte ihr seinen Ausweis.

«Special Agent Verrazzano, von der Einwanderungs- und Zollbehörde.»

«Oh.» Beim zweiten Mal klang die Silbe noch enttäuschter.

«Darf ich hereinkommen?»

«Ich bin keine Einwanderin.»

«Ich komme nicht wegen einer Einwanderungssache. Ich bin in der Ermittlungsabteilung für Innere Sicherheit. Können wir drinnen reden?»

Sie trat zur Seite, um ihn hereinzulassen, schloss die Tür hinter ihm und nahm ein Sweatshirt von der Lehne eines dick gepolsterten, pastellfarbenen Sessels. Die Tischdecke, die mit Rüschen besetzten Lampenschirme und die Kunstdrucke an den Wänden waren alle samtrosa, als befände man sich im Zimmer einer Sechsjährigen. Offenbar hatte Lee Hill keinen großen Einfluss auf die Ausstattung seines Zuhauses gehabt.

Jennifer zupfte am Saum ihrer knappen, purpurroten Shorts, als könnte sie das Stückchen Stoff dadurch zu einem züchtigen Kleidungsstück machen. «Was wollen Sie?»

Aus Gewohnheit stellte sich Verrazzano ans Fenster. Die cremefarbenen Rollos waren heruntergelassen, aber fast durchsichtig. Im Gegenlicht sah sie nur seine Silhouette und fragte sich bestimmt, was für ein Gesicht er machte.

«Es tut mir leid, dass ich Ihnen das sagen muss, Jennifer. Lee ist tot.»

Die Frau sackte auf das Polstersofa, zog sich ein rosa Kissen vor den Bauch und grub die Finger hinein.

Verrazzano setzte sich in einen Lehnstuhl. Das Zimmer roch nach Kinderknete. Er sah sich nach Spielzeug um, bis er begriff, dass es das Parfüm der Frau war. «Lee hat heute Morgen jemanden umgebracht und sich dann das Leben genommen, Jennifer.»

Er wartete auf eine Reaktion, doch sie bewegte nur mechanisch den Kopf hin und her.

«Hat er Ihnen mal von einer Frau namens Amy Weston erzählt?»

«Er hatte keine andere. So war Lee nicht.»

«Amy Weston ist die Frau, die er getötet hat.»

Sie sah auf ihre Hände und zog am rosa Saum ihres Kissens. «Lee hat viele Menschen getötet.»

«Wen noch?»

«Leute in Afghanistan.»

«Ist das nicht etwas anderes? Das war für die Marines.»

«Später auch noch. Nach seiner Entlassung war er mit privaten Sicherheitsfirmen da.»

«In Afghanistan?»

«Hauptsächlich in Syrien.»

Verrazzano dachte an die Koordinaten, die Weston vor ihrem Tod noch aufgeschrieben hatte. Den Tishreen-Park in Damaskus. In Syrien.

«Er sollte wieder hin, doch dann wurde er krank und konnte nicht mehr reisen.» Jennifers Füße zeigten zur Tür. Verrazzano verstand das unbewusste Signal. Sie würde am liebsten aufstehen und hier raus.

«Was hat Lee in Syrien gemacht?», fragte er.

«Er war sicher nicht da, um die Pyramiden zu besichtigen.»

Verrazzano empfand einen Moment lang Mitleid mit der verzweifelten Frau und ihrem toten Mann. Vielleicht war Lee Hill nicht intelligenter als seine Frau gewesen. Was immer mit dem Sarin passieren sollte, die ganzen Konsequenzen hatten womöglich weit jenseits der Vorstellungskraft des ehemaligen Marines gelegen.

«Hat Lee für die syrische Regierung gekämpft? Für die Rebellen?», fragte er.

«Davon hat er nie was erzählt. Er hatte viele Geheimnisse.»

«Hat Lee etwas von Sarin gesagt?»

«Von wem? Noch eine Frau?»

«Sarin ist ein Nervengas, Jennifer. Wann war Lee in Syrien?»

«Letztes Jahr. Etwa um diese Zeit ist er zurückgekommen. Warum fragen Sie nicht Lee?» Dann erinnerte sie sich, warum Verrazzano hier war, und sog die Lippen ein, als hätte ihr Mann ihr Leben völlig ruiniert, und das nicht zum ersten Mal.

«Erzählen Sie mir von Jon Ivin», sagte er.

Sie war völlig perplex. «Den Namen kenne ich nicht.»

Verrazzano fuhr sich nachdenklich mit der Zungenspitze hinter den Zähnen entlang. Nur die schlimmsten Amerikaner waren in der Lage, ihre Scham zu verbergen, wenn sie die Unwahrheit sagten. Die meisten wuchsen mit der Vorstellung auf, Ehrlichkeit voneinander erwarten zu können, und fühlten sich schuldig, wenn sie jemanden täuschten. In weniger wohlhabenden Nationen gingen die Leute davon aus, dass alle logen und die einzige Möglichkeit, nicht für einen Trottel gehalten zu werden, darin bestand, es ebenfalls zu tun. Die Stimmbänder eines Amerikaners spannten sich, wenn er die Unwahrheit sagte, und die damit einhergehende Erhöhung der Stimmlage klang überlaut in Verrazzanos Ohren. «Ich will noch genauer fragen: Woraus besteht Jon Ivins Verbindung zu Lee?»

Sie verschränkte die Arme unter den Brüsten.

«Lieben Sie Jon Ivin?», sagte er. «Ich bin zwar nicht so gut im Lippenlesen, aber das haben Sie doch gesagt, als er eben aus dem Haus gegangen ist, oder?»

Sie versuchte die Empörung aus ihrer Miene zu vertreiben, doch das war ein bisschen so, als wollte sie ein aufgeschlagenes Ei zurück in seine Schale stopfen.

«Wollen Sie mir sagen, was Ivin hier zu tun hatte?»

«Er kümmert sich um Lee.»

Sie sprach so leise, dass Verrazzano nicht sicher war, ob er sie richtig verstanden hatte. «Er kümmert sich um Sie?»

«Nicht um *mich*. Um Lee. Er kümmert sich um Lee.»

«Sie sagten, Lee kennt ihn nicht.»

«Ich war verwirrt. Ich meinte, Lee weiß nicht, warum Jonny herkommt. Ich meine, er *denkt*, er weiß es. Aber er weiß es nicht ... Sehen Sie, Jonny und ich, wir ...»

«Was dachte Lee, wozu Jon Ivin herkommt?»

«Er denkt, Jonny kommt, um ihm ... um Lee etwas zu geben.» Sie zog wieder an ihren Shorts.

«Geld?»

Es gelang ihr, ihn freundlich anzusehen, und sie versuchte ihn für sich einzunehmen. Sie war wie das Foto aus glücklichen Zeiten, das eine Familie an die Medien gibt, wenn die Tochter entführt und ermordet worden ist, ein Bild, das Ausdruck gibt von Hilflosigkeit und Verlust. «Lee ist krank. Es ist echt schwer für mich, wissen Sie. Jonny bringt eine Entschädigung vorbei. Von Lees Freunden.»

«Was hat Lee für *sie* getan?»

«Nichts. Ich weiß nicht.»

«Warum zahlen ihm seine Freunde eine Entschädigung? War er ihretwegen krank?»

«Sie helfen nur.» Sie presste sich das rosa Kissen fest auf den Bauch.

«Warum nennen Sie es dann eine Entschädigung?»

«So nennt Lee es. Er ist nicht einfach nur krank. Er stirbt.»

Verrazzano zögerte. Er wusste nicht, ob er sie daran erinnern sollte, dass Lee bereits tot war. «Woran stirbt er?»

«Er ist schon lange schwach. Die Ärzte haben festgestellt, dass sein Herz zu langsam schlägt. Deshalb haben sie ihn aus der Truppe geworfen. Er brauchte einen Schrittmacher. Den mussten wir selbst bezahlen. Die Marines haben uns nichts gegeben, sie haben ihn nur rausgeworfen.»

«Aber den Schrittmacher hat er bekommen.»

«Ja.»

«Also hat ihn sein Herz nicht umgebracht.»

«Hmm. Er kann nicht richtig atmen. Er hat was in der Lunge, und das tut ihm weh.»

«Seit wann?»

«Ich denke, so seit April.»

«Wurde er medizinisch behandelt?»

«Mit einer Flasche Wild Turkey.»

«Gibt es in diesem Haus etwas, das mit Lees Arbeit zu tun hat? Einen Laptop? Ein Tablet? Oder etwas anderes, das mir einen Hinweis auf seinen Tod geben könnte?»

«Da war eine Kiste. Ein großes hölzernes Ding. Lee hat sie in den Keller gestellt, als er aus Syrien zurückgekommen ist.»

«Wie groß?»

«Etwa so lang, wie ich groß bin. Zu schwer für ihn, um sie zu heben, wegen seiner Lunge. Aber Jonny konnte sie tragen. Er ist stark.»

Verrazzano stellte sich eine Transportkiste für Sarin-Kanister vor. Die konnte so groß wie diese Frau sein. «Wo hat Jonny die Kiste hingebracht?»

«Sie liegt neben seinem Bett in ...» Sie beugte sich voller Scham über ihr Kissen. Verrazzano wandte den Blick ab, als wäre sie nackt. Sie murmelte: «Sie ist bei Jonny in Atlantic Beach.»

Kapitel 11

Der Janitschar wischte über den Bildschirm seines Telefons, als Verrazzano das Haus verließ. Jennifer Hill schloss die Tür. Ihre Beine waren dick, genau, wie er sie mochte. Vielleicht würde er später noch mal herkommen, um sie zu besuchen. Er tippte auf das Flight-Icon, eine Gratis-App von Microsoft für seine Xbox. Aber er wollte nicht spielen. Die Xbox verfügte über ein privates Chat-System, das von den Ermittlungsbehörden praktisch nicht überwacht werden konnte.

Verrazzano setzte ein Stück zurück. Der Janitschar ließ seinen Motor an.

Auf dem Xbox-Interface fand er einen unbenutzten privaten Chat-Kanal, tippte auf Nabil Allafs Gamer-Zeichen «Psycho Psyrian» und schickte ihm eine Einladung. Verrazzano fuhr los, der Janitschar schaltete seinen Toyota auf Drive und folgte ihm die Straße hinunter.

Einen Moment später erschien der Offizier des militärischen Aufklärungsdienstes auf dem Bildschirm. Er trug ein burgunderrotes Hemd mit einer leuchtend bunten, geblümten Krawatte. Das kurze Haar hatte er über den schmalen Kopf zurückgebürstet, und seine Augen glitzerten wie Skorpione unter UV-Licht. Der Janitschar traute Syrern mit blauen Augen nicht. Sie waren genetische Überbleibsel alter Invasionen, und wer solche Augen hatte, war damit immer als jemand, der irgendwie nicht dazugehörte, erkennbar.

Er lächelte. Braunäugigen Leuten traute er auch nicht.

Allaf sagte: «Was?»

«Der ICE-Agent hat Hills Haus verlassen.» Die Stimme des Janitscharen war rau und trocken.

«Wo fährt er hin?»

Verrazzanos Wagen folgte einem Schild zum Grand Central Parkway.

«Er wird zu Ivin wollen», sagte der Janitschar. «Ich an seiner Stelle würde das jedenfalls tun.»

Verrazzano nahm die Auffahrt zum Parkway.

«Du an seiner Stelle», sagte Allaf, «wärst geblieben, um die Frau zu ficken.»

«‹Das Paradies findet sich auf den Rücken der Pferde, in Büchern und zwischen den Brüsten der Frauen.›»

«Willst du Sprichwörter zitieren? Wie wäre es mit: ‹Der Tod ist schnell wie ein Kamel.› Konzentriere dich auf deinen Job. Ist bei Ivin alles vorbereitet?»

«Die anderen warten da auf ihn.»

«Folge ihm. Versichere dich, dass er hinfährt, und sorge dafür, dass er findet, was er finden soll.»

Der Janitschar fuhr mit seinem dicken Finger über den Bildschirm und beendete das Gespräch. Er gab Gas und raste die Auffahrt hinauf, um Verrazzano nicht zu verlieren. Drei Autos vor ihm machte er den Kopf des ICE-Agenten aus und stellte sich die Kugel vor, die er in ihn hineinjagen würde.

Kapitel 12

Das Bild draußen an der Wand vom Saal der UN-Vollversammlung war drei Mal sechs Meter groß. «Das kenne ich», sagte der robuste, kräftige Mann bestimmt. Seine Stimme klang warm. «Das habe ich schon mal gesehen. Da bin ich sicher, Andy.»

Andreas Holtz verschränkte die Finger hinter seinem Rücken. Diese Amerikaner mit ihrer Ungezwungenheit, dachte er. Warum denken sie, sie können mich einfach so Andy nennen? Der Österreicher hatte UN-Posten in einem halben Dutzend Länder bekleidet und war sicher, sich besser in fremden Sprachen ausdrücken und mit Leuten unterschiedlicher Kulturen umgehen zu können als die meisten Amerikaner. Was einer der Gründe war, warum er es so genoss, ihnen das UN-Hauptquartier zu zeigen. Darüber hinaus gefiel ihm, dass sie sich zwar in New York befanden, das UN-Gelände aber einen internationalen, unabhängigen Status besaß. Hier war Tom Frisch der Ausländer.

«Das ist eine Mosaikversion des Gemäldes *The Golden Rule* von Norman Rockwell.» Holtz' englische Diktion war präzise.

«Der Mann, der den Truthahn gemalt hat», sagte Frisch.

«*Freedoom from Want* ist das Bild, an das Sie denken. Sie haben recht. Das ist auch ein Rockwell.»

«Die goldene Regel.» Frisch lächelte. «Erledige andere, bevor sie dich erledigen.»

Holtz war Mitte vierzig und so groß, dass er Frisch mit seinen Einsfünfundachtzig selbst noch in gebeugter Haltung um einiges überragte. Der Österreicher hatte sein schütter werdendes, blondes Haar zu einer weichen Tolle hochgekämmt, und er spürte eine unbestimmte Nervosität in Gegenwart des ehemaligen Green Berets. Die UN waren ein Ort, an dem Ideen nach einem quantitativen System eingeordnet wurden, wo alles überwacht und evaluiert und das, was man wusste, eine «Kompetenz» genannt wurde. Frisch passte da nicht hinein, und das verstörte und reizte Holtz gleichermaßen.

Er schob seine teure, fichtengrüne Brille auf der Nase zurecht und versuchte sich zu beruhigen. Schließlich war Frisch nicht gekommen, um sich für einen Job im Protokollbüro der UN zu bewerben. Frisch besaß genau die Kompetenzen, die der UN fehlten. Er war einer der höchstdekorierten Green Berets aller Zeiten, hatte am Persischen Golf, in Bosnien und auf Haiti gedient, wo ihm eine Machetenverletzung eine Narbe verschafft hatte, die sein zurückgekämmtes Haar kaum zu verbergen vermochte. Seinen Ruf hatte er im Irak und in Afghanistan erworben, mit seiner Jagd auf al-Qaida und ihre vielen Ableger dort. In jenen Tagen hatte er sich einen langen Bart wachsen lassen und wie ein Araber oder Paschtune gekleidet. Heute trug er eine rosa Seidenkrawatte, die wie eine Regenbogenforelle in einem sommerlichen See schimmerte. Holtz stellte sich vor, wie Frischs gebräunte Hände aus den Ärmeln seines blauen Anzugs hervorschossen, um den Fisch aus dem Wasser zu holen, ihm das Fleisch herauszureißen und roh zu essen.

«Ich weiß, wir sind nicht die einzige Truppe, die sich für diesen Vertrag bewirbt», sagte Frisch. «Aber wir sind die Besten.»

«Der Auswahlprozess ist in den Ausschreibungsregularien klar definiert und ...»

«Dieser Begriff ist nicht Teil meines Wortschatzes. Ich werde Ihnen von mir erzählen, von meiner Truppe und davon, was wir tatsächlich tun.»

Holtz ließ einen leisen, verlegenen Schnaufer hören und stupste gegen den Steg seiner Brille. Sosehr er gemessenes Verhalten und sorgfältig formulierte Prioritäten bevorzugte, fühlte er sich von Frischs locker maskulinem Stil doch auch angezogen. Vielleicht wollte er einfach mit jemandem befreundet sein, der sich die Welt so einrichtete, dass sie zu dem Leben passte, das er zu leben wünschte. Frisch hockte nicht im Büro. Er sah aus, als ruhte er nie lange genug aus, um überhaupt irgendwo zu sitzen. Holtz wollte teilhaben am geheimen Wissen dieses Mannes.

«Meine Truppe sind die Molnir Partners», sagte Frisch.

«Molnir, so hat Thor seinen Hammer genannt. Ich sehe, dass Sie in der nordischen Mythologie bewandert sind.»

«Ich kenne meine Kriegsgötter.» Frisch sah ihn eindringlich an. «Private Sicherheitsfirmen geben sich gern griechische oder lateinische Namen. So wollen sie den Eindruck erwecken, anspruchsvoll, erstklassig und unblutig zu arbeiten. Molnir bedeutet wörtlich ‹das Ding, das andere Dinge zertrümmert›. Ich habe den Namen selbst ausgesucht. So bin ich.»

«Ich verstehe.»

«Die anderen Firmen, die mit den griechischen oder lateinischen Namen, die folgen Ihren Regularien. Ich gebe Ihnen fünf Millionen.»

Holtz stupste erneut seine Brille an, kaute auf seinen Lippen und fragte sich, ob er sich verhört hatte. Das selbstsichere Grinsen der Amerikaners sagte ihm, dass es nicht so war.

«Ich bin mir sicher, die Ausschreibung zu gewinnen», sagte Frisch. «Aber Sie reden mit einem Mann der Special

Forces. Ich kämpfe nicht fair. Ich kämpfe, um zu gewinnen. Ich bezahle Sie, und ich gewinne. Verstehen Sie?»

Holtz erschauderte. Ihm war nie der Gedanke gekommen, dass ihm ein Amerikaner Schmiergeld anbieten könnte, um als private Sicherheitstruppe verpflichtet zu werden. Jemand weiter oben, okay, der mochte die Hand aufhalten. Das kam vor, Holtz wusste es. Dann begriff er, dass *er* in diesem Fall die Schlüsselperson war. Er konnte das Geld einstecken und den Vertrag vergeben. Holtz wollte etwas sagen, hielt sich aber noch zurück. Frisch grinste, als wüsste er, was Holtz dachte.

«Fünf Millionen Dollar», sagte Frisch. «Und was immer Sie brauchen, um Ihre Sicherheit zu gewährleisten, wenn ich den Vertrag habe.»

«Meine Sicherheit?»

«Ich bekomme den Vertrag, und Sie bleiben noch eine Weile hier, um den äußeren Anschein zu wahren. Dann verschwinden Sie aus diesem Loch hier und ziehen mit einer Schiffsladung Brasilianerinnen auf eine einsame Insel.»

Holtz versuchte es sich vorzustellen. Er war sein Leben lang Bürokrat gewesen, und jetzt konnte er jemand wie Frisch werden, ein Mann ohne Regeln. Er musste nur Ja sagen. Aber der Andreas Holtz, den er sich mit lauter nackten Frauen auf einem Strand vorstellte, trug Anzug und Krawatte. Er war kein Frisch und würde es nie sein. «Ich kann ein solches Angebot ganz sicher nicht guthei...»

«Nimm das Geld, Andy.» Frisch kam ihm näher. «Wenn du's nicht tust, werde ich dich eliminieren müssen. Vielleicht folgt dir dann ein weniger prinzipientreuer Mann nach. Du stehst mir nicht im Weg.»

Holtz atmete heftig ein. Der Amerikaner sah ihn durchdringend an.

Und lachte plötzlich los. Er stieß Holtz spielerisch gegen

die Schulter. «Nicht schlecht, was? Sie haben's mir abgenommen, oder?»

Holtz lächelte nervös. «Sie wollen mich nicht bestechen?»

«Wenn Sie Ihre Meinung ändern, was das Geld angeht, rufen Sie mich an.» Frisch bewegte sich in Richtung Plenarsaal. «In der Zwischenzeit erkläre ich Ihnen, warum Sie sich für Molnir entscheiden sollten.»

Staunend und entnervt folgte ihm Holtz ins große Auditorium.

«Hier findet diese Woche die jährliche UN-Vollversammlung statt.» Frisch deutete mit einer Geste über die leeren Bänke zum Podium und auf den grünen Marmortisch des Generalsekretärs. «Dort unten wird mein geliebter Präsident in ein paar Tagen stehen und erklären, dass die Zeit für die syrische Regierung abläuft.»

«Oh, ich habe keinerlei Ahnung, was er ...»

«Ich ahne da nichts. Ich *weiß*, was sich zu wissen lohnt. Was die Guten denken und die Bösen tun.»

Holtz fragte sich, ob der amerikanische Präsident für Tom Frisch ein Guter war.

«Sie sind seit zwanzig Jahren bei den UN, Andy.»

Holtz widerstand dem Impuls, sich erstaunt zu zeigen. «Ich habe gleich nach dem Studium hier angefangen.»

Frisch griff nach dem an einem blauen Band hängenden Ausweis des Österreichers, zog ihn zu sich heran und las: «*Leiter der Sicherheitsabteilung*. Sie sind schon ganz schön herumgekommen, waren beim Internationalen Strafgerichtshof für das ehemalige Jugoslawien in Den Haag, mit der Unterstützungsmission der UN im Irak, im UN-Büro für Drogen- und Verbrechensbekämpfung in Wien und im Moskauer Büro des Internationalen Währungsfonds.»

«Sie haben sich informiert.»

Eine Gruppe Schüler schwirrte an ihnen vorbei auf die Zuschauertribüne hinten im Saal.

Frisch fuhr mit den Fingern über die Rückseite des Ausweises und ließ ihn fallen. Sein Grinsen war sanft und selbstsicher. Er hätte mit Holtz auch in der ruhigen Bar eines teuren Hotels sitzen können. «Meine Mitbewerber für diesen Vertrag sind allesamt große Konzerne mit Hunderten von Leuten, die rund um die Welt US-Botschaften bewachen und Milliardenverträge mit der Regierung haben. Molnir ist eine kleine, unternehmergeführte Firma.»

«Was lässt Sie glauben, dass die UN mit einer kleinen, unternehmergeführten Firma zusammenarbeiten wollen?» Holtz fühlte sich wie ein schwer ramponierter Boxer, der endlich einen Treffer landen konnte.

Frisch klopfte ihm beiläufig auf die Schulter und lachte. «Die Welt ändert sich, Andy. Als die Vereinten Nationen nach dem Zweiten Weltkrieg gegründet worden waren, bestimmten die großen Nationen das Weltgeschehen. Es gab den westlichen Block und den sowjetischen Block. Keine Überschneidungen. So ist es heute nicht mehr. Die großen Nationen haben keine absolute Macht mehr.»

Holtz blickte durch den Plenarsaal. Jeder der einhundertdreiundneunzig Mitgliedstaaten hatte seinen Platz auf den langen Bänken gegenüber vom Podium. «Hier werden wichtige Entscheidungen getroffen.»

«Aber keine *endgültigen* Entscheidungen», sagte Frisch. «Die Nationalstaaten haben nicht einmal mehr die Kontrolle über ihr nationales Territorium. Die halbe Welt wird von russischen Oligarchen bestimmt, die sich keinem Gesetz unterordnen. Riesige Technologiekonzerne dringen bis in die Gedanken der Menschen ein. Zuckerproduzenten machen die Amerikaner fett und töten sie, und ihre Lobbyisten schmieren ein paar Leute im Kongress, damit niemand die Konsequenzen zieht und die entsprechenden Verordnungen erlässt.»

Holtz fühlte sich wie die Nationalstaaten, die Frisch beschrieb, seine Sicherheit wurde von einer verschwommenen neuen Macht untergraben. Die Oberen der UN beschäftigten sich mit genau diesen Fragen. Wie konnte sich ihre gewaltige Bürokratie dem technologischen Wandel anpassen, wie den neuen Quellen von Wohlstand und Macht, die diese Welt veränderten? Hier war die Antwort, sie wurde ihm zugeflüstert und erlaubte ihm einen Blick in die Zukunft. Eine Zukunft, die Frisch gehörte.

«Heute kann sich kein Land mehr auf eine altmodische Armee verlassen», sagte Frisch. «Sie alle brauchen eine flexible Truppe, die an keine nationale Identität oder die rigiden Regeln konventioneller Militärapparate gebunden ist. Deshalb habe ich Molnir geschaffen. Die UN brauchen mich, Andy. So, wie eine Bananenrepublik Kalaschnikows und Schweizer Banken braucht.»

«Wir verfügen auf dem Feld der Sicherheit bereits über einige Verträge mit bestimmten internationalen, privaten Organisationen.» Holtz fühlte sich wie eine Jungfrau, die zum ersten Mal über Sex reden musste.

«Zum Beispiel?»

«Zum Beispiel hatten wir Sorge, dass die National Security Agency der Vereinigten Staaten uns in ihre Überwachung einbezogen hat. Schließlich haben sie sogar die SMS der deutschen Kanzlerin gelesen. Warum also nicht die unseres Generalsekretärs?»

«Wen haben Sie sich da zu Hilfe geholt?»

Jetzt wurde die Jungfrau bis zum Äußersten gedrängt. Frisch lächelte verschwörerisch und, wie Holtz dachte, auch ein wenig bewundernd. «Sie haben selbst darauf hingewiesen, dass ich meine letzte Stelle vor New York in Moskau hatte. Ich habe mir dort gewisse Kontakte verschafft, die ich aufrechterhalte. Verstehen Sie?»

«Irre.» Frisch boxte Holtz gegen den Arm. «Sie sind der Hammer, Mann. Sie haben die Russen angeheuert, um NSA-Bugs bei den UN aufzuspüren? Das ist der Wahnsinn.»

«Unsere Leute haben bisher nichts gefunden.»

«Also, wenn Sie die Russen angeheuert haben, *werden* die was finden. Wenn nicht, und Sie wollen den Vertrag kündigen, lassen die Sie nicht. Die pressen noch den letzten Cent aus Ihnen raus.»

Holtz zuckte zurück. Es war geschehen, die Jungfrau fühlte sich benutzt.

«Ich, ich presse aus niemandem etwas heraus», sagte Frisch. «Ich bin gerne großzügig. Hören Sie, der US-Präsident wird hier über Syrien sprechen. Ich habe Ihnen weit interessantere Dinge darüber zu berichten als er. Molnir ist *in diesem Augenblick vor Ort*, Andy.»

«Sie nehmen am syrischen Bürgerkrieg teil?»

«Die CIA will den syrischen Rebellen helfen, nur haben ihre tollen Agenten in Yale nie gelernt, wie man so was macht. Also bezahlen sie mich dafür.»

«Um was für eine Art von Hilfe handelt es sich?»

«Ich kann Ihnen jederzeit Informationen liefern, Andy. Denken Sie nicht, die UN sollten wissen, was da wirklich vorgeht?»

«Ich nehme an, dass ich …»

«Sagt Ihnen der Name Sun Tsu etwas?»

«Das ist der alte chinesische General, der *Die Kunst des Krieges* geschrieben hat.»

«Ich zitiere: ‹Krieg ist Täuschung.› Halten Sie sich besser daran.»

«Ich führe keinen Krieg.»

«Ihre Leute tragen Waffen. Wenn sie nicht an den Türen dieses Gebäudes ständen, käme irgendwann einer herein und tötete sämtliche Diplomaten. Doch, Andy, Sie befinden sich im Krieg.»

«Aber ich bin an Lügen nicht interessiert.»

«Sun Tsu redet nicht von *schlechten* Lügen. Er meint, Sie sollten Ihre Gegner überlisten, damit Ihre gute Sache gewinnt. Vielleicht sogar kampflos.» Frisch sah zum Podium hinunter. «Wenn der Präsident dort unten steht, möchte ich, dass Sie sich vorstellen, wie viel sicherer Sie wären, wenn Sie mich an Ihrer Seite hätten, Andy.»

Sie schüttelten sich die Hand. Der Händedruck des Mannes war nicht so fest wie erwartet, aber Holtz fühlte sich von ihm gesteuert.

Kapitel 13

Niemand antwortete, als Verrazzano an die Tür des Lincoln-Fahrers klopfte. Vorsichtig ging er ums Haus. Die Grasfläche hinten, auf der ein Rasensprenger seine Fontänen von einer Seite zur anderen schickte, grenzte an den Wasserarm zwischen Atlantic Beach und Long Island. Ein kurzer, privater Steg ragte in das von Dunst bedeckte blaue Wasser. Der hochtourige, stotternde Lärm eines Außenborders näherte sich und verstummte.

Verrazzano zog seine Heckler & Koch und kniete sich hin. Die Bretter am Fundament des Hauses waren sturmgeschädigt und verrottet. Sie stanken süßlich.

Ein schmales Boot mit einem Mann darin glitt auf den Steg zu und stieß gegen die hölzernen Stützen.

Jetzt kam ein zweiter Mann die Außentreppe aus dem oberen Stock des Hauses herunter, der offensichtlich auf das Klopfen Verrazzanos nicht hatte reagieren wollen. «Wird auch verdammt noch mal Zeit», rief er.

«Halt die Schnauze, und bring sie runter.» Der Mann im Boot war schwarz, er hatte einen glatt rasierten Schädel. Seine Bizepse waren so dick wie Verrazzanos Schenkel und spannten die Ärmel seines einfachen grauen T-Shirts.

Der Mann von der Treppe stapfte schwer über das Gras. Er trug eine gut anderthalb Meter lange Holzkiste auf dem Rücken, die er mit einem Ende auf den Anleger hinabließ und flach hinlegte. Verrazzano spürte das Adrenalin in seinen Adern. Er hatte schon genug Waffenkisten geschleppt, um zu wissen, was in der da drin war.

Der Mann klopfte auf das Holz. «Hey, Clay, da hab ich dir einen schönen langen Schwanz zum Lutschen mitgebracht. Genau so, wie du sie magst.»

Clay griff sich zwischen die Beine und sagte: «Leck mir die Eier, Schlampe.» Er klatschte den Mann mit der Kiste ab. «Was geht, Slav?»

Slav trug ein olivgrünes, ärmelloses T-Shirt. Er war bleich, und seine Rückenmuskeln formten ein eindrückliches Bodybuilder-V. Hinten in seiner Hose steckte eine Beretta. Er drehte sich um und ließ den Blick über die Umgebung schweifen. Seine Nase war schon so oft eingeschlagen worden, dass sie sich wie der Mississippi durch sein Gesicht wand, mit einem Delta geplatzter Adern. Die Haut unter seinen raspelkurz geschnittenen Haaren war eine einzige Kraterlandschaft, als hätte er einen Säureangriff erlitten.

Sein Blick glitt zur Hausecke. Verrazzano duckte sich weg. Slav griff nach seiner Waffe.

Clay rief: «Hey, hilf mir, das Ding an Bord zu hieven.»

Verrazzano sprang auf den Gartenweg, die H&K im Anschlag. «Federal Agent. Bleiben Sie, wo Sie sind.»

Slav hob seine Pistole, doch er zögerte. «Slav, komm ins Boot», rief Clay.

«Ich mach ihn alle, Mann.»

«Alle beide die Hände hoch, wo ich sie sehen kann», rief Verrazzano.

«Lass dich da nicht drauf ein.» Clay zog den Motor an. «Komm ins Boot. Wir machen uns dünn.»

«Gott verdammt noch mal», sagte Slav.

«Steig in das verfickte Boot.»

«Ich *schieße*», rief Verrazzano. «Lassen Sie die Waffe fallen.»

Slav sprintete auf den Anleger.

Verrazzano legte den Finger auf den Abzug und drückte

die in den Griff der H&K eingebaute Sicherung. Er zielte auf Slavs Schenkel.

Nur Zentimeter von Verrazzanos Kopf entfernt explodierte die weiße Hausverkleidung. Ein Gewehrschuss. Verrazzano warf sich ins Gras. Der Rasensprenger duschte sein Gesicht.

Noch ein Schuss von der Straße, zwischen den Häusern hindurch. Die Kugel schlug in die Erde bei Verrazzanos Füßen.

Slav griff nach der Kiste, aber Clay zog ihn ins Boot. «Lass die Scheiße.»

Er gab Gas. Das Boot stieß zurück aufs Wasser. Slav fiel in die Bilge.

Clay feuerte eine Garbe mit einer P90-Maschinenpistole, während Verrazzano durchs Gras vorkroch. Er befand sich in dem Zustand, in dem Handeln und Reagieren jede Angst ausschlossen. Angst hieß den Tod willkommen, denn er beendete sie. Ohne Angst konntest du nicht getötet werden. Das hatten sie ihm bei den Green Berets eingedrillt, um ihn davon zu überzeugen, ins offene Feuer zu laufen. Und sieh doch, es funktionierte, schließlich lebte er noch.

Er hob die Waffe. Das Boot schaukelte und bockte auf dem Wasser. Eine Kugel des Schützen von der Straße zischte so nahe an ihm vorbei, dass sie ihn zu streifen schien. Wieder ging er in Deckung.

Das Boot verschwand hinter einer Biegung des Wasserarms. Gleichzeitig hörte Verrazzano vorn vor dem Haus Reifen quietschen. Er sprintete vor. Ein silberner Toyota bog um die Ecke zur Brücke. Er war schon zu weit, als dass Verrazzano noch das Nummernschild hätte erkennen können, aber er sah das Profil des Mannes am Steuer, einen massigen, kahlen Schädel mit einem mächtigen Schnauzbart. Dann war der Toyota verschwunden. Er überlegte, ob er ihm folgen sollte, aber es war wichtiger, nachzusehen, was in der Kiste war.

Verrazzano lief zum Anleger hinunter, öffnete die Verschlüsse der Kiste und klappte den Deckel auf. Schon oft hatte er solche Kisten vor den Augen misstrauischer Warlords geöffnet, in den Dschungeln Afrikas und auf den Steppen des Kaukasus. Wohin immer Colonel Wyatt ihn schickte. Immer grinsten sie mit wilder Freude über die zerstörerischen Werkzeuge, die er ihnen brachte. In der Kiste lag eine BGM-71 TOW, eine von der Schulter abzufeuernde, infrarotgesteuerte Panzerabwehrrakete. *Made in the USA*.

Verrazzano hockte sich über die olivgraue Waffe und betrachtete die schablonierte Beschriftung. Wäre Wyatt in dem Boot gewesen, der wäre nicht geflohen. Er hätte Verrazzano angegriffen und ihm auch nicht die kleinste Schwäche erlaubt.

Verrazzano schüttelte den Kopf. Es war egal, ob Wyatt davonlief oder angriff. Wenn der Colonel ihm die Chance gab, würde er ihn töten. Wyatts Leben war das einzige, das er immer noch ohne Bedauern beenden würde, und nur einen von 7,3 Milliarden möglichen Kandidaten auf der schwarzen Liste zu haben, war gar nicht so schlecht. «Zweifellos besser als in der bösen, alten Zeit», murmelte er.

Jemand hatte versucht, die Seriennummer wegzukratzen, aber die Umrisse waren im Schwarz noch zu erkennen. Er machte eine Aufnahme mit dem Telefon, schickte sie Haddad und rief sie an.

«Roula, überprüfe die Seriennummer.» Er lauschte ihren Fingern auf der Tastatur am anderen Ende der Verbindung.

«Die Waffe ist mit einer Warnung versehen», sagte sie. «Aus Langley.»

«Die CIA? Für diese spezielle Waffe?»

«Sie steht auf einer Liste mit Munition, die von den syrischen Truppen erobert wurde, als sie eine Rebellenstellung in Aleppo überrannt haben.»

Verrazzano kombinierte. «Und das wissen wir, weil wir diejenigen waren, die sie den Rebellen geliefert haben, richtig?»

«Es sieht so aus. Alles auf der Liste stammt aus den USA.»

«Was wir hier also haben, ist eine Waffe, die wir in den Händen der syrischen Regierung glauben, die aber zufällig den Weg nach New York zurückgefunden hat.»

«Ich schicke die Spurensicherung, um sie abzuholen.»

Während er auf die Leute wartete, überlegte Verrazzano, warum die syrische Regierung das Ding wohl nach New York geschafft hatte. Er wusste es nicht genau. Sicher war nur, dass sie die Rakete bestimmt nicht ihrem ursprünglichen Eigentümer hatten zurückgeben wollen.

Eine Stunde später übernahm die Spurensicherung die Waffe und ließ sich von ihm informieren. Erst jetzt konnte er weg. Er versuchte seine Überlegungen in ihre Einzelteile zu zerlegen und setzte sich hinter das Steuer seines Wagens. Da meldete sich Haddad noch einmal.

«Dom, es ist ein Alarm hereingekommen. Ein Notruf von einer Adresse in Nissequogue, Long Island. Ein Hauseigentümer sagt, auf seinem Grundstück ist ein Schütze. Die Suffolk County Police ist unterwegs.»

«Okay. Und?»

«Die Adresse stimmte mit der von Dr. Amy Weston überein. Der Anruf kam aus Dr. Amy Westons Haus. Der Anrufer heißt Tyler Brown, er ist ihr Mann.»

«Bin schon unterwegs.»

Kapitel 14

Vom Tisch eines Straßencafés beobachtete Martin Chavez den neuen UN-Tower, die Träger, die Gerüste und die Kräne oben auf dem vierzigsten Stock, und betete, dass Kyle Massies Security-Geschichte Erfolg haben würde. Er stellte sich vor, wie er, Martin Chavez, in das fertiggestellte Gebäude hineinfuhr, die Sonne warm auf dem Gesicht.

Adela kam um die Ecke. Ihre Miene hellte sich auf, als sie ihn sah und mit ihren in ihrer Uniformhose unvorteilhaft wirkenden breiten Hüften auf ihn zukam. Von der Beklommenheit in ihren Augen, wenn sie ihn sah, an die sich Chavez längst gewöhnt hatte, war nichts zu bemerken. *Wahrscheinlich sehe ich zum ersten Mal seit langer Zeit nicht so aus, als wollte ich sterben,* dachte er. Es war, als hätte jemand einen Schalter in ihm umgelegt und den Mann, den Adela geheiratet hatte, mit neuem Leben erfüllt. Dafür hatte er Kyle Massie zu danken.

«Ich liebe dich, Schatz», sagte er.

Seine Frau küsste ihn auf die Wange. «Dir scheint es ja heute gut zu gehen, Baby.» Sie setzte sich ihm gegenüber an den Tisch und schob die Pistole auf ihrer Hüfte zurecht.

«Du siehst toll aus in deiner Uniform», sagte Chavez. «Eine sexy Polizistin.»

«Ich bin nur bei der Security.»

«Aber sexy.»

«Das stimmt. Was gibt's für gute Neuigkeiten?»

«Woher weißt du, dass es *gute* Neuigkeiten gibt?»

Es war ein Selbstbedienungscafé, dennoch kam eine

Frau mit einem Tablett hinter der Theke hervor. Sie stellte zwei Cappuccini und zwei Windbeutel auf den Tisch. «Lasst es euch schmecken, Leute.»

«Vielen Dank, Ma'am», sagte Martin.

Die Frau legte kurz die Hand auf seine Schulter und ging zurück ins Café.

«Es müssen gute Nachrichten sein», sagte Adela, «weil du mich schon ewig nicht mehr mittags treffen wolltest.»

«Dann lass es dir schmecken.»

Sie nahm einen Bissen. «Hmm, die sind gut. Aber mach schon, spann mich nicht auf die Folter.»

«Ich habe einen Job.»

Beinahe hätte Adela die Sahne über den Tisch gespuckt. «Schatz, das ist toll. Du bist super.» Sie drückte seine Hand.

«Ich arbeite mit Kyle zusammen.»

«Wow, wunderbar. Und was?» Adela streichelte Chavez unterm Handgelenk. Das tat sie, wenn sie ihn wollte. Er wollte sie auch. In ihrer dunkelblauen Uniform. Zum ersten Mal seit Monaten.

«Ich werde ganz in deiner Nähe sein», sagte er. «Kyle und ich, wir sind die Vorzeigeleute einer großen Security-Firma, die sich darum bewirbt, den neuen UN-Tower zu bewachen.»

«Super, Baby.»

«Du verlierst deinen Job deswegen nicht. Es ist zusätzliche Security. Kein Ersatz für die bestehenden Angestellten.»

«Meinen Job verlieren? Wer sagt denn so was?»

«Niemand. Ich meine nur. Himmel.»

«Entschuldige, Baby. Ich hab kurz einen Schreck gekriegt.»

«Freust du dich?»

«So sehr, dass ich möchte, dass du *meinen* Windbeutel isst.» Sie wackelte mit dem Kopf, machte ein verlockendes Gesicht und strich wieder über sein Handgelenk.

Er lachte so laut, dass er es bis in die Leisten spürte. Sein Kaffee schwappte über den Tisch. «Wenn der Vertrag erst mal steht, nimmt Molnir mich auf Dauer.»

«*Was*-mir?»

«Molnir. Die Firma, für die Kyle arbeitet. Und es ist gutes Geld.» Er fasste ihre Hand. «Ich tu, was immer ich kann, um den Vertrag zu bekommen. Verstehst du?» Er sah, dass er ihre Hand quetschte. «Okay?» Chavez fragte sich, warum er so unbedingt ihre Zustimmung brauchte.

Sie lächelte auf die Weise, die er so gut kannte. Die Weise, die bedeutete, dass sie versuchte, nicht in Tränen auszubrechen. Sie sagte: «Okay.»

Kapitel 15

Der Janitschar schnitt ein paar tief hängende Äste ab und steckte sie zu einem Schirm zusammen, den er vor sich mit dem Dickicht verwob, um nicht entdeckt zu werden. Er rieb sich den Haarkranz an seinem kahlen Schädel, zupfte die Fichtennadeln, die sich darin verfangen hatten, heraus und lehnte sich mit dem breiten Rücken an den Baum hinter sich. Sonnenblumenkerne kauend, sah er zum Haus hinüber.

Der Bau war an der Rückseite ganz aus Glas, mit einem Dach wie von einem Flughafenterminal, dessen Modernität hier im Wald seltsam deplatziert wirkte. Es war niemand zu Hause. Der Janitschar hatte alle Zimmer durchkämmt, nachdem er von der Schießerei in Atlantic Beach hergekommen war, jeden Schrank und jede einzelne Schublade. Was er suchte, hatte er nicht gefunden. Also wartete er auf jemanden, der kommen und es ihm zeigen würde.

Das rot-blau zuckende Licht eines Streifenwagens näherte sich und schien von vorn durch die Fenster des Hauses. Es musste also doch einer da sein, der die Cops gerufen hatte. Der Janitschar nahm seine Glock und steckte sie in einen israelischen Tavor-Konverter, der aus der Pistole ein Sturmgewehr machte. Er schniefte, lockerte den Hals und legte den Kolben an die Schulter.

Die Polizisten kamen ums Haus. Sie trugen hellbraune Hosen und Hemden. Einer von ihnen gab den coolen Ranger, kaute Kaugummi und konnte vor Aufgeblasenheit kaum gehen. Der Janitschar erschoss seinen nervösen, überwachsamen Partner zuerst.

Der Coole ging nicht in Deckung, sondern starrte nur seinen toten Kollegen an und rief panisch wie ein Kind: «Scheiße, oh, Scheiße.»

«Uscutt, ya manyak», flüsterte der Janitschar. *Schnauze, Arschficker.* Er schob sich die Sonnenblumenkerne mit der Zunge hinter die Backe, richtete den roten Laserpunkt auf den Mann und schoss ihm durch die Kehle.

Das Schweigen des Waldes erschauderte unter den Rufen der fliehenden Vögel. Die toten Polizisten lagen neben den Mülltonnen draußen vor der Küchentür und waren aus dem Haus nicht zu sehen. Wer immer angerufen hatte, war womöglich noch da und sah hinaus. Der Janitschar beschloss, die Leichen dort liegen zu lassen.

Ein Grackel kam herbeigeflattert und setzte sich auf einen Stein. Der Janitschar hielt ihm eine Handvoll Sonnenblumenkerne hin. Der schwarz schimmernde Vogel hüpfte näher heran, war fast so groß wie eine Krähe, sprang mit den schwarzen Krallen auf seinen Zeigefinger und pickte nach den Kernen. Der Janitschar strich ihm über den grün schillernden Nacken. «Ich habe nur die Kerne. Aber du hättest gerne eine Maus, was? Mit Blut im Körper.»

Daheim in den syrischen Bergen hatte er den im Aufwind über den Felshängen kreisenden Vögeln zugesehen, wenn er mit seinen Brüdern gespielt hatte. Das war dreißig Jahre her. Bevor der Präsident Panzer geschickt hatte, um den islamistischen Aufstand niederzuschlagen und alle zu töten, die in der Nähe einer Moschee lebten. Wie die Familie des Janitscharen. Er war in die Berge gerannt, als die Soldaten in sein Dorf kamen, allein in der Welt, bis auf die Vögel. Er lernte, wie er sie mit Käfern und Eidechsen anlocken konnte. Am Ende kamen sie, führten ihn zu Wasserstellen und warnten ihn, wenn sich Fremde näherten. Sie wachten über ihn, als wären sie die Geister seiner toten Brüder.

«Du hast mich sogar hier in Amerika gefunden.» Er lächelte sanft unter seinem dicken Schnauzbart und flüsterte dem Vogel auf seiner Hand zu: «Leiste mir eine Weile Gesellschaft, mein Lieber.»

Der Grackel schmiegte sich in die Äste seines Verstecks.

Kapitel 16

Die friedliche Stille des Waldes war bedrohlich und machte Verrazzano bewusst, dass er ganz auf sich allein gestellt war. Seine Schritte knirschten über den Kies. In der Einfahrt standen ein Porsche und ein Streifenwagen der Suffolk County Police, der sein rot-blaues Licht flackern ließ. Das steile Dach von Dr. Westons Haus reichte bis tief über die düstergraue Wandverkleidung, die Nachbarhäuser waren mindestens dreihundert Meter entfernt, verborgen hinter dicht stehenden Buchen und Kiefern.

Verrazzano klopfte an die schwere Tür aus rostfreiem Stahl und linste durch das kleine Mattglasfenster. Da kam keiner. Aber die Polizisten mussten hier irgendwo sein. Und der Porschefahrer. Wer immer das sein mochte. Die Stille legte nahe, dass sie nicht antworten konnten. Entweder fürchteten sie sich zu sehr, oder sie waren zu tot.

Er zwang sich, ruhiger und tiefer zu atmen. Am Ende war es immer der Atem. Während seines monatelangen Überlebenstrainings in Colonel Wyatts Spezialeinheit am Amazonas und in Ostafrika war Verrazzano zum Scharfschützen und erfahrenen Nahkämpfer geworden. Darüber hinaus hatte er einen Intensivkurs in Notfallmedizin erhalten. Als Quanah und er sich später im Nahen Osten und im Kaukasus als Waffenhändler ausgaben, um Bandenführer und kleinere Despoten zu erwischen, hatte er zudem viel über Waffenelektronik gelernt, und wie man in die entsprechenden Systeme eindrang. Er sprach Arabisch, Russisch und Serbisch, als wollte er nur mit den Schlimmsten der

Schlimmen reden. Aber er überlebte vor allem deshalb, weil er wusste, wie er seine Lungen davon abhielt, die Sauerstoffzufuhr zu seinem Gehirn einzuschränken. So bewahrte er sich auch unter höchstem Druck seine Klarheit und traf die richtigen Entscheidungen. Er zog seine H&K und ging ums Haus herum. Die Rückseite war ganz aus Glas und erlaubte den Blick ins Innere. Wie in ein Puppenhaus. Er drückte die Klinke der Küchentür herunter, die jedoch abgeschlossen war. Ein einfaches Sicherheitsschloss. Verrazzano öffnete die Lippen und blies Staub und Schmutz herunter, holte seine Dietriche heraus und nahm den passenden Schlagschlüssel, dessen Zacken, bis auf die erste ganz an der Spitze, weit heruntergefeilt waren. Er steckte ihn halb in den Zylinder und drückte die rostfreie Klinke.

Mit einem Stoß schob er den Schlüssel dann ganz ins Schloss. Die schnelle Bewegung ließ alle Stifte zurückfahren, wobei sie kurz die gewünschte Position erreichten und die Sperre aufhoben. Verrazzano nutzte den Moment und drehte den Schlüssel, bevor sie wieder zurückschnellten.

Langsam öffnete er die Tür. «Ist jemand da? Federal Agent.»

Das Erdgeschoss war ein offener, hoher Raum mit Wohnbereich und Küche. Verrazzano lief schnell durchs ganze Haus. Zwei Schlafzimmer, ein Arbeitsraum auf halber Höhe zwischen den beiden Stockwerken mit einem Zeichenbrett und zwei Schreibtischen. Kein Keller. Alle Zimmer waren durchwühlt, überall lagen Kleider und Papiere verstreut. Betten und Sofas waren aufgeschlitzt, die Füllung herausgerissen.

Ein Gewehrschuss draußen zwischen den Bäumen.

Spannung und Entschlossenheit erfüllten Verrazzano. Er sah hinaus. Die Hartriegelsträucher beugten sich im Wind, Blätter wehten dahin. Vom Schützen keine Spur. Verrazzano hechtete aus der Küchentür hinter eine Reihe Mülltonnen.

Er fischte eine Plastikflasche aus der Recyclingtonne. Es war noch etwas Wasser darin, er wog sie in der Hand. Sie durfte nicht vom Wind abgetrieben werden, selbst halb voll wäre sie noch zu leicht gewesen.

Verrazzano drehte den Verschluss auf, füllte Erde hinein, bis sie schwer genug war, trotz des Windes die Richtung zu halten, und warf sie über den Rasen bis in die Äste der Bäume.

Im Unterholz knackte es. Der Schütze nahm den Köder an. Die Flasche rollte durchs Laub.

Erneutes Blätterrascheln, zögernde Schritte. Verrazzano sah zu der Stelle hinüber, wo er die Bewegung gehört hatte, und schob sich in ihre Richtung. Aus seiner neuen Position sah er die beiden Bezirkspolizisten auf der anderen Seite der Tonnen. Tot, dachte er, mehr Zeit hatte er nicht für sie. Wieder raschelte es zwischen den Bäumen.

Er spurtete über den Rasen und warf sich ins Dickicht. Sein Mund war trocken, sein Körper reagierte auf die Angst, die sein Kopf nicht anerkennen wollte. Auch ohne die toten Polizisten hätte er gewusst, dass sein Leben auf dem Spiel stand. Er spürte es. Das tat er immer, ganz so, als strahlte der Wille zu töten eine Hitze aus, für die er ein besonderes Sensorium besaß.

Verschwitzte Haut, die hinter einem Gewirr aus Zweigen aufblitzte. Ein gut gebautes Versteck. Verrazzano wartete darauf, die Haut noch einmal zu sehen. Diesmal bekam er sie im sich in den Zweigen brechenden Sonnenlicht klarer in den Blick. Ein kahler Schädel und ein dichter Schnauzbart. Der Mann, der nach der Schießerei in Atlantic Beach mit dem Toyota geflohen war.

Verrazzano ging auf die Knie und hob seine Waffe. Er

öffnete den Mund, um dem Mann in seinem Versteck zuzurufen, er solle sich ergeben.

Der Lauf einer Pistole grub sich kalt in seinen Nacken.

«Bleiben Sie, wo Sie sind.» Eine kultivierte Stimme, die vor Anspannung zitterte und Auseinandersetzungen und Waffen offenbar nicht gewohnt war. Aber die Pistole zitterte nicht. «Bewegen Sie sich nicht, oder ich schieße Ihnen den Kopf weg.»

Der Lauf drehte sich gegen Verrazzanos Hals. Eine Hand drückte ihn flach auf den Bauch und tastete ihn ab. Der Mann war kein Profi. Ihm fiel nicht mal auf, dass Verrazzano seine Heckler & Koch immer noch in der Hand hielt.

«Wie heißen Sie?» Der Mann versuchte sein vornehmes Nuscheln hart klingen zu lassen.

«Ich bin Federal Agent. Die Marke steckt in meiner hinteren Tasche.»

Der Mann griff nach Verrazzanos Brieftasche. «Hier ist einer, ein Killer. Er hat die Polizisten umgebracht. Was machen Sie in meinem Haus?»

«Sind Sie der Mann von Dr. Weston?» Verrazzano wandte den Kopf. «Tyler Browne?»

Die Pistole drückte sich fester in seinen Nacken. «Keine Bewegung.» Der Mann öffnete die Brieftasche. «Sie haben recht.» Er ließ die Waffe sinken.

Verrazzano suchte nach dem kahlköpfigen Schützen zwischen den Bäumen. Er wollte ihn verfolgen, musste aber auch wissen, was Dr. Weston ihrem Mann über ihre Arbeit in Syrien erzählt hatte. Über die tödliche Bedrohung, von der sie Verrazzano hatte berichten wollen. Er zog Browne tiefer in die Büsche, außer Sicht. «Ihre Frau wollte mich heute Morgen sprechen. Sie sagte, sie hätte wichtige Informationen.»

«Wo ist sie?»

«Es tut mir leid, Ihnen das sagen zu müssen. Dr. Weston ist tot.»

Brownes Gesicht sah aus wie von einem Kind gezeichnet, mit roten Wangen und völlig rund. Er leckte sich die Lippen wie ein Mann, der nach einer Entschuldigung suchte, von der er wusste, dass sie niemanden überzeugen würde. Seine Brust zog sich zusammen. Er drückte sich die Fäuste gegen die Schläfen. «Amy, meine Amy.»

«Mr Browne, da draußen ist jemand. Jemand, der gefährlich ist, das wissen Sie. Sie müssen mich meinen Job machen lassen.»

«Sie war ein so guter Mensch.» Browne starrte in die Bäume, bleich und jenseits von aller Sorge um die eigene Sicherheit. «Ich habe ihr gesagt, dass es so weit kommen würde.»

«Auf sie war geschossen worden, Sir. Sie starb, kaum dass sie angekommen war. Und jetzt muss ich unbedingt herausfinden, was sie wusste. Weswegen man sie umgebracht hat. Helfen Sie mir.»

Tränen tropften von Brownes Kinn und sprenkelten den trockenen Staub auf Verrazzanos Jacke.

Der laute, harte Ruf eines Grackels schallte durch die Bäume. *Schlaaack.* Eine Kugel durchschlug einen dünnen Zweig über Verrazzanos Kopf. Browne wollte aufstehen, doch Verrazzano hielt ihn unten. «Nicht bewegen», flüsterte er.

Er drückte das Gesicht auf die Erde und schob sich durchs Unterholz bis zu einem Sandsteinfelsen. Langsam kroch er ihn hoch und sah von oben etwa zwei Meter hinunter in das Versteck des Schützen. Er sprang hinein, kam weich auf und hielt die Pistole im Anschlag.

Erde und Blätter waren eingedrückt, wo der Mann gelegen hatte. Verrazzano drehte sich langsam herum, die

Knie gebeugt, fast in der Hocke. Er versuchte auszumachen, wohin der Mann sich zurückgezogen hatte.

Aber er war nicht weg, es war eine Falle.

Hinter Verrazzano raschelte es. Er fuhr herum. Seine Augen waren so weit geöffnet, dass der Wind in die Höhlen und eiskalt bis ins Gehirn zu dringen schien.

Wieder knackte es. Diesmal links. Er mühte sich, die Bewegung zu lokalisieren.

Ein trockener Zweig brach. Verrazzano bewegte sich auf das Geräusch zu.

«Stopp», herrschte ihn jemand mit von hinten mit der Entschlossenheit an, die Browne, als er Verrazzano die Waffe in den Nacken drückte, gefehlt hatte. Die Stimme klang metallisch, kalt glühend wie Eis auf einer Brandwunde. Eine Hand griff nach Verrazzanos Pistole und nahm sie ihm weg.

Langsam begann er sich umzudrehen. Die Stimme brachte ihn mit einem knurrenden Befehl davon ab. Er blieb, wo er war.

Die Zurückhaltung des Mannes bestätigte Verrazzano, dass er über besondere Talente verfügte. Selbst ein Berufskiller widerstand nur selten dem Drang, sein Opfer mit einigen entwürdigenden Worten zu bedenken, um es zu etwas Minderwertigem, kaum mehr Menschlichem zu erklären und so dem Schuldgefühl entgegenzuwirken, das jeder empfindet, der einem Menschen das Leben nimmt. Um seine Tat zur bloßen Beseitigung von etwas Wertlosem zu machen.

Verrazzano hörte lange, ruhige Atemzüge. Ruhig und tief, wie auch er atmete, wenn er im Kampf sein Adrenalin beherrschen wollte. *Warum tötet er mich nicht? Worauf wartet er?*

Durch das Gebüsch vor ihm schlug etwas. Er versuchte

auszumachen, was es war. *Er will wissen, ob ich allein bin. Wenn ja, bin ich tot.*

Ein Stein von der Größe eines Apfels rollte aus den Farnen vor ihm. Getreten von einem näher kommenden Fuß. Oder geworfen, als Ablenkungsmanöver.

Verrazzano spürte einen Anflug von Unsicherheit bei seinem Gegner und wartete auf eine Unachtsamkeit, wie sie selbst noch dem abgebrühtesten Mann unterlief, wenn er abgelenkt war.

Ein Stück Holz sauste durch die Luft, Verrazzano hörte den Luftzug, und der Mann hinter ihm stöhnte auf. Verrazzano reagierte noch vor dem Aufprall des Holzes. Er spürte, was kam. Tausende Stunden Nahkampftraining hatten ihn mit den möglichen Bewegungen naher Körper und Waffen so vertraut gemacht, dass er vorherzusagen vermochte, wo und wann ein Schlag auftraf. Er schnellte herum, tat einen großen Schritt und griff nach der Waffe seines Gegners.

Aber die war nicht mehr da. Die Sinne des Schützen schienen dieselben Spannungsveränderungen zu spüren, die auch Verrazzanos Muskeln antrieben.

Tyler Browne taumelte in das Versteck, über den abgebrochenen Ast gebeugt, mit dem er den Schützen attackiert hatte.

Der Getroffene wirbelte herum. Er hatte die schweren, runden Muskeln eines Arbeiters, nichts von den angeberischen Paketen eines Bodybuilders, knurrte unter seinem mächtigen Schnauzbart, knirschte mit den Zähnen und schlug hart zu. Verrazzano ging auf ihn los.

Der Mann öffnete seine Jacke, griff hinein und ließ das Handgelenk vorschnellen. Eine schwarze Masse schoss auf Verrazzano zu. Die Flügel eines Grackels trafen ihn ins Gesicht, unerwartet und albtraumhaft.

Verrazzano duckte sich weg, sein Herz schlug ihm bis

zum Hals, dem Takt des Flügelschlags folgend. Der Vogel flog davon.

Die Faust des Schützen wurde zu einem Hammer, der Browne hinten am Kopf traf. Der Kleinere fiel ins Laub.

Verrazzano bekam einen Tritt in die Rippen. Er stellte sich den Schlägen, stieß vor, brachte die Hand unter das Kinn des Schützen und stieß ihn weg.

Der Mann grunzte. *«Kus ukhtah.» Fick die Möse deiner Schwester.*

Ein Araber, dachte Verrazzano. Noch während er kämpfte, versuchte er die Rolle des Mannes im drohenden Szenario zu verstehen. Der Tishreen-Park, Syrien, Sarin. Dr. Westons Warnung. Sei schnell.

Die rechte Hand des Arabers packte ihn an der Kehle und schloss sich um die Luftröhre. Die andere Faust stieß ihm wieder und wieder in die Nieren.

Verrazzano biss die Zähne zusammen. In seinen Schläfen pochte es. Er kämpfte gegen die Hand des Mannes an seiner Kehle an. Ohne Erfolg, der Araber war nicht abzuschütteln.

Verrazzano spürte, wie er schwächer wurde, und er wusste, es lag an seiner Aufregung. Er dachte an das, was ihm Colonel Wyatt in den Wäldern Georgias gesagt hatte. In sein Ohr hatte er es ihm gebrüllt, während ein Sondereinsatz-Typ aus Montana ihn im Mann-gegen-Mann-Training würgte. *Mit deinen Gesichtsmuskeln schlägst du ihn nicht. Benutze die, mit denen es geht.*

Er rammte dem Araber den Ellbogen in den Solarplexus und wuchtete ihm den Unterarm gegen die Kehle. Dann traf er ihn mit der Handkante über dem Ohr.

Im Zu-Boden-Gehen packte der Mann Verrazzanos Kragen, zog ihn mit sich, verpasste ihm eins mit der massigen, glänzenden Stirn auf die Nase und stieß ihn gegen den Felsen.

Verrazzano landete auf Browne und blinzelte sich die splitternden Farben aus den Augen. Die Pistole des bewusstlosen Mannes grub sich in Verrazzanos Seite. Seine Sicht klärte sich, er entwand Browne die Waffe und hob sie.

Der Araber warf sich hinter den großen Felsen in Deckung. Laub und Äste wurden unter seinem Körper zerdrückt.

Verrazzano kämpfte sich auf die Beine, die gleich wieder nachgaben. Schwarze Blitze zuckten ihm durch den Kopf, er fiel zur Seite und übergab sich ins Laub – fuhr mit dem Blick über die Bäume und hielt die Waffe vor sich hin, doch der Janitschar war verschwunden. Aber nicht weit.

Verrazzano schlug Browne gegen die Wange und hievte ihn hoch, einen Arm unter dessen Achsel. Er schleppte ihn aus dem Dickicht und über den Rasen. Mit jedem Meter, den er gutmachte, rechnete er damit, niedergeschossen zu werden. Jeder einzelne Schritt explodierte unter ihm, als trete er sein eigenes Leben aus.

Sie schafften es ins Haus, durchquerten den großen, von außen einsichtigen Wohnraum und flüchteten sich hinauf ins Arbeitszimmer im Zwischengeschoss. Verrazzano ließ die Jalousetten herunter und sah durch zwei Lamellen zu den Bäumen hinüber.

«Ist er weg?», fragte Browne. «Hat er aufgegeben?»

«Leute wie der geben nie auf.» Verrazzano holte sein Telefon heraus und wählte Haddads Nummer.

Lauter Skizzen für politische Karikaturen hingen an den Wänden. Verrazzano erkannte den Stil. Widerwärtige republikanische Elefanten ließen sich auf den dürren Uncle Sam fallen. Eine Zeichnung steckte unvollendet auf einem schräg stehenden Zeichentisch. Überall lagen Mappen und Unterlagen verstreut, die aus den Schubladen geleert worden waren. Browne war auf den Knien und machte kleine Stapel, als wollte er aufräumen.

Haddad nahm ab.

«Roula, ich bin in Dr. Westons Haus», sagte Verrazzano. «Zusammen mit ihrem Mann.»

«Du bist noch rechtzeitig hingekommen», sagte Haddad und atmete erleichtert durch.

«Hier wieder rauszukommen, wird nicht leicht sein. Ich brauche Verstärkung von der Bezirkspolizei Suffolk. Im Wald ums Haus herum ist ein Verdächtiger. Er ist bewaffnet und sehr gefährlich.»

«Suffolk hat nach einem Notruf bereits Leute geschickt.»

«Die wussten nicht, was sie erwartete. Sie sind tot.»

«Scheiße. Okay. Was brauchst du sonst noch?»

«Im Moment sind wir in Sicherheit. Aber sie sollen so schnell wie möglich herkommen.» Er legte auf und wandte sich an Browne. «Ist das Ihr Porsche draußen?»

Browne sah grässlich aus. Der Luxuswagen musste ihm wie eine wertlose Nichtigkeit vorkommen. Er hatte das Teuerste verloren, was er besaß. «Ich hatte ihn gerade geparkt, als ich den Mann über den Rasen laufen sah. Den, mit dem Sie gekämpft haben. Er kam aus dem Haus, und ich habe sofort die Polizei angerufen.»

«Wo haben Sie die Waffe her?»

«Meine Frau hat sie gekauft. Ich hatte sie im Auto. Sie meinte, ich sollte sie immer bei mir haben.»

«Sie haben also die Pistole genommen und den Mann in den Wald verfolgt?»

«Ich hätte verschwinden sollen, als die Polizisten kamen, und ich hörte, wie sie erschossen wurden.»

Browne schob Papiere zusammen. Verrazzano sah ihn an. Der Mann hatte sich nicht zu dumm angestellt. Er war dem arabischen Killer entgangen.

«Ich dachte, mit etwas Glück bringe ich ihn dazu, mir zu sagen, wer meine Frau bedroht», sagte Browne. «Oder ich töte ihn.»

«Beten Sie dafür, dass Sie das Glück nie haben werden.»

«Ich habe Sie mit ihm verwechselt.»

Bis auf den Umstand, dass Verrazzano keinen Schnauzbart, dafür aber Haare auf dem Kopf hatte, hatte Browne gar nicht so falschgelegen. Verrazzano war dankbar, dass ihn der Karikaturist nicht gleich erschossen hatte. «Dr. Weston hat die Pistole erst gestern gekauft? Weil sie dachte, sie sei in Gefahr?»

«*Ich* habe gedacht, sie ist in Gefahr. *Sie* dachte, sie tut das Richtige.»

«Was *hat* sie getan?»

«Sie hat sich verdammt noch mal umbringen lassen», schrie er.

«Mr Browne, bitte, bleiben Sie ruhig. Ich brauche Ihre Hilfe.» Verrazzano sah zu den Bäumen hinaus. Vielleicht sollte er dem Kerl nachspüren. Aber er wollte Browne nicht alleinlassen.

Der Mann wiegte den Kopf hin und her und versank in seinem Kummer. «Oh, Amy, Liebste.» Er erschauderte, schien sich zu fassen, drückte die Schultern durch und richtete den Kopf auf. «Gestern ist sie aus Damaskus zurückgekommen und gleich die Waffe kaufen gegangen.»

«Warum wollte sie mit ihren Informationen zu mir? Warum ist sie damit nicht zu einem ihrer Vorgesetzten bei den UN gegangen?»

«Ihr Freund Quanah Jones hat sie überzeugt, dass Sie derjenige seien, der am ehesten verhindern könne, was immer zu verhindern war.» Brownes Gesicht wirkte weich und zittrig, aber seine Augen waren die eines weit härteren Mannes. «Warum sagen *Sie* es mir also nicht?»

Verrazzano antwortete nicht. Er wartete darauf, dass Browne aufhörte, ihn anzustarren.

Bald schon schwand die Härte aus Brownes Augen, Trauer trat an ihre Stelle. Er war kein abgebrühter Kerl, er setzte sich nur selbst unter Druck.

«Sie hat mir das Dokument gezeigt», sagte Browne und betrachtete die Unterlagen um sich herum, als stellte das Durcheinander eine letzte Herabwürdigung seiner Frau dar. Wieder flüsterte er ihren Namen.

Verrazzano folgte seinem Blick. «Welches Dokument, Mr Browne?»

Browne zog einen USB-Stick aus der Tasche. «Sie ist in Syrien auf etwas gestoßen. Einen Mann, der Nervengas ausgesetzt war.»

Verrazzano sah plötzlich einen Lichtschimmer. Der Araber hatte nicht gefunden, was er suchte. Es musste auf dem Stick sein. «Einen Rebellen?»

Browne hielt ihm den Stick hin. «Einen Amerikaner.»

Verrazzano nahm den kleinen, von Plastik ummantelten Speicher. Wenn der Araber danach gesucht hatte, würde er wiederkommen. *Wo zum Teufel bleibt die Unterstützung aus Suffolk?*, dachte er. Haddad hatte zweifellos sofort angerufen. Wieder sah er über den Rasen zu den Bäumen hinüber. «Können wir ihn öffnen?»

«Wer immer hier war, hat Amys Laptop und ihre Festplatte mitgenommen. Meinen Computer auch.»

Verrazzano stellte sich die tote Amy Weston vor, die ihrem Mann nur die nötigsten Informationen gegeben hatte, während sie Stück für Stück eine schreckliche Verschwörung aufgedeckt hatte. Von den Schatten des Waldes bedroht, wie er es jetzt war. Auf ihr Treffen mit dem Agenten der ICE wartend. Auf ihn vertrauend.

Ein gelber Notizblock ragte aus einem Haufen fotokopierter wissenschaftlicher Artikel auf dem Boden hervor. Verrazzano zog ihn heraus und ließ den Blick über das oberste Blatt schweifen. «Mr Browne, haben Sie ein Auge auf den Garten. Wenn sich etwas bewegt, rufen Sie.»

Browne stellte sich an den Rand des Fensters.

Verrazzano zog die Schreibtischlampe heran und richtete das Licht quer über die Oberfläche das Blocks.

«Was machen Sie da?», fragte Browne.

«Das letzte Blatt wurde abgerissen», murmelte Verrazzano. «Aber der Kugelschreiber hat einen Eindruck auf dem darunter hinterlassen.»

Er bewegte den Block hin und her, bis das Licht die Vertiefungen deutlich sichtbar machte. Er las: «TomFrisch 4464.»

Verrazzano griff in die Tasche, holte ein handgroßes Notizbuch hervor und kopierte die Notiz. Er winkte Browne herbei. «Ist das Amys Handschrift auf dem Block?»

Browne beugte sich herunter. «Ja, das ist Amys Schrift. Wer ist Tom Frisch?»

Meine Vergangenheit, dachte Verrazzano. *Und ich hatte gehofft, ihn mit ihr hinter mir gelassen zu haben.*

«Frisch war früher einmal Mitglied einer Spezialeinheit, Mr Browne.»

«Einer Spezialeinheit? Der Army? Amy hatte nichts mit dem Militär zu tun. Und was besagen die Zahlen hinter dem Namen?»

Die Stille draußen wurde intensiver. Verrazzanos Sinne schärften sich. Es war die extreme Wachsamkeit des Augenblicks vor der Gefahr, zu spät, um zu stoppen, was geschehen würde, dennoch Zeit genug für eine kurze Überlegung – der Bruchteil einer Sekunde, der sein Leben retten konnte. Er hechtete sich auf Browne und riss ihn mit sich zu Boden.

Das Fenster implodierte, Scherben und Splitter überall.

Ein heißer Fetzen Metall zischte auf Verrazzanos Schläfe, ein kleines Stück Draht, das innen um die Ladung der Granate gewickelt gewesen war. Sein Gehirn schien durch den Hals ins Rückgrat zu sinken.

In die Finsternis.

Kapitel 17

Seine Augen brannten und tränten, als er zu sich kam. Sein Gehirn schien die Schädeldecke in alle Richtungen sprengen zu wollen. Eine Hand langte zu ihm herunter und riss ihm das Hemd auf. Verrazzano schlug blind und benebelt um sich und versuchte sich zu verteidigen. Eine Nadel stach ihm in die Schulter. Die Hand hielt ihn fest, während sich die Spritze leerte. Dann lockerte sich der Griff.

Verrazzano rutschte zurück. Wer war das? Was hatte er ihm injiziert? Er wischte sich mit dem Hemd über die Augen.

«Tun Sie das nicht.» Brownes Stimme war unnatürlich ruhig. Er saß auf dem Boden, im Schneidersitz, bewegungslos. «Ihre Sachen sind voll mit Nervengas. Am besten ziehen Sie sich aus. Nehmen sich was von mir zum Anziehen. Spülen Sie sich die Augen aus.» Er rollte eine Flasche Mineralwasser über die Holzdielen.

Verrazzano goss sich das Wasser in die Augen. Sein Blick klärte sich.

Eine leere Autoinjektor-Spritze lag neben Browne. «Nachdem er das Fenster zerstört hatte, hat er zur Sicherheit noch eine Granate hereingeworfen. Aber keine normale.» Dünner Schleim rann ihm glitzernd aus der Nase am Mund vorbei. Er schlang die Arme um die Brust und zuckte. «Ich spürte, wie sich meine Lunge verkrampfte, und ich weiß genug über Amys Fachgebiet, um zu verstehen, dass es Nervengas ist.»

Verrazzano griff nach der Spritze. «Atropin?»

«Um das Nervengas davon abzuhalten, die Muskelrezeptoren zu erreichen. Ohne das sind Sie innerhalb von Minuten tot.»

«Gott.» Verrazzano kam zurück auf die Beine.

Browne hielt die orangefarbene Spritze in die Höhe. «Das Zeugs hat seinen Namen von Atropos, der griechischen Göttin, die den Lebensfaden der Todgeweihten zerschneidet.»

«Ihre Frau hat einen Atropin-Vorrat im Haus?»

«Nein.» Browne legte die Spritze behutsam vor sich hin. «Nur diese eine Spritze.»

Verrazzano erstarrte. «Und die haben Sie mir gegeben?»

«Sie müssen diese Dreckskerle finden. Das ist Ihre Aufgabe.» Browne rollte auf die Seite und würgte.

«Sie hat doch sicher noch eine Dosis hier.» Verrazzano ging zu ihm. «Halten Sie durch.»

«Fassen Sie mich nicht an», keuchte Browne. «Ich sterbe in der Zeit, die Sie brauchen, um nach oben zu gehen und unverseuchte Kleidung anzuziehen.»

«Ich lasse Sie nicht allein.»

«Ich habe nachgedacht. Hätte ich mich selbst gerettet, könnte ich ein paar verdammte Karikaturen über chemische Kriegsführung in die Zeitung bringen. Das ist nichts. Aber *Sie*, Sie können wirklich etwas ändern. Also tun Sie es. Finden Sie diese Leute. Finden Sie heraus, warum sie Amy umgebracht haben.»

«Ich bringe Sie hier raus.»

«Ihr Freund Quanah hat Amy gesagt, sie soll zu Ihnen gehen, weil Sie alles täten, um Ihren Auftrag zu erfüllen. Ich auch. Selbst wenn ich dafür sterben muss, werde ich Ihnen helfen zu beenden, was Amy angefangen hat. Deshalb habe ich Ihnen das Atropin gegeben, statt es mir selbst zu spritzen.» Browne zuckte, krümmte und wand sich.

Verrazzano sprang die Treppe hinunter und riss den Tiefkühlschrank auf. Er warf, was darin war, auf den Küchenboden. Erbsen, Pizzen, Eiswürfel. Da musste noch eine Dosis Atropin sein. Kiewer Koteletts, Frikadellen, Bananeneis mit Walnüssen.

Er hörte Brownes Atem stocken und rasseln. Der Mann kämpfte gegen die Lähmung seiner Lunge an.

Verrazzano durchwühlte den Kühlschrank. Milch, Oliven, Käse. *Ich werde ihn nicht sterben lassen.* Er stieß alles aufs Linoleum. Eier, Saft, Salat.

Kein Atropin.

Im Arbeitszimmer wurde es ruhig. Browne war tot. Verrazzano beugte sich vor wie ein Läufer nach einem Rennen. Einem verlorenen Rennen. Aber er hatte noch eines zu bestehen. Ihm blieb keine Wahl.

In der Küchenschublade fand er eine Schere und schnitt sich sein T-Shirt vom Leib, damit er es nicht über das Gesicht ziehen musste. Er zog auch alles andere aus, nahm den USB-Stick aus der Tasche und hielt ihn fest in der Hand.

Er rannte nach oben, keuchte und schwitzte fürchterlich, sprang unter die Dusche und spülte sich die Augen aus. Als das Wasser heiß wurde, seifte er sich ein und verbrühte sich praktisch die Haut.

Er war selbst einmal tödlich gewesen wie das Nervengas, das Browne umgebracht hatte. Er hatte sein Leben geändert, wusste aber nicht, ob er auch sich selbst geändert hätte. Wenn ein neuer Colonel Wyatt käme und ihm befehlen würde, etwas Furchtbares zu tun, vielleicht würde er den Befehl ausführen und später wieder Entschuldigungen dafür suchen. Manche Menschen, wie Tyler Browne, bekamen keine zweite Chance. Andere verdienten keine und bekamen sie dennoch. Er ließ sich den Mund volllaufen und leerte ihn auf die Brust.

Verrazzano lief ins Schlafzimmer, fischte Unterwäsche,

Jeans, Socken, Schuhe und ein T-Shirt aus dem Durcheinander auf dem Boden, zog sich an und steckte den USB-Stick in die Tasche.

Er ging zur Haustür. Eine kurze grüne Jacke hing an der Garderobe. Verrazzano fror bis auf die Knochen, sosehr das Atropin gegen das Nervengas ankämpfte. Schnell schlüpfte er in die Jacke.

Draußen vor dem Haus wurde ein Motor angelassen.

Verrazzano riss die Haustür auf.

Ein silberner Toyota fuhr am Ende der Einfahrt vorbei. Der kahlköpfige, schnauzbärtige Araber, mit dem Verrazzano im Wald gekämpft hatte, steuerte den Wagen zur Straße am Fluss. *Er denkt, was er sucht, ist nicht im Haus,* dachte Verrazzano, *und im Übrigen wird er mich schon früh genug wieder ins Visier nehmen. Es sei denn, ich komme ihm zuvor.*

Er rannte zu seinem Dodge, öffnete die Fahrertür und fluchte. Der Autoschlüssel steckte drinnen im Haus in seinen weggeworfenen Sachen. Frustriert schlug er aufs Dach seines Wagens, während der Toyota davonfuhr. Verrazzano drehte sich um, den Schlüssel holen.

Er stampfte über den Kies der Zufahrt und stopfte die Hände in die Jackentaschen. Die rechte stieß auf einen Plastikschlüssel. Die Schlösser des Porsche öffneten sich.

Das Cockpit des deutschen Sportwagens war ganz aus weichem, dunklem Leder und leuchtenden Instrumenten, eine winzige Junggesellenbude. Die Beschleunigung des V8-Motors drückte Verrazzano in den Sitz. Er schoss am rostroten Laub und den silbrigen Stämmen der herbstlichen Bäume vorbei und trieb den Wagen unbarmherzig durch die Kurven der Stöße, die dem Lauf des schmalen Nissequogue River folgten. Endlich öffnete sich ein langes, gerades Stück vor ihm. Leer. Er schlug mit dem Handballen aufs Lenkrad. Der Toyota war verschwunden.

Seine Lunge zog sich zusammen, wie unter dem tödlichen Druck einer Boa. Das Nervengas. Aber das Atropin tat seine Arbeit. Er lebte. Der Schmerz würde nachlassen. Die Gefahr nicht. Er musste sich auf den Fall konzentrieren. Wenn er den Araber in seinem Toyota schon nicht verfolgen konnte, musste er wenigstens Dr. Westons USB-Stick ins ICE-Büro bringen. Brownes Telefon steckte im Dock auf dem Armaturenbrett. Er wählte Haddads Nummer.

«Ich bin's, Dom.»

«Was hast du?» Ihre Stimme war gedämpft. Die dünnen Trennwände im Büro förderten nicht gerade einen angeregten, offenen Austausch.

«Überprüf was für mich. Tom-Frisch-vier-vier-sechs-vier. In einem Wort, keine Leerstellen, großes T wie Tango und F wie Foxtrott. Frisch mit s-c-h, Sierra, Charlie, Hotel. Verstanden?»

«Verstanden.»

«Überprüf auch, ob es eine Skype-Adresse oder ein anderer Online-Name ist.»

«Ich bin dran. Ist Dr. Westons Mann bei dir?»

«Er ist tot. Mit einem Nervengas getötet. Ich hab auch was abgekriegt ...»

«Dom, großer Gott.»

«Westons Mann hat mir eine Atropin-Spritze gegeben. Ich werde es überleben. Jemand hat alle Computer mitgehen lassen, vielleicht auch Unterlagen. Er hat ihren Mann umgebracht und wollte auch mich töten. Wahrscheinlich derselbe, der die beiden Bezirkspolizisten erschossen hat.»

«Hast du ihn gesehen?»

«Ein Mann aus dem Nahen Osten, hat auf Arabisch geflucht.»

«Sag nicht mehr. Ich werde rot, *Habibi*.»

«Hey, ich bin ein Gentleman. Die komplette Beschreibung des Mannes bekommst du, wenn ich im Büro bin.» Verrazzano würgte und hustete. Er blinzelte gegen die grelle, vom Long Island Expressway reflektierte Sonne an.

«Dom, bist du sicher, dass du okay bist?»

Die Anzeige im Armaturenbrett stand auf ein Uhr. *Sie müssen sich beeilen,* hatte Dr. Weston gesagt, *Sie haben nur ein paar Tage.* Verrazzano wünschte, er hätte eine klare Deadline. Aber er würde schon erfahren, wie viel Zeit ihm noch blieb.

«Mir geht's gut.» Er legte auf.

Er versuchte die drohenden Gefahren und das damit verbundene Chaos aus seinem Denken auszuschließen. Er konzentrierte sich auf das Fahren, auf das Atmen. Einfach nur auf das Sein.

Colonel Wyatt hatte Verrazzano einmal in so einem meditativen Zustand angetroffen. «Versuchen Sie Ihrem Atem zu folgen, um sich zu beruhigen?», rief Wyatt. «Versuchen Sie, *nicht* zu atmen. Sie wollen Ruhe und Frieden? Den finden Sie, wenn Sie tot sind. Das Leben ist Schmerz und Leiden.»

«Genau das hat Buddha gesagt.»

«Dann tun wir heilige Arbeit, Sie und ich. Wir handeln mit Schmerz und Leid.»

Nicht mehr, dachte Verrazzano. Er überholte einen Sattelschlepper auf der langsamen Spur und schloss zu einem Isuzu-Truck auf. Brownes Handy auf dem Armaturenbrett des Porsche klingelte. Der Bildschirm zeigte einen Silent-Circle-Anruf. Verrazzano fragte sich, ob Browne die geschützte App heruntergeladen hatte, um unerwünschte Anrufe von Leuten zu vermeiden, die seine politischen Karikaturen nicht mochten. Er nahm den Anruf an.

Eine tiefe Stimme vibrierte aus den Lautsprechern. «Ich habe die Möglichkeit nicht in Betracht gezogen, dass Sie überleben könnten.» Ein arabischer Akzent. Der Mann, der ihn im Wald hinter Brownes Haus angegriffen hatte. Der Mann, der den USB-Stick nicht gefunden hatte, der sich in Verrazzanos Tasche befand.

«Das war ein Fehler», sagte Verrazzano.

Ein atemloses Glucksen. Eine Lücke im Gegenverkehr. Verrazzano scherte aus und überholte den Isuzu.

«Wenn ich wieder eine Gelegenheit bekomme, Sie zu töten», sagte der Araber, «werde ich sie nicht vergeben.»

Verrazzano gab Gas. «Wenn.»

Der Araber legte auf. Der Porsche schoss in Richtung Stadt.

Kapitel 18

Falsche Marmorsäulen und Walnussholz beherrschten den Empfangsbereich von Molnir Partners. Das Leder des weinroten Ohrensessels beim Aufzug war so unberührt wie der Sand eines Seychellenstrandes. Wer in dieses Büro kam, war robust genug, um zu stehen.

Jeder, bis auf Chavez.

Er steuerte seinen Rollstuhl über die jadegrünen Lorbeerinlays des weißen Carrara-Bodens. Die Rezeptionistin war eine etwa sechzigjährige Frau mit weißen Schulterpolstern unter der Jacke, einer blondierten Dauerwelle und durchdringenden, haselnussbraunen Augen. Sie streckte ihm eine Hand von der Farbe und Textur trocknenden Tabaks entgegen.

«Ich bin Zissel. Kyle hat gesagt, dass Sie kommen würden. Willkommen an Bord, Marty. Fahren Sie bis ganz ans Ende des Ganges, Sie können es nicht verpassen. Es ist das Büro mit dem Spacko.»

Sie drückte den Öffner der Sicherheitstür. «Hey», bellte sie.

Chavez blieb stehen.

«Sie haben noch etwas Schmutz auf dem Kragen, mein Guter.»

Er wischte sich einen Rest Puderzucker von dem Windbeutel herunter, den er zusammen mit Adela gegessen hatte. Seine Frau würde ein pralles, schrulliges altes Mädchen wie Zissel mögen.

Aus Massies Büro sah man über die 42nd Street zum

UN-Gebäude hinüber, das nur einen Block entfernt lag. Massie lag ausgestreckt auf der niedrigen Heizung beim Fenster, die Hände über dem Bauch gefaltet wie eine Grabfigur auf dem Steinsarg eines toten Rittes in einer europäischen Kathedrale. Chavez fragte sich, ob sein Freund den Platz mochte oder nur dort lag, weil es keine Stühle gab. Massie sprang auf und sah, wie Chavez den Blick durch den spartanisch eingerichteten Raum wandern ließ. «Ich kann mich nicht an Gemütlichkeit gewöhnen, Mann. Am liebsten würde ich dieses Büro zu einem Biwak machen, auch wenn es sich in Manhattan befindet.»

Er winkte Chavez ans Fenster, kniete sich neben den Rollstuhl und zeigte zum UN-Tower hinüber. «Da reden sie diese Woche über den Krieg, Mann. Den Krieg in Syrien. Den Krieg im Irak. In der Ukraine, Israel, dem verfickten Südsudan. Scheiße, warum sind die Leute so verdammt überrascht, wenn irgendwo ein Krieg ausbricht? So was ist so normal wie ein Fehlschlag im Baseball. Alles, was diese UN-Typen können, ist reden, Mann. Du und ich, wir müssen Sachen regeln.»

Er holte einen Laptop aus einer Schreibtischschublade und schob ihn Chavez hin. «Bring mich die Straße runter.» Er nickte zum UN-Tower hinüber und zwinkerte seinem Kumpel zu.

Chavez' letzter Job hatte darin bestanden, die Army gegen Hacker zu verteidigen. Aber er konnte sich genauso gut den schwarzen Hut aufsetzen und in das System einer Organisation eindringen. *Das ist also der Auftrag,* dachte er. *Nun, hast du erwartet, eine Verkaufsseite für die Molnir-Website entwerfen zu sollen?* Ein Job war ein Job, und er erledigte seine immer. «Wo hast du den Laptop her?»

«Keine Sorge. Da lässt sich nichts zurückverfolgen. Und das Ding landet heute Nacht im Fluss.» Massie trat zu ihm.

«Ich möchte dir eine Frage stellen, bevor wir hier weitermachen.»

«Okay, Mann.»

«Der Job ist beträchtlich. Der Vertrag mit den Vereinten Nationen, meine ich. Aber um ihn zu bekommen, müssen wir ein paar Dinge tun, die Verschiedenes implizieren. Und rechtliche Konsequenzen haben könnten.»

Chavez begriff. Für sein Vertragsangebot wollte Molnir wissen, dass es besser war als die Angebote seiner Mitbewerber. Es *wissen,* nicht einfach nur darauf hoffen. Das erforderte ein illegales Eindringen ins System der UN. Er durfte kein Widerstreben oder Skrupel zeigen. Sondereinsatzleute verschwendeten keine Zeit damit, ein zweites Mal um etwas zu bitten.

«Ja, Kyle. Verstehe.»

«Ich habe mein ganzes Leben nach den Regeln gespielt. Habe die Ellbogen eingesetzt, aber nach den Regeln. Du auch, Mann. Aber als wir nach Hause gekommen sind, hat man uns wie Dreck behandelt.»

«Ich verstehe.»

«Wir werden niemandem wehtun, wir stehlen nichts.» Massie sah zum UN-Gebäude hinüber, als spräche er es direkt an. «Wir holen uns nur unsere Würde zurück.»

Chavez legte die Hände auf die Tastatur des Laptops. «Du willst die konkurrierenden Angebote für den Security-Vertrag sehen?»

«Nicht gleich. Ich habe keine Lust drauf, dass uns die FBI-Ärsche in Handschellen abführen.»

«Ich kann es sicher machen.»

«Ganz locker, Meister. Ich möchte, dass du herausbringst, wie wir in ihr System hineinkommen, und dann, am Mittwoch, statten wir zwei dem großen Zentrum der internationalen Diplomatie einen Besuch ab.»

«Wir wollen uns von *innen* in ihre Computer hacken? Das ist riskant, Mann.»

«Mach schon und check ihre Systeme, um sicherzugehen, dass es möglich ist. Und sieh dir an, ob wir was brauchen, wenn wir reingehen.»

«Wenn sie uns da erwischen, Kyle, kann meine Frau ihren Job verlieren.»

«Aber wir werden nicht erwischt, und Adela kann von sich aus kündigen. Wir werden für immer ausgesorgt haben, verstehst du? Wir bekommen Prozente und kein Gehalt. Der Vertrag ist fünfzig Millionen wert, mehr oder weniger. Und du kriegst zwei Prozent.»

«Eine Million Dollar?»

«Ein Million *im Jahr*. Und wir werden sowieso nicht erwischt. Die Taliban haben mich nicht gekriegt, al-Qaida nicht, und ganz sicher werden das auch ein paar vieräugige Sesselfurzer mit einem Abschluss in Internationalen Beziehungen nicht schaffen. Fangen wir an.»

Chavez rief die Website auf, auf der die Angebote für den Security-Vertrag einzureichen waren. «Das ist ganz einfach.»

«Wie kommen wir rein?»

«Mit Cross-Site-Scripting. Die meisten Frameworks sind nicht dagegen geschützt.» Seine Stimme wurde langsamer, während er zusah, wie der Browser auf seine Eingaben reagierte. «Ich kann Daten über JavaScript eingeben, ohne dass sie gefiltert werden.»

«Sie wissen nicht, wie sie sich dagegen schützen sollen?»

«Ich denke, sie haben beschlossen, sich nicht die Mühe zu machen. Ist ziemlich ungewöhnlich. Die Site verlässt sich auf die normale HTML-Codierung als Schutz. Aber die fängt keine Daten ab, die Output innerhalb eines Script-Tags sind.»

«Egal. Es ist also verwundbar, ja?»

«Wir können in die Website rein und die Angebote lesen, die andere Firmen für den Security-Vertrag gemacht haben. Wir können dafür sorgen, dass unser Angebot alle anderen schlägt.»

«Du bist der Größte.»

Chavez wendete mit seinem schweren Rollstuhl und sah Massie an. «Und wir fahren in die UN und machen das?»

«So einfach geht das nicht, und das ist auch deine Sache.»

«Ich verstehe nicht.»

«Kauf deiner Frau einen Strauß Rosen, Pralinen, oder was zum Teufel sie am liebsten mag. Ich will, dass du sie echt gefügig machst.»

Kapitel 19

Verrazzano rumpelte über die RFK-Bridge nach Manhattan hinein. Die Skyline verschwand hinter den roten Sozialbauten Harlems. Mit seinem Eintritt ins ICE-Büro in New York war er zurück an seinen Geburtsort gekommen. Zwanzig Jahre lang hatte er sich einzureden versucht, dass er die Stadt nicht vermisste. Aber er war ein New Yorker. Noch während er den Broadway hinunterging, verzehrte er sich nach dieser Stadt. Er konnte nicht genug von ihr bekommen und wollte überall gleichzeitig sein, als vereinigte New York die ganze Welt an einem wunderbaren Ort. Keine Krise, keine Bedrohung konnte ihm dieses Gefühl nehmen. New York hatte vor nichts Angst, und Verrazzano genoss seinen Anteil daran, den großartigen Mut dieser Stadt zu unterstützen. Nach Manhattan hineinzufahren, beruhigte ihn. Manchmal fühlten sich Leute von der Stadt betrogen, aber Verrazzano wusste, sie hielt ihm den Rücken frei.

Das Handy im Dock des Armaturenbretts stellte eine Verbindung nach Damaskus her. Ein tiefer Bass klang durch die elektronischen Interferenzen der Verbindung. «Hier ist Quanah Jones.»

Ein Lieferwagen wechselte die Spur und kam bis auf eine Handbreit an den Porsche heran. Verrazzano stieg auf die Bremse und zog den Wagen nach rechts. Die Abfahrt von der Brücke schien enger als je zuvor. Als hätte die Stadt eine zusätzliche Spur darauf gequetscht.

«Ich bin's, Dom», presste er zwischen den Zähnen hervor.

«Yeah.» Nur ein Wort. Von dem Mann, dem es egal war, ob die Leute ihn mochten.

«Dr. Amy Weston ist tot.»

Unzählige Stimmen weiterer Satellitenverbindungen geisterten durch die Luft. Einige davon mochten sogar Stimmen aus der Vergangenheit sein, als Quanah und Verrazzano Partner in Colonel Wyatts Sondereinheit gewesen waren und Leute hingerichtet hatten, von denen Wyatt behauptete, sie würden ein zweites 9/11 planen. Bis Quanah ausbrach und Wyatt Verrazzano losschickte, um ihn zu töten. All diese alten Stimmen meldeten sich plötzlich auch. Quanah sagte nur: «Yeah?»

«Wer wusste, dass sie zu mir wollte?» Verrazzano hielt an der Ampel an der 125th Street. Er wollte auf die West-Side.

«Du und ich. Und wer immer sie umgebracht hat.»

«Woher wussten *sie* es?»

«Denkst du, ich habe etwas mit ihrem Tod zu tun, Special Agent?»

Verrazzano beschleunigte, fuhr an den Sozialwohnungen und den vergitterten Schulen Harlems vorbei. «Nein, das denke ich nicht.»

Amy Weston hatte Quanah vertraut. Verrazzano hatte ihm ebenfalls vertraut und ihm noch geglaubt, als es die völlige Zerstörung der Person bedeutete, für die er sich gehalten hatte. Er brauchte einen verlässlichen Mann in Damaskus, und ein ICE-Agent war nicht verfügbar. «Ich schicke dir die genauen Koordinaten einer Stelle im Tishreen-Park. Dr. Weston hat sie mir gegeben, bevor sie starb. Ich habe keinerlei Information dazu. Ich brauche jemanden, der sich da umsieht. Kannst du das tun? Mir sagen, was du findest?»

«Mache ich.» Die Stimme klang sachlich, roboterhaft.

«Quanah, Amy Weston ist nicht die Einzige, die heute

gestorben ist. Ich weiß noch nicht, um was genau es geht, aber es ist gefährlich. Sei vorsichtig.»

«Ich hole mein hartes Motherfucker-Gesicht aus der Schublade.»

Verrazzano grinste. Quanah hatte einen Witz gemacht. Sie beide wussten, dass er es in der Tasche mit sich trug.

Der Porsche überquerte den Broadway und raste auf den West Side Highway. Quanahs zu Schlitzen zusammengekniffene Augen und sein breites Kinn schienen vor Verrazzano zu schweben, während er sich durch den Verkehrsstrom fädelte, der sich am Ufer des Hudson entlang in Richtung Süden wand. Plötzlich war er wieder in Beirut, auf der Corniche. Das Wasser war das Mittelmeer, und er brachte Quanah auf ein leeres Gelände in Karatina, um ihn zu töten. Da hatte ihm Quanah die wahre Geschichte von Maryam Ghattas erzählt. Hatte ihm erzählt, dass Wyatt sie tot sehen wollte, weil sie ein Parlamentskomitee leitete, das vorhatte, die Schiitenmiliz Hisbollah des Mordes am libanesischen Premierminister zu bezichtigen. Der Premierminister hatte einen geheimen Friedensplan mit Israel ausgehandelt und wollte ihn gerade unterzeichnen, als er getötet worden war. Die Hisbollah nahm an, Frieden sei schlecht fürs Geschäft, genau wie der Bericht einer angesehenen Abgeordneten, die ihr vorwarf, den beliebten Regierungschef ermordet zu haben. Also bezahlten sie Wyatt dafür, sie auszuradieren. Wyatt beauftragte Quanah mit dem Job, der sich weigerte und untertauchte. Das alles hätte auch ein Haufen Lügen sein können, mit denen Quanah seine Haut zu retten versuchte, aber Verrazzano spürte die unmittelbare Klarheit in seinen Worten, die bestätigte, dass es keine waren.

Verrazzano, im Porsche, sagte durch das statische Rauschen der Verbindung: «Als wir in Beirut waren, Quanah ...»

«Ich weiß zu schätzen, dass du mich nicht getötet hast, wie Wyatt es von dir verlangt hat.»

«Da ist noch etwas.»

«Du hast Maryam Ghattas getötet. Ich weiß, Dom. Sie starb am Tag, nachdem ich Wyatt gesagt hatte, ich würde es nicht tun. Das war nicht schwer herauszubringen. Die Sache tut mir leid, Dom, denn sie war eine gute Frau. Sie hätte allen die Wahrheit über den Tod des Premierministers gesagt. Den Frieden hätte es allerdings nicht gerettet. Nicht nach dem Tod des Premierministers. Die Chance für Frieden war mit Karami gestorben. So und nicht anders ist es.»

So und nicht anders. Die Wahrheit. Für sie war immer Zeit. Verrazzano drückte die Finger ums Lenkrad. «Das war ich. Ich habe Karami getötet.»

Stille auf Quanahs Seite, nur die Verbindung selbst reagierte mit Kreischen und Rauschen, als wäre das Geständnis zu viel für die digitalen Kanäle. Als ertrügen sie es nicht.

«Wyatt sagte, es sei eine politische Entscheidung. Aus D. C. Das Außenministerium und das Pentagon wollten den Premierminister tot sehen», sagte Verrazzano.

«Versuche, dich nicht herauszureden. Nichts von Wyatts Scheiße war Politik, Dom. Nichts von der Scheiße, die *wir* für ihn ausgeführt haben, fußte auf politischen Entscheidungen.»

«Ich weiß. Heute weiß ich es.»

«Wie viele Kriege hat es seitdem zwischen dem Libanon und Israel gegeben? Wenn es zu einem Frieden mit dem Libanon gekommen wäre, vielleicht hätten die Israelis dann auch was mit Syrien ausgehandelt. Dann gäbe es hier keinen verdammten Bürgerkrieg. Keinen Islamischen Staat. Keine vier Millionen Flüchtlinge. Nichts von dieser Scheiße. Wie viele Leute sterben, weil du einfach losgegangen bist und getan hast, was der verdammte Colonel dir gesagt hat? Ohne eine Frage zu stellen?»

«Mehr, als ich je wissen werde.»

«Willst du mir jetzt sagen, du stirbst jeden einzelnen Tod mit ihnen, oder mir einen anderen Bullshit in der Art erzählen?»

Verrazzano wurde langsamer, die nächste Ampel war rot.

«Ach, vergiss es. Ich bringe dir, was du brauchst, Dom.» Quanah spuckte die Worte voller Abscheu aus. «Aber lass mich nie wieder deine verdammte Stimme hören.» Er legte auf.

Verrazzano steuerte Tyler Brownes Porsche vom West Side Highway und fuhr die Rampe ins Parkhaus an der Ecke hoch. Parkte und saß da. Seine Hände wollten sich nicht vom Lenkrad lösen. Im Spiegel konnte er die Auffahrt hinunter zum Fluss sehen. Es gab Zeiten, da hatte er für immer still dort im Wasser versinken wollen, aber jetzt stellte er den Motor ab und kletterte aus dem niedrigen Wagen. Er nahm den Aufzug hinauf ins ICE-Büro.

Kapitel 20

Der 7er-Zug fuhr draußen quietschend über die Gleise. Chavez hörte die schweren Schritte seiner Frau auf dem Flur. Adela kam herein, schloss die Tür mit dem Fuß hinter sich und stellte eine braune Einkaufstüte auf den Tisch. Sie sah ihn an und trabte mit ausgebreiteten Armen über den Teppich. «Da ist er ja, mein sexy Computerexperte.» Sie nahm ihn in den Arm.

Er fasste ihre Schultern und drückte seine Finger in ihr Fleisch. *Eine Million Dollar,* dachte er. *Und eine Million Möglichkeiten, dass es schiefgeht.*

«Ich habe etwas Wein gekauft, um deinen neuen Job zu feiern, Baby. Ricky hat mir geschrieben. Er geht mit den Jungs Basketball spielen.» Sie presste sich gegen seinen Bauch und versuchte ihrem Kuss etwas Zunge zu geben. «Du hast mich ganz für dich.»

Sein Treffen mit Massie hatte ihm den sexuellen Appetit vom Mittag genommen. Die Aussicht, das Gesetz zu brechen, machte ihn zu nervös, um sich körperlich zu entspannen. Er wich zurück.

«Es ist okay, wenn dir nicht danach ist», sagte sie.

«Wir werden sehen, Baby. Es ist lange her. Ich bin wohl etwas nervös. Komm, setz dich.»

Sie hockte sich aufs Sofa und streckte die Arme aus, um seine Hände zu halten. Widerstrebend überließ er ihr seine Finger.

«Heute Mittag hast du mich wirklich auf Touren gebracht. Du bist so verdammt sexy», sagte er.

Sie grinste und schnurrte, beugte sich vor und fuhr ihm mit den Lippen über den Hals.

«Vertraust du mir, Baby?»

«Aber natürlich, Marty. Warum fragst du mich das?» Sie sah ihn spielerisch missbilligend an. «Hast du was Schlimmes vor?»

Er wandte den Blick ab.

«Marty?» Sie begriff, dass ihr Scherz eine wunde Stelle getroffen hatte. «Baby?»

«Nein, Baby, nichts Schlimmes. Bin ich ein Böser?»

«Nein.»

«Dann sorg dich nicht, dass dein Mann was Falsches tun könnte. Niemals würde ich aufs Spiel setzen, was wir haben. Für nichts. Das weißt du doch?»

«Ja, das weiß ich.»

«Nichts von dem, was wir haben, würde ich aufgeben, selbst wenn du mir sagtest, ich könnte meine Beine dafür zurückhaben.»

«Baby, sag so was nicht.»

«Ich will nur, dass du weißt, ihr seid das Wichtigste auf der Welt für mich. Du und Ricky. Unser Zuhause, unsere Familie. Alles, was ich tue, dient dazu, das zu schützen. Umbringen würde ich einen dafür.» Er lächelte. «Sogar die *Ropa Vieja* deiner Mutter würde ich dafür essen, und die Frau kann nun wirklich nicht kochen. Gott segne sie.»

«Sei nicht gemein zu meiner Mama.»

«Aber es stimmt doch.» Er lachte. «Sie kocht echt schlimmes Zeugs.»

«Das stimmt, *Papi*. Ja, es stimmt.»

Sie küssten sich. Er spürte seine Macht über sie und genoss ihre Körperlichkeit, obwohl er vorher noch unsicher gewesen war. Aber er konnte nicht einfach so beiseiteschieben, was ihm auf der Seele lag. Sie musste seinem Plan zustimmen, bevor er mit ihr ins Bett ging.

«Ich brauche deine Hilfe bei meinem neuen Job.» Er hörte die Verbitterung und den Schmerz in seiner Stimme, und sie rückte ein Stück von ihm ab. Die Fältchen an ihren Augenwinkeln zogen sich leicht zusammen.

«Wir werden etwas machen, Kyle und ich.» Seine Stimme war fest. Er holte sich seinen verlorenen Stolz zurück. Er hatte jedes Opfer gebracht, er hatte was gut. Bei allen.

Außer bei ihr.

«Ich muss ins UN-Gebäude. Aber niemand darf wissen, dass ich drin bin.»

Sie ließ seine Hand los. Für gewöhnlich waren ihre Wangen so angeregt, so fleischig und voller Leben. Plötzlich sah sie aus wie ein gebotoxtes Vegas-Auslaufmodell.

«Wenn du mir reinhilfst, kann ich die Angebote vergleichen und dafür sorgen, dass wir sie schlagen. Dann haben Kyle und ich den Job sicher. Dann nehme ich morgens den Zug mit dir zur Arbeit.»

«Das wäre so schön, Baby.» Sie klang, als drückte ihr jemand die Luft ab. Auf der Kippe.

«Ich kann nicht wie ein einfacher Tourist ins Gebäude, weil ich mich ausweisen müsste. Richtig?»

«Richtig.» Es war nur ein Flüstern.

«Jeder Einbruch ins Computersystem könnte mit mir in Verbindung gebracht werden, wegen meiner Erfahrung in dem Bereich. Meine Verbindung zu Molnir käme heraus, und damit wäre der Vertrag gestorben.»

«Ich nehme es an.»

«Du musst mir einen Besucherpass geben, ohne meine Daten aufzunehmen. Das kannst du doch, Baby?»

Sie nickte, wobei es für Chavez eher wie ein Fall von nervöser Zuckung aussah.

«Und du hilfst mir auch durch den Metalldetektor», sagte er.

Sie starrte ihn erschreckt an. «Was hast du vor, Marty?»

«Ich werde schon keine Waffe mitnehmen.» Ohne es zu wollen, reagierte er wütend auf ihren Verdacht, ihr mangelndes Vertrauen. Aber er musste überzeugend wirken. «Du glaubst mir doch, Baby?»

«Aber sicher. Ja.»

«Ich muss ein paar Computerdinge mitnehmen. Mein Rollstuhl ist komplett aus Plastik, also löst er keinen Alarm aus. Aber ich verstecke die Computerteile darin, und sie dürfen nicht entdeckt werden. Weil jedes Eindringen ins Netzwerk dann am Ende mit mir in Verbindung gebracht würde, verstehst du? Also musst du mir den Override-Schlüssel geben.»

Ihre Hand fuhr automatisch an ihre Hüfte. «Der muss ständig an meinem Gürtel bleiben.»

Er griff unter ihren Bauch. Eine schwarze Scheibe, etwa groß wie ein Vierteldollar, hing mit einem kleinen Karabinerhaken neben der Pistole. Er öffnete ihn, sein Gesicht nahe an ihrem, lauschte ihrem Atem, spürte ihr Stillhalten und ihre Erwartung. Es erinnerte ihn an das erste Mal, als er seine Hand in ihre Hose gesteckt hatte. Da waren sie sechzehn gewesen.

Aber da hatte sie es gewollt.

Er löste den Karabiner und nahm die kleine Scheibe. «Siehst du, er ist nicht angewachsen. Auch ohne bist du immer noch dieselbe.»

Sie senkte den Kopf.

«Ich erkläre dir, wie wir es machen, Adela. Hörst du mir zu?»

Sie wiegte ihren Kopf hin und her und weinte leise.

Er schnaufte verzweifelt. «Ohne diesen Vertrag habe ich keinen Job, Adela. Hörst du? *Hörst du mich?*»

«Ja, Baby.»

Ihre Passivität erstickte seinen Ärger. Er hätte sich weniger schuldig gefühlt, hätte sie mit ihm gestritten. Frust und Furcht wallten in ihm auf. An manchen Tagen ließ ihn das an Selbstmord denken, heute jedoch würde er sein Leben nicht beenden, sondern bloß ruinieren, was davon noch übrig war. Eine Träne tropfte auf seine Wange.

Sie sah es und schüttelte den Kopf. «Du bist mehr wert als alle Männer, die ich kenne, Baby.» Sie nahm sein Gesicht in ihre sanften Hände und fing seine Tränen auf. Sie verstand ihn. Sie wusste, es ging ihm nicht ums Geld.

Kapitel 21

Der Forensiker füllte eine Spritze mit Verrazzanos Blut, blinzelte durch den Glaszylinder, um zu sehen, ob er tatsächlich fünfzehn Milliliter hatte, und schrieb Verrazzanos Namen auf das Röhrchen. «Warum schreiben Sie nicht wie die Brücke?» Er legte das Blut in einen kleinen Tischkühlschrank.

«Tu ich doch.»

Der Mann beugte sich über Verrazzanos Ausweis. «Sie haben da *zwei* Z.»

«Ja, wie die Verrazzano Bridge von Rhode Island.»

«Klugscheißer. Ich meine die andere.» Mit einer Plastikpinzette riss er Verrazzano ein Haar aus.

«Die in Maryland?»

«Gott, wie viele Brücken sind nach dem Kerl benannt?» Der Mann schob das Haar in ein Röhrchen und verschloss es. «Dürfen Sie ohne zu zahlen rüber? Die hier bei uns? Weil Sie so heißen?»

«Ich bin noch nie über sie gefahren.»

«Sie machen Witze.»

Verrazzano sah durchs Fenster des Labors auf den Hudson hinaus. Die Verrazano-Narrows Bridge verband Brooklyn mit Staten Island und war nach einem Florentiner benannt worden, der die Bucht 1524 als erster Europäer erkundet hatte. Irgendein Bürokrat in den 1960ern befand allerdings, dass das doppelte Z zu italienisch aussah, und so schrieb er den Namen falsch. «Ich fahr rüber, wenn sie die Schreibweise ändern.»

Er griff nach der dünnen Mappe, die Haddad ihm bei seiner Rückkehr gegeben hatte. Sie hatte das Videomaterial der Überwachungskamera im Streifenwagen der beiden hinter Dr. Westons Haus erschossenen Polizisten heruntergeladen. Darauf war ein massiger Araber zu sehen, dessen Gesichtszüge zu den biometrischen Informationen eines Profikillers mit dem Namen «der Janitschar» passten.

«Wir testen zuerst Blut und Urin.» Die Stimme des Forensikers war tief, gleichzeitig volltönend und atemlos, irgendwas zwischen einem Schmachtfetzensänger und Orson Welles.

«Wird Ihnen das sagen, ob es ein Nervengas war?»

«Wir werden sogar genau wissen, welches. Sie bestehen alle aus unterschiedlichen Komponenten.»

Der richtige Name des Janitscharen war nicht bekannt. Die Datei brachte ihn mit Attentaten im Libanon, Irak, in der Türkei und den Golfstaaten in Verbindung. Möglicherweise war er ein Agent des syrischen Geheimdienstes. Einige Quellen meinten allerdings, dass er die syrische Regierung so abgrundtief hasste, dass persönliche Motive mit im Spiel sein mussten. Arbeitete der Janitschar also für Syrien? Die Waffen im Haus in Atlantic Beach waren in die Hände der Regierung gelangt, aber die, die sie transportiert hatten, waren Amerikaner, keine Syrer. Und wenn der Janitschar etwas *gegen* das Regime in Damaskus hatte, was genau war dann seine Rolle?

«Wann werden Sie die Resultate haben?», fragte Verrazzano.

«Sie bekommen sie heute Abend. Sind Sie kurzatmig?» Der Forensiker war es ganz sicher. Seine russischen Zigaretten ließen ihn nach Schwefel stinken wie eine Stahlgießerei.

Verrazzano wollte verneinen, doch die Worte gingen in einem Keuchen unter.

«Na, das ist wohl ein Ja», sagte der Mann.

Verrazzano hustete.

«Und meine zweite Frage ist damit auch gleich beantwortet.» Der Mann nahm den Atemschutz herunter.

«Ich huste ständig. Ich trinke zu viel Kaffee, davon bekomme ich eine trockene Kehle.» Verrazzano starrte das körnige Foto des Janitscharen an. Es stammte von der Überwachungskamera eines Hotels in Dubai. Da hatte der Typ einen südafrikanischen Waffenschmuggler und eine rumänische Hure getötet, die unglücklicherweise gerade bei ihm im Zimmer war. Er hatte die beiden mit einem Stück Plastikschnur erwürgt. Quellen bei der CIA gingen davon aus, dass es der Auftrag eines konkurrierenden Waffenhändlers gewesen war. Ganz sicher waren sie sich jedoch nicht.

«Die eine Dosis Atropin sollte genügen», sagte der Forensiker. «Ihre Symptome kommen mir wie Nachwirkungen vor, die sich geben, wenn Sie etwas Ruhe bekommen. Auf jeden Fall müssen Sie zu einem Arzt. Sie sollten ein EKG machen lassen, und er soll den Blutdruck prüfen.» Er gab Verrazzano eine orangefarbene Spritze. «Sie wissen, was das ist, richtig?»

«Die brauche ich nicht.»

Der Forensiker schob den Autoinjektor in Verrazzanos Tasche. «Wenn Sie zu zucken anfangen, das Bewusstsein verlieren oder echte Atembeschwerden haben, injizieren Sie sich das sofort in den Arm. Es ist eine Dosis. Verschwenden Sie keine Zeit.»

«Wie wäre es mit noch einer? Dann muss ich mich nicht entscheiden, ob ich meinen Freund oder mich rette.»

«Jeder rettet sich selbst.»

«Nicht jeder.» Verrazzano dachte an Browne, wie er ruhig auf sein Ende gewartet hatte.

Der Forensiker zog seine Latexhandschuhe aus. «Ich nehme an, es hängt davon ab, für wen sonst man noch lebt. Ich gehe jetzt eine rauchen.»

Haddad öffnete die Tür zum Labor. «Hey, Dom. Was sagen die Tests?»

«Das weiß ich heute Abend. Noch lebe ich.»

«Nur für den Fall, dass du stirbst, komm schnell und sieh dir an, was ich gefunden habe.»

Er folgte ihr zwischen den großzügig bemessenen Arbeitsplätzen der Etage. Sie setzte sich an ihren Schreibtisch, und er stellte sich neben sie. Haddad betätigte eine Taste, um den dunklen Schirm zum Leben zu erwecken. Eine eingescannte, von mehreren Personen unterschriebene Seite öffnete sich. Sie begann mit den Worten: «Vor mir, Amy Carla Weston, MD, beschworen ...»

Verrazzano beugte sich weiter vor: «Soll das ein Affidavit sein?»

«Es ist das einzige Dokument auf dem Stick, den du aus Dr. Westons Haus mitgebracht hast.» Haddad scrollte weiter nach unten. «Das Datum ist von letzter Woche, und der Eid stammt von jemandem namens Daryl Underwood. Damit haben wir einen weiteren Veteran.»

«Wo hast er gedient?»

«Sechsmal in Afghanistan.»

Sechsmal Afghanistan. Großer Gott, was diese Jungs mitgemacht haben. «Afghanistan? Wie Lee Hill, der Dr. Weston getötet hat?» Verrazzano kniff die Augen zusammen.

«Underwood behauptet, einem Nervengas ausgesetzt worden zu sein.»

Verrazzano schniefte. Seine Nase hatte sich noch nicht wieder erholt. «Wie?»

«Steht alles da.» Haddad blätterte weiter. «Er beaufsichtigt ein Lager mit Nervengaswaffen in Damaskus. Ich denke, das war es, was Dr. Weston dir sagen wollte.»

«Sieht so aus.»

«Aber warum hat sie diese Information nicht an die

Sicherheitsleute der UN in Damaskus weitergeleitet? Warum wollte sie damit zu dir?»

«Der zuständige UN-Mann in Damaskus dachte, wir arbeiten schneller als die offiziellen UN-Kanäle. Wenn du denkst, unser Laden ist eine langsame Bürokratiemühle, hast du nie erlebt, wie die UN funktionieren.» Er ließ sich auf einen Stuhl sinken. «Zunächst mal müssen wir diesen Underwood finden und das Nervengas aufspüren. Es muss mit der Gefahr zu tun haben, vor der Dr. Weston uns vor ihrem Tod gewarnt hat.»

«Vielleicht musst du nach Syrien, wenn das Zeugs wirklich da ist.»

«Wenn es da ist, stellt es eine Verletzung des Abkommens zwischen Syrien und den Vereinten Nationen dar, alle Massenvernichtungswaffen abzugeben.»

«Nicht unbedingt. Nach Daryl Underwoods Aussage gehört das Gas nicht der syrischen Regierung.»

Verrazzano richtete sich auf seinem Stuhl auf. «Wem dann?»

«Daryl Underwoods Arbeitgeber.»

«Und der ist?»

«Dieselbe Firma, für die auch Lee Hill gearbeitet hat. Den Molnir Partners.»

Verrazzano dachte an den Namen mit den Ziffern, den er auf Dr. Westons Schreibblock gefunden hatte. Den nicht aufzuhaltenden SK-Mann, der durch die Kriegsgebiete geisterte und die Leute auslöschte, die Wyatt ihm nannte. «Wer leitet Molnir?»

Er kannte die Antwort, bevor Haddad sie ihm gab. «Tom Frisch.»

Es war lange her, aber das Adrenalin durchströmte ihn wieder, als geschähe es jetzt. Als platzte er in diesem Moment in Wyatts Hauptquartier in Beirut, vor Wut kochend, weil er sich nach dem, was Quanah ihm über Maryam Ghattas erzählt hatte, benutzt gefühlt hatte. Nachdem Verrazzano begriffen hatte, dass seine Ermordung des libanesischen Premierministers der Zerstörung des ausgehandelten Friedens mit Israel gedient hatte. Vorgefunden hatte er dort aber nur Frisch, selbstzufrieden und im Besitz all des Wissens, das die Offiziersriege Männern wie Sergeant Major Verrazzano verweigert hatte.

Frisch würde auch jetzt Dinge wissen, die Verrazzano nicht mal ahnen konnte. Verrazzano dachte an die Mappe über den Araber. Den Janitscharen. Er kannte seine Geschichte, kannte die Geschichte der versklavten Jungen, die zu Söldnern herangezogen wurden. Er selbst, Verrazzano, könnte der Janitschar sein. So sehr war er gedrillt worden, dass er die eigene Zukunft vergaß. Vergaß, dass es *sein* Leben war. Bis ihn die Ungeheuerlichkeit seiner Tat daran erinnerte, dass es *seine* Zukunft war.

Jetzt war es an ihm, Frisch daran zu erinnern.

Kapitel 22

Die Rezeptionistin musterte Verrazzano wie eine Züchterin, die einen Hengst auf einer Deckstation in Augenschein nahm. Sie fingerte an einer Schachtel Winston herum, während er den Marmorboden des Eingangsbereichs von Molnir überquerte.

«Ich habe in einer halben Stunde Feierabend.» Ihre Stimme klang nach fünfzig am Tag. Sie inhalierte wie ein Staubsauger.

Verrazzano hoffte, dass sie einen Scherz machte. «Ich sitze an einem Fall. Ich mache Überstunden. Aber wenn Sie die Zigaretten bis zum Wochenende noch nicht umgebracht haben, könnten wir brunchen gehen.» Er gab ihr seine Karte.

«Mit der Aussicht höre ich heute noch auf.» Sie warf die Schachtel Winston über die Schulter. «Was für ein Fall?»

«Daryl Underwood.»

«Wenn Sie ihn finden, sagen Sie ihm, er soll seine Freundin anrufen.» Sie tippte sich auf die Brust. «Wollen Sie zu Tom?» Sie las seine Karte. «Verrazzano, wie die Brücke?»

«Nein, wie der Abenteurer, der auf Guadeloupe von den Kannibalen verspeist worden ist.»

«Ich bin selbst so eine Art Menschenfresserin.» Sie wählte eine Nummer und sagte in den Hörer: «Ein Special Agent vom ICE ist hier, um mit Ihnen über Daryl zu reden. Haben Sie ihn umgebracht, Tom? Der Mann hier sieht aus, als wollte er Sie mitnehmen.»

Verrazzano fragte sich, ob seine Anspannung hinter der scherzenden Maske sichtbar war, die er zur Schau zu tragen versuchte. Es war egal. Frisch wusste, wie er aussah, wenn er schlecht drauf war. Aber das galt für beide Seiten.

«Ich schicke ihn rein, Tom», sagte die Frau. «Und tun Sie mir einen Gefallen, halten Sie ihn fest, und machen Sie ihn zu meinem Sexsklaven.»

Sie drückte den Knopf für die Sicherheitstür. «Da gerade durch. Und dann Sonntag um elf. Ich verlange keinen großen Aufwand. Zwei Drinks, und ich tu, was Sie wollen.»

«Dann gehen die Mimosas auf mich.»

Sie lachte so sehr, dass der Beutel des Staubsaugers zu platzen schien.

Tom Frisch wartete am Ende des Korridors. Zumindest wollte Verrazzano diesmal tatsächlich zu ihm. Das letzte Mal, als er statt des Colonels in dessen Büro gesessen hatte, um ihm, Wyatts Auftragskiller, zu sagen, dass die Einheit aufgelöst sei, hatte Frisch einen Vollbart getragen, den er brauchte, wollte er irgendwo zwischen Marokko und Afghanistan untertauchen. Heute trug er einen Anzug, war glatt rasiert, der Korridor war von einer Wolke seines Eau de Toilette erfüllt, und sein Hemd und seine Krawatte sahen aus, als müsste ein ICE-Agent dafür einen Monatslohn auf den Tisch legen.

Verrazzano ging auf ihn zu, während die Empfangsdame immer noch vor Lachen keuchte und krächzte.

«Hat Zissel Sie angebaggert?» Frischs Stimme war weich und warm. So wie damals, als er Verrazzano erklärt hatte, dass sein Verdacht zutraf: dass Wyatts Einheit nicht mehr als eine Bande war. Dass alles, was er getan hatte, um die Vereinigten Staaten zu schützen, allein Terrormilizen, russischen Gangstern und dem Konto des Colonels auf den Cayman-Inseln gedient hatte.

Verrazzano sagte nichts. Er übersah die Hand, die Frisch ihm hinhielt.

«Zissel redet keinen Bullshit», sagte Frisch. «Genau das verlange ich. Von allen.»

«Gut. Ich hab den Bullshit für heute auch hinter mir.»

Verrazzano folgte Frisch in ein Eckbüro, das wie die Bibliothek eines Londoner Gentlemen's Club aufgemacht war. Frisch setzte sich vor einen großen Barschrank. Teurer Scotch schimmerte in Kristallkaraffen. Seitlich am Schreibtisch lehnte jedoch etwas, das erkennen ließ, dass das hier nicht das Büro eines Gentlemans war: eine schwarze Tasche, wie Verrazzano sie durch Europa und den Nahen Osten getragen hatte. Eine Spezialanfertigung vom Tulski Oruscheiny Sawod, einer Waffenfabrik südlich von Moskau, für ihr 9-Millimeter-Scharfschützengewehr. Der russische Name für die Waffe lautete *Wintores. Kehlen-Fräse.*

Verrazzano setzte sich nicht. «Ihr Mann, Underwood. Ich habe ein Schriftstück, das er letzte Woche in Syrien diktiert hat.»

Frisch drehte sich mit seinem Stuhl zum Barschrank, nahm zwei Gläser heraus und schenkte ein. Eines stieß er über den Tisch zu Verrazzano. Frisch nahm einen Schluck, Verrazzano rührte seinen Drink nicht an,

«Das verstehe ich nicht», sagte Frisch.

«Ich mag keinen Whisky.»

«Syrien. Ich verstehe nicht, warum Daryl Underwood in Syrien war. Ich habe alle meine guten Leute vor Monaten nach New York zurückgeholt. Wir machen ein Angebot für einen neuen Security-Vertrag mit den Vereinten Nationen. Wenn wir ihn bekommen, ist das unser erstes wirklich großes Ding. Die Vorbereitungen sind intensiv. Daryl war auf seinem Weg hierher zurück, als wir den Kontakt zu ihm verloren haben.»

«Aus Syrien?»

Frisch drehte sein Glas langsam auf der lederüberzogenen Tischplatte. «Also gut. Ja, seit letztem Jahr führen wir da ein paar logistische Operationen durch.»

«Für wen?»

«Für wen? Eine gute Frage, Sergeant Major Verrazzano.»

«Antworten Sie bitte.» Er sagte nicht: *Sir.*

«Das ist geheim.»

«Sie meinen, illegal.»

«Wollen Sie mir einen Vortrag über Legalität halten? Ich kenne Ihre Vergangenheit besser als Sie selbst. Ich war Wyatts Scout in der Spezialeinheit. Ich habe Sie überhaupt erst ausgesucht und ihn auf Sie aufmerksam gemacht.»

«Das heißt, es ist alles Ihre Schuld.»

«Es ist allein Ihre Schuld, Verrazzano.» Er nippte an seinem Whisky. «Sie haben für Wyatt Sachen gemacht, mit denen er mir niemals gekommen wäre, und dabei nannte er mich seinen *Mad Dog.* Wissen Sie, wie er Sie nennt?»

«Kommen wir zurück zu Syrien.»

«Seinen ‹Tödlichen Schoßhund›.»

«Es gibt verdeckte US-Waffenlieferungen an nicht-dschihadistische Rebellengruppen in Syrien. Das ist kein großes Geheimnis. Ist das Ihr Job?»

Frisch griente. «Zum Teil.»

«Zusammen mit Wyatt?»

«Ich habe keine Ahnung, was zum Teufel Wyatt gerade macht, und wenn, würde ich das genaue Gegenteil tun. So bleibe ich aus dem Knast und werde nicht von irgendeinem Irren aus dem Südsudan oder von sonst wo abgeschlachtet, weil er denkt, ich habe in seinem Arschficker-Land eine Revolution oder einen Genozid an seinem gottverdammten Stamm losgetreten.»

«Wenn es nicht Wyatt ist, arbeiten Sie mit irgendeiner anderen Connection zusammen? Vielleicht mit etwas Realem, etwas legal Illegalem aus dem Pentagon?»

Frisch schenkte sich nach. «Washington will die richtige Miliz in Syrien oben sehen, welche auch immer das im Moment gerade ist. Hauptsache, der Islamische Staat bekommt nicht die Oberhand. Bis irgendwer im Außenministerium beschließt, dass gerade *der* vielleicht doch nicht so schlimm ist wie die anderen Arschlöcher.» Er grinste. «Ich nehme an, das wird der Punkt sein, wenn sie Wyatt aus der Kälte zurückrufen. Egal, Underwood war eine Weile vor Ort, aber eigentlich habe ich ihn hier bei mir. Er weiß mit Budgets und Personal umzugehen. Ich meine, verstehen Sie mich nicht falsch, der Mann bricht Ihnen das Genick, wenn's sein muss. Aber lieber feuert er die Leute.»

«Wo wohnt Underwood?»

«Zissel kann Ihnen die genaue Adresse geben. Ich glaube, oben am Hudson. In Beacon oder irgendwo da in der Gegend.»

«Underwood ist in Syrien Nervengas ausgesetzt worden.»

Das Grinsen war weg. «Ist er okay?»

«Das Nervengas gehört Ihnen.»

«Verdammte Scheiße. Auf keinen Fall.»

«Es gehört Molnir.»

«Ich *bin* Molnir, Verrazzano, und ich sage Ihnen, ich habe mit dem Zeugs nichts zu tun.»

«Das ist nicht das, was Daryl sagt.»

«Ich habe Ihnen doch gesagt, ich will keinen Bullshit.»

«Und ich habe Ihnen gesagt, dass ich den für heute hinter mir habe. Underwood hat einem UN-Beamten gegenüber eine eidesstattliche Erklärung abgegeben, dass er in Damaskus ein Molnir-Waffenlager beaufsichtigt. Mit chemischen Waffen.»

Frisch trank auch sein zweites Glas aus. «Sie wissen, wie Spezialeinheiten arbeiten, und so führe ich auch meine

Firma. Es geht um Initiative. Meine Leute stellen ihre eigenen Operationen zusammen, und sie lassen sie nicht vorher von mir absegnen, weil ich sie stoppen könnte. Sie werden aktiv, und wenn's aufgeht, machen sie einen guten Schnitt. Sie bekommen eine Beteiligung, eine satte. Wenn sie's versauen, hauen sie sich raus und arbeiten ab, was immer es mich kostet, ihnen den Arsch zu retten.»

Manchmal wünschte Verrazzano, das ICE würde so funktionieren – jedes Mal, wenn er das Formblatt 293 ausfüllen musste, um einen Informanten zu bezahlen, oder Formblatt 151, um eine Verhaftung abzuwickeln. «Sie wollen also für Daryl Underwood nicht verantwortlich sein?»

«Wenn er in Syrien mit Chemiewaffen zu tun hat, dann ohne mein Wissen. Aber soweit ich weiß, wird er mir bald schon über alles berichten, und ich werde das für Sie aufklären können.»

Verrazzano nahm das Glas Scotch. Er betrachtete die Flüssigkeit. Eine Pause in einer Befragung war eine Art Aufforderung an den Schuldigen, die Stille mit Worten zu füllen. Aber Frisch blieb stumm.

Die Lichter im UN-Gebäude hinter der First Avenue gingen nach und nach aus. Die Leute machten Feierabend.

«Wenn Underwood seine eigene Agenda hat», sagte Verrazzano, «hätte er andere Molnir-Männer mit hereingenommen.»

Frisch hob die Hände. «Ich schulde Ihnen nichts, Verrazzano. Tut mir leid, was man mit Ihnen gemacht hat ...»

«Sie haben genug anderes auf dem Gewissen.»

«Setzen Sie mich verdammt noch mal nicht unter Druck.» Frisch holte tief Luft. «Ich sage Ihnen, was ich tue. Weil Wyatt Sie ausgenutzt hat, genau wie mich. Ich rede mit den Leuten, die Daryl Underwood am nächsten sind. Das mache ich gerne für Sie.»

Verrazzano sah sich ein weiteres Mal in dem Edelbüro um. So etwas besäße jetzt vielleicht auch er, hätte er den Weg geschäftsmäßiger Gewalt weiter beschritten. Sein von dünnen Trennwänden umsäumter Arbeitsplatz im ICE-Büro gefiel ihm besser.

Er stellte den Whisky auf den Tisch und wandte sich zum Gehen. Frisch erhob sich und hielt ihm ein weiteres Mal die Hand hin. Ihr Handschlag war wachsam und kämpferisch wie die Berührung zweier Boxhandschuhe, bevor die Glocke ertönte.

An der Tür drehte Verrazzano sich noch einmal zu Frisch um. «Wo ist Wyatt jetzt?»

«Ich sage doch, ich will mit dem Arschloch nichts mehr zu tun haben.»

«Das glaube ich Ihnen nicht.» Verrazzano griff sich an die Stirn, als überlegte er etwas.

«Was zum Teufel reden Sie da? Ich habe ihn nicht mehr gesehen, seit er uns in Beirut hat hängen lassen», sagte Frisch. «Uns beide. Erinnern Sie sich?»

«Es ist die Sache mit dem tödlichen Schoßhund.»

«Was? Ich wollte Sie nur etwas aufziehen. Stellen Sie sich nicht so an.»

«Der Spitzname stört mich nicht. Aber Sie sagten: ‹Wissen Sie, wie er Sie *nennt*?› Nicht *‹nannte›*.»

«Habe ich das? Ein Lapsus, Bruder.»

Verrazzano nickte langsam. «Ja, das wird's sein. So ein Lapsus ist die Art Fehler, die einen bei einem Spezialeinsatz das Leben kosten kann. Ich frage mich, was er Sie kosten wird, Frisch.»

Er ging auf den Korridor hinaus. Frisch hatte Glück, dass er es mit einem Federal Agent zu tun hatte, was bedeutete, dass sein Lapsus nicht Beweis genug war, um ihn auszuschalten. Aber es war auch Pech. Jeder, der einen Fehler machte, ließ ihm irgendwann einen zweiten folgen, und Verrazzano war sicher, wenn es so weit war, würde Frischs Patzer ihn zu dem Sarin führen.

Oder zu Wyatt.

Kapitel 23

Underwoods Haus war schmal und zweistöckig, mit cremefarbener Holzverkleidung, um dunkelbraune Fensterrahmen. Das Ganze wirkte ziemlich heruntergekommen. Verrazzano brachte das Gesicht nahe an eines der trüben Fenster und linste hinein. «Irgendwer ist da drin.»

Kinsella klopfte zum dritten Mal und zwirbelte eine Strähne zwischen den Fingern. «Vielleicht sind sie vor Langeweile gestorben.» Alles entlang der Hauptstraße durch Beacon war ihnen geschlossen vorgekommen. Läden und Cafés, die mal den Ruf eines ländlich hippen Brooklyn gehabt hatten, wirkten so tot wie verlassene Bahndepots und Zementsilos.

Verrazzano zog seine Heckler & Koch. Er legte die Handkante ans Fenster, um seine Augen vom letzten Tageslicht abzuschirmen. «Ich bin sicher, da ist einer ...»

Ein Blitz erleuchtete den Raum. Die Fensterscheibe platzte heraus.

Verrazzano flog zurück und schlug mit dem Kopf gegen das gusseiserne Geländer der Veranda.

Die nächste Explosion sprengte die Fenster oben heraus.

Kinsella lief zu Verrazzano. Die plötzliche Hitze hatte sein Gesicht rot anlaufen lassen.

Ein gedämpfter Schlag innen im Haus. Ein weiteres Zimmer ging in Flammen auf. Schon erfasste das Feuer das Vordach über der Veranda.

Kinsella schob Verrazzano die Hand unter die Achsel und hob ihn an.

«Lauf nach hinten, Noelle. Da war einer drin. Er muss hinten raus sein.»

«Du bist verletzt.»

Verrazzano stieß sie weg. «Nach hinten. *Sofort.*»

Kinsella lief seitlich ums Haus, ihre Glock im Anschlag.

Das Feuer warf tanzende Schatten über den Garten, während es sich rasend schnell im hinteren Teil des Hauses ausbreitete. Die Balken ächzten wie ein altes Bett, in dem sich ein ruheloser Schläfer herumwälzte.

«Hier ist keiner», rief Kinsella.

Verrazzano stolperte zu ihr und rief die Notfallnummer an. Er griff sich in den Nacken. Blut sickerte ihm in den Kragen.

«Das ist ein übler Schnitt.» Kinsella untersuchte ihn. «Du hast dir den Kopf böse aufgeschlagen.»

«Besser ich als du. Die Explosion hätte dir dein schönes rotes Haar weggebrannt.»

Ein Lincoln fuhr vorn am Haus vorbei. Verrazzano war schwindelig und heiß. Das hier war ein Viertel für gelbe Mustang-Cabrios und fünfzehn Jahre alte Hondas, nicht für Limousinen. Er versuchte das Nummernschild des Town Car zu entziffern.

Kinsella fuhr ihm mit den Fingern durch die Haare. «Stillhalten, Dom. Da steckt eine Scherbe in der Wunde.»

Verrazzano zuckte zurück und kniff die Augen zusammen, als sie das Stück Glas herauszog. Sein Blick war purpurrot und verschattet golden.

Als sich seine Sicht wieder klärte, war der Lincoln weg.

Kapitel 24

Die Bogenlichter des Feuerwehrwagens drangen durch den Rauch, der über dem Haus lag, nachdem der Brand gelöscht war. Verrazzano und Kinsella schnallten Kopflampen an ihre Helme und wagten sich durch die Eingangstür. Möbel, Boden und Wände waren einheitlich rußgeschwärzt. Verrazzano hob die Nase und versuchte, einen Geruch zu identifizieren. «Riechst du Brandbeschleuniger?»

«Benzin. Ich meine, wie es die Fenster herausgehauen hat. Das ist alles auf einen Schlag in Flammen aufgegangen, das Feuer hat sich nicht natürlich ausgebreitet.»

«Der Brandstifter muss jedes Zimmer mit einer Ladung versehen haben.»

Verrazzano ging die Treppe hinauf. Das vordere Zimmer war vollständig ausgebrannt, und die Flammen hatten den unteren Rand der Tür zum Nachbarzimmer verkohlt. Verrazzano zeigte auf das geschwärzte Holz. Flammen in Bodenhöhe deuteten darauf hin, dass Benzin auf den Boden gegossen worden war.

Verrazzano riss an der Tür, die beim dritten Versuch nachgab. Das Zimmer dahinter war kaum größer als das an der Wand stehende Einzelbett. Hier hatte das Feuer nicht alles vernichtet. Es roch stark nach Benzin, das offenbar nicht ganz verbrannt war.

«Das Fenster ist nicht rausgeflogen», sagte Kinsella. «Es ist doppelt verglast, und die Tür ist ein bisschen groß für den Rahmen. Der Raum ist praktisch luftdicht. Das Feuer hat den Sauerstoff aufgebraucht und sich selbst erstickt.»

Alles war schwarzweiß. Das Bettzeug, Tisch und Stuhl. Ebenfalls schwarz gerahmt, hing ein, natürlich, schwarzes «F. U.» in gotischen Lettern auf weißem Hintergrund.

«Wie nett», sagte Kinsella.

«Das sind die Initialen der Tochter. Das muss Francine Underwoods Zimmer sein.»

Verrazzano nahm ein Foto von dem kleinen Schreibtisch. Die Flammen hatten das Bild mit der Farbe von Steaksoße eingefärbt und den Plastikrahmen verbogen, aber man konnte noch gut erkennen, was es zeigte: Ein Mann in einer Wüstenuniform hatte den Arm um einen dünnen Teenager gelegt. Das Mädchen umarmte den Soldaten, der finster in die Kamera blickte, als schämte er sich.

«Francine und ihr Vater.» Verrazzano zeigte Kinsella das Foto.

«Sieht aus wie ein unglücklicher Daddy.»

Draußen vor dem Haus hörten sie eine Frau jammern. Sie schien die Haustür zu erreichen, aber schwere Schritte und murmelnde Männerstimmen waren um sie zu hören, und man führte sie weg.

«Das muss die Hausherrin sein», sagte Kinsella.

Verrazzano spürte jemanden hinter sich und drehte sich um. Ein schlaksiges Mädchen mit fettigen Haaren und vorstehenden Zähnen trat in die Tür.

«Francine?», sagte er.

Das Mädchen hob eine Schulter, als sei ihr der Name kaum wichtig. Sie zupfte an den Bändern ihres schwarzen Hoodies herum. «Das war das schönste Zimmer im Haus. Ich bin froh, dass der Rest heruntergebrannt ist.»

«Wir reden wohl besser mit deiner Mom», sagte Kinsella.

«Die ist hinüber. Wir waren am Fluss. Sie hat eine Flasche Jägermeister getrunken.»

«Ich nehme an, es war schwer für sie und für dich, keinen Kontakt mit deinem Daddy zu haben.»

«Wir hatten Kontakt.» Sie biss sich auf die Lippen. «Daddy hat einen Brief geschickt. Er meint, wir könnten zu seinem Freund gehen, wenn wir Geld und Sachen bräuchten. Aber Mom will nichts mehr mit diesen Leuten zu tun haben.»

«Diesen Leuten?», sagte Verrazzano.

«Den Typen von Daddys Arbeit.»

«Molnir?»

«Wer ist Molnir?»

«Ist egal. Erzähl weiter.»

«Daddy hat gesagt, sein Kumpel Jeff würde sich um uns kümmern.»

«Wie heißt Jeff mit Nachnamen?»

«Parry. Er wohnt in Brooklyn.»

«Darf ich den Brief von deinem Vater mal sehen?»

Die Frau draußen brüllte. Die Wut ihrer Mutter ließ das Mädchen zusammenzucken. Francine zog einen blauen Luftpostumschlag aus der Tasche ihres Hoodies und gab ihn Verrazzano. Der Brief war an sie adressiert und in Syrien, am Flughafen von Damaskus, abgestempelt worden. Verrazzano las ihn.

Meine Süße,

das ist wie mein Testament. Geh zu Jeff. Er ist der Einzige, dem ich traue. Ich habe was Dummes angestellt, aber versucht, es wiedergutzumachen. Ich habe hier jemanden getroffen, und sie wird helfen, sich darum zu kümmern. Sie ist Ärztin. Vielleicht erklärt sie es dir eines Tages. Ich muss Schluss machen. Jeff wird sich um dich kümmern. Vertraue den anderen nicht. Ich liebe dich.

Dein Daddy

Verrazzano gab Kinsella den Brief. Sie las ihn und fragte: «Warum hat dein Daddy ihn nicht an deine Mutter adressiert?»

Das Klagen draußen wurde zu einem Schreien, und die gemurmelten Mitleidsbekundungen eines Helfers wurden zurückgewiesen. Francine starrte Kinsella an. Die Agentin senkte den Blick und steckte den Brief in einen Beweismittel-Beutel.

«Hast du Kontakt zu Jeff Parry aufgenommen?»

«Ich habe ihn angerufen. Er sagte, ich solle in ein paar Wochen zu ihm kommen.»

«Warum nicht jetzt?»

«Lesen Sie, was hinten auf dem Umschlag steht.»

Verrazzano nahm den Beutel von Kinsella und drehte ihn um. Mit zittriger, kaum lesbarer Schrift hatte Underwood noch darauf geschrieben: «Baby, fahre NICHT in die Stadt. Die ist NICHT sicher.»

«Warum ist die Stadt nicht sicher?», fragte Kinsella das Mädchen.

Francine ging zur Wand und strich mit dem Finger über ihre Initialen in dem Rahmen. Die Befragung war vorüber.

Die Federal Agents verließen das Haus und setzten sich in ihren Ford.

«Der Angriff wird in New York stattfinden», sagte Verrazzano. «Deshalb ist die Stadt nicht sicher.»

Kinsella packte das Steuer und fuhr los. «Grundgütiger.»

«Wir müssen Underwood finden. Herausfinden, was er über den Angriff weiß.»

Sie fuhren über die fast rote Ampel an der Main Street. Verrazzanos Meditationslektüre besagte, dass die Welt war, was man selbst war. Im Moment versuchte er herauszubekommen, wie er sie vor den Kriminellen retten konnte, die sie zu dem machen wollten, was *sie* waren.

Kinsella steuerte den Ford nach Süden am Fluss entlang.

Die Welt ist, was du bist. Wenn Verrazzano in ein paar Tagen noch lebte, würde die Welt ein Stück gerechter sein. Wenn er tot war, vielleicht auch.

Sein Telefon leuchtete auf. «Verrazzano.»

«Hey, Special Agent.» Quanah klang so, als hätte er am anderen Ende in Damaskus immer noch die harte Motherfucker-Miene aufgesetzt.

«Hast du die Koordinaten im Tishreen-Park gecheckt?», sagte Verrazzano.

«Positiv.»

«Was hast du gefunden?»

«Ich bin ziemlicher sicher, dass ich Daryl Underwood gefunden habe.»

«Super. Ich glaube, er weiß etwas über den geplanten Angriff. Jemand hat gerade versucht, sein Haus niederzubrennen. Ich will wissen, wer das gewesen sein könnte. Was sagt er?»

«Er erzählt eine Wahnsinnsgeschichte.»

Verrazzano wunderte sich über den gemeinen Unterton in Quanahs Stimme. «Was? Sag schon.»

«Du weißt, wie wenig ich darauf aus bin, dich zu sehen?»

«Ja.»

«Dann verstehst du, wie ernst ich es meine, wenn ich sage, wenn du eine Antwort auf deine Frage willst, kommst du am besten hierher nach Syrien geflogen und siehst es dir selbst an.»

«Dazu ist keine Zeit, Quanah. Wir haben hier so eine Art Deadline.»

«Die hast du. Daryl Underwood ist tot.»

TEIL II
Kapitel 25

Der weiße Jeep glitt durch das Wirrwarr am Rand der Kasbah. Vom Beifahrersitz aus sah Verrazzano die Damaszener, die wie die Statisten in einem biblischen Katastrophenfilm kurz vor der Flut vorbeieilten und lamentierten. Jede Stadt hat ihr typisches Hintergrundgeräusch. In Los Angeles war das Rauschen des Freeway-Verkehrs nie außer Hörweite. In New York hupte immer irgendwo ein Taxi. Nach sechs Jahren Bürgerkrieg war in der uralten syrischen Hauptstadt ständig ein Alarm zu hören.

Während des langen Flugs von New York hatte Verrazzano die Vorstellung gequält, dass seine Reise ein Abstecher war, für den eigentlich keine Zeit war. Aber die Leiche, die Quanah in Damaskus gefunden hatte, war ein bedeutender Anhaltspunkt, und bis jetzt hatte er keine genauere Deadline als die «paar Tage», von denen Dr. Weston gesprochen hatte. Also schickte er Kinsella zu Underwoods Kumpel Parry in Brooklyn, während er selbst in die Stadt flog, in der es ihm so oft so schlecht gegangen war und in der er jetzt neben dem Mann saß, den er einst hätte umbringen sollen.

«Du hast ihn ziemlich schnell gefunden», sagte er.

Quanah hupte ein paarmal warnend. Der Platz vor dem alten Bahnhof der Hedscha-Bahn war voller gelber Taxis und achtloser, schwere Lasten schleppender Fußgänger. Quanah trug sein schwarzes Haar zu einem festen Pferdeschwanz gebunden. Sein Blick war aufmerksam und durchdringend, als blickte er mit seinen Komantschen-Vorvätern in die Prärie hinaus. Seit er Verrazzano vom Flughafen abgeholt hatte, war ihm kaum ein Wort über die Lippen gekommen. Selbst jetzt noch klang seine Stimme seltsam hohl, als käme sie gegen den Willen seiner zusammengebissenen Kiefer direkt aus seiner Brust. «Die Koordinaten, die du mir gegeben hast, umfassen etwa ein Quadrat von zehn Metern Seitenlänge mit hundertjährigen Olivenbäumen, und nur eine Stelle sah danach aus, dass da etwas gemacht worden war. Also habe ich angefangen zu graben, und bingo!»

«In was für einem Zustand war er?»

«Sie haben ihm die Schienbeine zerschossen, und ein Fußgelenk war zertrümmert. Und er ist zusammengeschlagen worden. Reichlich Blutergüsse auf den Rippen und im unteren Rückenbereich. Da wollte einer was aus Underwood rausbekommen. Wenn es Underwood ist.»

«Haben sie ihn lebend begraben?»

«Negativ. Soweit ich es sagen kann, hatte er nicht viel Schmutz in den Atemwegen. Sein Gesicht war ganz verzerrt, als hätte er die Welt als das erkannt, was sie ist. Das kann tödlich sein, meinst du nicht?» Quanah schlug leicht mit seiner großen, ledernen Faust auf das Lenkrad.

Verrazzano versuchte die Laune seines alten Mitstreiters zu heben. Quanah musste aus sich herauskommen und sich auf den Fall konzentrieren. «Du solltest weg von Damaskus. Die Stadt zieht dich zu sehr runter.»

«Denkst du? Vielleicht sollte ich bei den UN kündigen und irgendwo arbeiten, wo's cool ist. Auf Hawaii, zum Beispiel.»

«Vielleicht solltest du das.»

«Ganz sicher nicht. Diese Stadt ist wie für mich gemacht. Sie ist Tausende Jahre alt, hier sind mehr Leute gestorben, als du es dir auch nur vorstellen kannst. Leute wie du und ich, Dom, wir gehören hierher. Zu den Toten. Die wissen als

Einzige, wie es ist, mit Erinnerungen zu leben, wie wir sie haben. Sag mir nicht, dass du sie nicht überall um dich herum spürst?»

Verrazzano antwortete nicht. Natürlich spürte er sie. «Weißt du noch, was Wyatt immer gesagt hat? ‹Die Sache mit der Vergangenheit ist die …›»

«‹ … dass wir sie vor uns haben.› Ja, ich erinnere mich.»

Für Verrazzano war diese Stadt das Wahrzeichen seines eigenen unmoralischen Weges durch die Vergangenheit. In Damaskus hatte er das erste Mal den Horror gespürt, der ihn später verschlungen hatte, als Maryam Ghattas starb. Colonel Wyatt hatte ihn hinterhergeschickt, um einen Mann zu disziplinieren, den palästinensischen Waffenhändler, der ihnen die Bombe verkauft hatte, mit der sie den libanesischen Premierminister getötet hatten. Marwan Touma wollte nachträglich mehr Geld, nachdem er erfahren hatte, wer das Opfer gewesen war. Er betrieb sein schmutziges Geschäft in einem Lagerhaus in der Straight Street. Die Wände seines Büros hingen voll mit gerahmten Bildern, auf denen er PLO-Bossen und linken europäischen Politikern die Hände schüttelte. Touma saß hinter seinem Schreibtisch, schnüffelte an einem Stück Baklava und beklagte sich über seine Finanzen, als sein Telefon klingelte. Der kleine Palästinenser grinste, ließ dabei nur die untere Zahnreihe sehen und gab Verrazzano den Hörer. «Colonel Wyatt für Sie», sagte er.

Verrazzano nahm das Telefon. Er hörte Wyatts tiefe Stimme, sein Tennessee-Englisch war so klar und präzise wie eine altmodische öffentliche Bekanntmachung. «Hat Marwan seine Lektion gelernt?»

«Ich habe nicht den Eindruck, Sir.»

Touma öffnete die oberste Schublade seines Schreibtischs, Verrazzano beugte sich argwöhnisch vor. Der Palästinenser holte einen zusammengefalteten Beutel mit einer Insulinspritze daraus hervor, die er entschuldigend in Verrazzanos Richtung hielt. Er kniff eine Fettfalte seines Bauches zusammen und stach die Nadel hinein.

«Egal, es geht hier nicht darum, *ihm* eine Lektion zu erteilen», sagte Wyatt. «Geben Sie ihm das Telefon.»

Touma legte die Spritze mit unsicherer Hand auf den Tisch, nahm den Hörer und hörte zu. «Das ist Unsinn, Wyatt. Kommen Sie, Mann, Sie haben mich in große Gefahr gebracht, weil Sie mir nicht gesagt haben, wen Sie töten wollten. Und jetzt verdiene ich ... Was?» Toumas Gesichtszüge fielen in sich zusammen, und er begann zu zittern. Es musste der Tonfall des Colonels gewesen sein, der ihn einschüchterte. Er protestierte noch ein wenig, aber ohne große Überzeugung. Wyatt schnitt ihm das Wort ab, und Touma sagte: «Was soll das heißen? Okay, okay.» Er sah Verrazzano an. «Colonel Wyatt sagt Ihnen: ‹Fleischfresser.›»

Das war Army-Slang für den Soldaten einer Spezialeinheit, der mit dem Auftrag, Gewalt anzwenden, losgeschickt worden war. Es hieß, Wyatt wollte Touma tot sehen. Verrazzano zog seine H&K aus dem Gürtel.

«Bitte», wimmerte Touma.

Verrazzano schoss zweimal. Die erste Kugel holte das Foto eines sehr nachdenklichen Touma zusammen mit Vanessa Redgrave von der Wand, die zweite schlug in die Couch. Touma starrte ihn an. Verrazzano nahm den Hörer, ließ ihn auf den Tisch fallen und hob ihn wieder hoch.

«Meldung», sagte Wyatt.

«Er hat bald Zimmer.» Ein *Toter.* Er hat bald Zimmertemperatur.

«Lesen Sie die Bibel, Sergeant Major?»

«Manchmal.»

«Saulus verfolgte die Jünger Jesu. Er kam nach Damaskus, um sie aufzuspüren. Unterwegs erschien ihm Jesus und blendete ihn. Saulus flüchtete sich in ein Haus in der Straight Street, genau in das, in dem Sie jetzt sind. Dann schickte Gott ihm einen Mann, der ihn heilte und ihm sein Augenlicht zurückgab, und aus Saulus wurde der Apostel Paulus. So gesehen, was haben Sie gerade gelernt, Sergeant Major?»

«Dass Sie Gott sind, Sir.»

«Sehen Sie, Sie sind nicht mehr blind.»

Als Verrazzano auflegte, brach Touma vor ihm zusammen. «Wenn Sie je etwas brauchen», sagte er, «versuche ich, Ihnen zu helfen. Wirklich, wenn ich kann, versuche ich es.»

Verrazzano lachte. Im Nahen Osten war ein echtes Versprechen alles, was man für ein verschontes Leben erwarten konnte. Seinen letzten Informationen nach hatte Touma seinen Namen und sein Gesicht verändert, war aber noch immer in Damaskus. Er fragte sich, wo.

Quanahs Jeep ließ den Platz hinter sich und fuhr an der Universität Damaskus vorbei.

«Hier herrscht ja das absolute Chaos», sagte Verrazzano. «Gibt es heute irgendwas Besonderes?»

«Die Leute müssen mittlerweile alles bei Tag erledigen. Was sie etwas sprunghaft macht. Wenn die Milizen dich nachts auf der Straße erwischen, rauben sie dich aus und sagen, sie tun es, weil du mit der Regierung kollaborierst. Oder die Regierungstreuen erwischen dich und sagen, du arbeitest für die Rebellen. Die Typen toasten dir die Eier.»

Der Präsidentenpalast auf seiner struppigen Anhöhe zog an ihnen vorbei. Eine Ansammlung von Kalksteinblöcken. Das Ding sah aus wie eine noble Highschool oder ein Kunstmuseum irgendwo in der Provinz.

«Wo ist der Dorn, den du bei der Leiche gefunden hast?», fragte Verrazzano.

Quanah griff in die Kartentasche an der Fahrertür. Er gab ihm einen etwa dreißig Zentimeter langen stählernen Spieß mit einer golfballgroßen Kugel an einem Ende. Das andere war spitz zugefeilt. Verrazzano musterte die Patina des Metalls und die schwarzbraunen Blutspuren.

«Er lag auf Underwoods Körper», sagte Quanah. «Als hätte ihn jemand auf ihn geworfen, bevor sie ihn zugeschaufelt haben.»

Einiges von dem Blut war weggekratzt worden. Für die Tests, die Verrazzano gewollt hatte, als Quanah ihn in New York anrief. «Hat der Arzt überprüft, ob es Underwoods Blut ist?»

«Das Ergebnis sollte bei der Leiche in der Klinik sein.»

Verrazzano klopfte sich mit dem Spieß in die Hand. «Wie gut kanntest du eigentlich Dr. Weston?»

Quanah blinzelte in die frühe Nachmittagssonne. Er bog nach Süden auf eine stark befahrene vierspurige Straße. «So gut wie alle anderen Frauen in den letzten zwanzig Jahren.»

Verrazzano sah Browne vor sich, wie ihn das Nervengas in Westons Haus erstickt hatte. «Du weißt, dass sie verheiratet war.»

Quanah verriss kurz das Lenkrad. «Hör zu, Motherfucker, gerade von dir hör ich mir hier keine Moralpredigt an.»

«Okay, tust du also nicht. Erzähl einfach weiter.»

Quanah atmete laut durch die Nase ein. «Es ist so, man nimmt teil an diesen humanitären Missionen, und keiner versteht, worum es wirklich geht, so wie du und deine Kollegen, weil ihr vor Ort seid. Und schon geht man zusammen ins Bett, weil man diesen wirklich tiefen Sinn gemeinsam spürt, und das macht die Liebe so intensiv.»

Die Ampel vor ihnen sprang auf Rot. Eine Frau kam ans Fenster des Jeeps, wedelte mit einem Strauß Koriander und wollte, dass Verrazzano ihn kaufte. Ihre Haut hatte die Farbe von Tee und hing schlaff herunter wie bei einer Bulldogge, aber ihre Zähne waren weiß und gleichmäßig. Verrazzano schätzte, dass sie trotz ihres Aussehens jünger war als er selbst. Er hatte miterlebt, wie Bauersfrauen in Kriegsgebieten über Nacht von jungen Mädchen zu verschrumpelten Alten geworden waren. Er gab ihr tausend Syrische Pfund, was auf dem Schwarzmarkt etwa drei Dollar entsprach, und schob ihr den Koriander zurück in die Hand. Sie ging murmelnd davon und massierte sich die Hüfte.

«Amy untersuchte Vorfälle mit chemischen Waffen hier im Bürgerkrieg. Vorfälle, die zu klein fürs Weiße Haus waren, aber zu groß, um sich nicht um die paar Kinder mit bleibenden Lungenschäden zu kümmern.» Quanah fuhr weiter. «Sie erzählte mir davon, und wir ... wir fanden es fürchterlich. Beide fanden wir das. Ihrem Mann drüben in den Staaten konnte sie es nicht erklären. Mir musste sie es nicht erklären. Amy wollte ihren Mann verlassen. Für mich.»

Browne hatte seine einzige Dosis Atropin einem Fremden injiziert, obwohl er wusste, dass es seinen eigenen Tod bedeutete, nur, damit seine Frau nicht umsonst gestorben war. Die Frau, die ihn verlassen wollte. Hätte er weniger über die Welt gewusst, wie sie wirklich war, hätte Verrazzano Amy Weston dafür abgelehnt. Aber je mehr Kriminellen er Handschellen anlegte, desto schwieriger fand er es, Menschen etwas vorzuwerfen. Und wenn er Leuten ihre Tücke vergab, vielleicht wurde dann auch ihm vergeben.

Quanah wechselte von der Fahrbahn auf die sandigen Wege Jarmuks, eines Viertels, das vor einem halben Jahrhundert als palästinensisches Flüchtlingslager entstanden war. Die Betonsteinhäuser waren schartig grau und brüchig wie die Zähne eines Rauchers. Von Granaten zerrissene Abwasserrohre spülten ihren Dreck in stinkende Pfützen und

Tümpel. Die Mücken waren trotzdem durstig. Verrazzano schlug nach einem Stich in seinem Nacken. Blut ist die wertvollste Nahrung, ob du eine Mücke oder ein Aufständischer bist.

Quanah hielt vor einer Mauer voller Graffiti von Märtyrer-Kämpfern. Ein Schild im Hellblau der Vereinten Nationen markierte den Eingang zum Krankenhaus. «Amy war stur.»

«Wie du.»

«Bis sie sich hat umbringen lassen.» Quanah kletterte aus dem Jeep. «Da hören die Ähnlichkeiten auf.»

Kapitel 26

Chavez sah zu, wie ein pummeliger Mann in einem zerknitterten Anzug von seinem Hocker fiel, sich wieder aufrappelte und auf die Uhr hinter der Theke schielte. Zwei Uhr nachts. Er torkelte hinaus auf die Straße. Durch die hinter dem Betrunkenen zuschwingende Tür erblickte Chavez ein Sackgassen-Schild am Ende des Bürgersteigs. Das «End» von «Dead End» hatte jemand übersprüht. Er schrieb ein A für Adela in die Feuchtigkeit auf seinem Glas.

Kyle Massie trank sein Bier in einem Zug aus und schnaufte genüsslich. «Trink aus. Das ist ein Befehl. Du musst noch ein paar Dinge aus deinem System spülen, oder?»

Gegenüber von ihnen spielte ein einsamer Koreaner mit einer Warp-Around-Sonnenbrille Billard, und aus dem Radio in der Küche klang Salsa herüber.

Chavez hob sein Glas und trank, bis er dachte, das Hirn würde ihm einfrieren.

«Okay, *Compadre.*» Kyle pfiff das Thema von *Tequila* und hob zwei Finger in Richtung des lustlosen Barkeepers, einem Kubaner mit einem gegelten falschen Irokesen und einem pechschwarzen Unterlippenbärtchen. Der Mann nahm den Cuervo aus dem Regal und schenkte ein.

Massie schob das kleine, schwere Glas zu Chavez weiter. *«Uno, dos, tres.»* Er kippte den Tequila herunter und schüttelte sich, als hätte er einen Schlag eingesteckt.

Chavez tat es ihm nach. «Scheiße, ich kann meine Beine fast wieder spüren.»

Massie packte Chavez' Kopf, küsste ihn auf die Stirn und rief dem Barkeeper zu: «*Dos más, amigo.*»

Der Kubaner schenkte zwei weitere Gläser ein. Massie schluckte seinen Schnaps und winkte nach einem weiteren. Chavez knallte das leere Glas auf die Theke und kicherte. Der Kubaner stellte die Flasche vor sie hin und verschwand in der Küche.

«Das fühlt sich gut an.» Massie betrachtete Chavez mit feuchten Augen, dennoch war sein Blick durchdringend und entschlossen. «Hier zu sein. Mit einem gemeinsamen Auftrag. Du hältst mir und ich halte dir den Rücken frei. Dafür lebe ich. Das hatte ich schon so lange nicht mehr. Nicht seit, nun ... nicht seit dem Irak. Keiner, der nicht da gewesen ist, versteht das. Danke, dass du mir dieses Gefühl zurückgibst, Spezialist Chavez.»

Sie stießen an und tranken. Massie schenkte ihnen beiden einen Doppelten ein. «Du musst den Boss kennenlernen. Eier wie ein Rodeo-Bulle und ein Hirn wie der verdammte Einstein.»

Chavez lachte.

«Ernsthaft. Dieses Ding, das er erfunden hat. Tom Frisch hat einen Aktenkoffer erfunden, der dich praktisch umbringt, wenn du ihn zu klauen versuchst.»

«Unmöglich.»

«Hör zu. Vor ein paar Jahren war er in Bogotá unterwegs zu einer Absteige, um ein Geschäft zu machen. Da reißt ihm so ein Arschloch den Aktenkoffer weg, und der große Tom beschließt: nie wieder. Also stattet er den Koffer mit einem elektrischen Alarm aus.»

«Dann piept er, oder was?»

«Viel besser. Er hat so einen ... Wie nennt man die Dinger? Einen Transponder. Den hat er in der Brusttasche seiner Anzugjacke. Immer hat er ihn da, auch den Koffer hat er immer dabei. Wenn jetzt einer den Aktenkoffer mehr als hundert Schritte vom Transponder wegträgt, jagt ihm der Alarm sechshundert Volt in den Griff. Das haut dich um, und du zuckst wie 'n Landei mit Flöhen.»

«Scheiße.» Chavez schnaubte in sein Glas.

«Frisch ist *der* Mann.» Massie kippte noch ein Glas. «Aber diese Woche bist *du* es.»

«Ach, hör auf.»

«Für dich sind es nur ein paar Kombinationen auf einer Computertastatur. Aber für einen Trampel wie mich bist du ein Zauberer. Du besitzt ein magisches Wissen, das Leuten wie mir verborgen bleibt.»

«Danke, Mann.»

«Ein Glück, dass du im Irak nicht auch noch die Hände verloren hast.» Massie boxte Chavez gegen die Schulter.

Chavez hob sein Glas an die Lippen. «Ja, das war ein Glück.»

«Oh, Gott, Mann. Tut mir leid.» Massie verschränkte die Hände auf seinem Kopf.

«Mach dir nichts draus, Kyle.»

Massie starrte die Theke hinunter. «Nachdem sie dich ausgeflogen hatten, ist was mit mir passiert.»

Chavez sah, wie Massie auf seiner Unterlippe kaute.

«Mich hat's voll erwischt. PTBS ... Posttraumatisch und so. Alles, woran ich mich erinnere, ist ein Albtraum. Ich gehe wegen nichts in die Luft. Aber ich hab auch eine traumatische Hirnverletzung. Genau an der Stelle, wo meine Erinnerungen geparkt sind, deshalb vergesse ich wichtige Sachen. Kannst du das glauben?»

«Kyle, du darfst nur eines nicht vergessen. Du bist ein guter Typ. Kapiert?»

«Ich bin über so einen verdammten selbst gebauten Sprengsatz gefahren und wusste nicht mal, dass ich mich verletzt hatte. Der Humvee war Schrott, aber mir ging's gut. Ich dachte, nun, so was kommt vor, und ging ein Bier trinken. Dann fing ich an, diese Lücken zu haben. Ich stand im Messezelt und dachte: Wie komme ich hierher? Oder ich nahm meine Waffe auseinander, und einer sagte: ‹Hey, Kyle, die hast du doch gerade erst sauber gemacht.›»

«Haben sie dich behandelt?»

«Ich habe versucht, in eine Klinik der Army draußen in Kalifornien geschickt zu werden, aber die wollten mich nicht auf ihre Prioritätenliste setzen, weil ich kein ‹Polytrauma› hätte, was immer das nun wieder ist.»

«Das ist nicht richtig, Mann.»

«Schließlich kam ich mit Tom Frisch zusammen. Der hat mich zu einem Spezialisten geschickt, und der hat einen Gehirn-Scan gemacht. Und jetzt rate mal: Teile von meinem Gehirn sind durch die Explosion so fest gegen die Schädeldecke geknallt, dass sie zerfallen sind.» Er schloss die Augen. «In der Highschool hatte ich diesen Lehrer, der immer sagte: ‹Kyle Massie, du hast nur ein halbes Hirn›, und wie sich rausstellt, hat das Arschloch recht gehabt.»

«Kyle, das stimmt nicht.»

«Das meinte Tom Frisch auch. Er sagte, er weiß, dass ich noch was draufhabe. Hat Vertrauen in mich gezeigt. Ich würde verdammt noch eins alles für den Mann tun.»

Als die Flasche leer war, verließen die beiden die Kneipe. Es war früher Morgen, und Massie lehnte sich im fahlen Licht der Laterne, die über ihnen summte, gegen das endlose Sackgassen-Schild. «Hast du noch einen zweiten Rollstuhl, du Spezialist? Ich kann im Moment auch nicht mehr besser laufen als du.»

Chavez rülpste. «Quatsch. Hab nur eine Kutsche.» Er sang ein paar Zeilen von *No Woman, No Cry*.

Zwei Männer lungerten auf der Straße herum. Einer war

weiß, mit einem breiten, slawischen Gesicht. Er saß auf einem Verkaufsständer für Zeitungen und trug ein rotes Kopftuch. Der andere war schwarz und muskulös, seine Yankees-Kappe makellos, der Schirm leicht nach links gekippt.

Der Mann mit dem Kopftuch hob sich von der Zeitungskiste und ließ seine starken Arme sehen. Er trottete auf Chavez zu. «Ich trete nach *Hunden*, die besser singen können als du, Schwuchtel.»

Chavez hatte Mühe, den näher kommenden Mann genau in den Blick zu bekommen. «Was, zum Teufel?»

Massie kam herangewankt. «Dieser Veteran ist ein amerikanischer Held, Arschloch. Du hältst besser ...»

Der Mann mit dem Kopftuch schlug Massie zu Boden, ohne seinen Schritt zu verlangsamen. Der Schwarze kam dazu und trat Massie in den Leib.

Chavez drückte fest gegen den Joystick seines Rollstuhls und fuhr zu seinem Freund.

Der Kopftuchmann sprang zur Seite und schlug Chavez mit dem Ansatz der Hand gegen die Nase. Chavez' Kopf flog zurück und wieder vor, und er bespuckte sich mit Tequila.

Der schwarze Mann packte den Joystick, ließ den Rollstuhl um die eigene Achse kreisen und lachte. Chavez packte seinen Arm und biss ihm ins Handgelenk. Der Schwarze heulte auf und prügelte auf seinen Hinterkopf ein, aber Chavez ließ nicht locker.

Er spürte eine Hand in seinem Rücken. Sie schob sich schnell zu seinen abgemagerten Hinterbacken hinunter. Der Schwarze drückte seine Hand unter Chavez durch und riss an seinen Hoden. Der Mann war nicht zimperlich. Er war ein Straßenkämpfer. Er würde tun, was immer nötig war. Chavez löste seinen Biss.

Der schwarze Mann schüttelte seinen Unterarm. «Drecksau.»

Der Kopftuchmann öffnete den Gurt, der Chavez auf seinem Sitz hielt. «Rutsch ein Stück, Arschloch.»

Chavez fuhr dem Kerl mit den Fingernägeln über die Backe, als er auf den Bürgersteig fiel. Ein dünnes Blutrinnsal sickerte aus einem der Kratzer.

«Hurensohn», zischte der Kerl.

Der Schwarze sprang in Chavez' leeren Rollstuhl. «Ich geb mal ordentlich Gummi.» Er fuhr so schnell davon, dass sich der schwere Stuhl vorne zu einem Wheelie hob. Sein Kumpel folgte ihm in eine Nebenstraße.

Massie schwankte hinter ihnen her. «Die Scheißer hole ich mir. Die können doch nicht einfach deinen verdammten Stuhl klauen. Denen zeige ich, wer wir sind, Mann.»

«Kyle, hilf mir auf», rief Chavez. «Du bist nicht in der Verfassung für einen Kampf. Lass sie.»

Massie griff nach der Beretta unter seinem Hemd, hinten im Bund. Er nahm eine 007-Pose ein. «Wer sagt was von Kämpfen?» Damit lief er um die Ecke.

Chavez stützte sich an der Mauer des Billardclubs ab. Die Enden seiner Hose schleiften hinter ihm her. Er versuchte sie so wegzustecken, dass es ordentlich aussah, aber der Alkohol sorgte dafür, dass ihm seine Finger nicht gehorchen wollten.

Das gedämpfte elektrische Summen des Rollstuhls näherte sich wieder. Gott sei Dank kam Massie damit um die Ecke gebogen. Er saß weit nach hinten gelehnt, hielt die Füße ausgestreckt und fuchtelte mit der Beretta über dem Kopf herum.

Chavez hob den Kopf. Seine dicke, gepolsterte Rückenlehne war oben aufgeschlitzt. «Was, zum Teufel, haben die mit meinem Stuhl gemacht?»

«Das bring ich dir wieder in Ordnung, Mann. Jetzt setzen wir dich erst mal wieder da rein.» Massie packte Chavez unsicher unter den Armen und hievte ihn in den Stuhl. «Du hättest sie laufen sehen sollen, als ich ihnen meine nette, kleine 9-Millimeter-Freundin vorgestellt habe.» Er legte die Hand auf Chavez' Schulter. «Ich hab's dir doch gesagt. Ich halte dir den Rücken frei.»

Kapitel 27

Tragbahren säumten den Korridor der UN-Klinik, mit Laken, die so dreckig waren, dass noch der letzten Straßenhure schlecht geworden wäre. Verwundete Männer in ihren Zwanzigern lagen darauf und rauchten. Ihre Verwandten kochten Tee auf Campingkochern. Etwa ein Dutzend junger Männer mit schmalen Hüften und glühenden Augen stand vor der Hausapotheke, die gleichzeitig als improvisierte Leichenkammer diente. Sie starrten Verrazzano mit der unverblümten Verachtung der wirklich Hoffnungslosen an.

Eine gut dreißigjährige Syrerin beugte sich über einen auf der Theke stehenden Kasten voller Proberöhrchen. Sie trug einen weißen Kittel, eine große Brille und ein schwarzes, unter ihrem blassen Kinn festgestecktes Kopftuch. Quanah grüßte sie und bat sie, den Arzt zu holen. Sie ging mit gesenktem Kopf davon.

Vor einem Fenster mit geschlossenen Läden lag ein Körper unter einem rosa Duschvorhang. Das Plastik war mit Schimmel aus dem feuchten Bad überzogen, aus dem der Vorhang stammte, was ihn lebendiger wirken ließ als die Leiche, die er bedeckte.

«Da ist dein Mann», sagte Quanah.

Verrazzano hob den Vorhang. Der Tote war ein muskulöser westlicher Mann von mittlerer Größe mit einem kurzen Kinnbart. Rippen und Gelenke waren dunkel angelaufen. Sein gebrochener Fuß baumelte in einem erschreckenden, unnatürlichen Winkel von der Bahre. Das Gesicht war schmal und verbittert, selbst im Tod hatte er keinen Frieden gefunden. Verrazzano hob den Fuß auf die Bahre.

Erhöhter Blutdruck pochte in seinem Nacken. Er hustete und musste gleich wieder an das Nervengas vom vorherigen Nachmittag denken. Etwas in ihm war kaputtgegangen, nicht viel, doch es ließ sich nicht abstreiten. Verrazzano schüttelte den Kopf. Er war paranoid, ein Hypochonder, was ihn nicht überraschte. Der Mann dort vor ihm hatte ein fürchterliches Ende gefunden.

Langsam und ruhig atmete Verrazzano gegen das Adrenalin an, zog das Foto des Verteidigungsministeriums von Daryl Underwood aus der Tasche und hielt es neben das Gesicht des Toten. Es passte. In der Akte des Pentagon hatte zudem gestanden, dass Underwood seit einer Operation in seiner Kindheit eine Narbe auf der rechten Seite seines Unterleibs habe. Da war sie, versteckt in der dünnen Speckschicht des Toten. Und er sollte ein Muttermal über der linken Hinterbacke haben. Verrazzano hob die Hüfte des Mannes an, ja, er war es. Der Schweiß auf Verrazzanos Hand ließ den Rest Grabschmutz zu schwarzen Schlieren werden, in denen seine Fingerabdrücke auf der kalten Haut sichtbar wurden. Er wischte sich die Hand an seiner Cargo-Hose ab.

Verrazzano überflog das Ausweisdokument noch einmal, griff nach Underwoods rechtem Ohr und steckte den Finger hinein. «Kein Hörgerät.»

Quanah fasste nach der Leatherman-Tasche an seinem Gürtel, eine unbewusste Geste zur eigenen Beruhigung. «Ich habe ihn in der Nacht ausgegraben. Da ist mir kein Hörgerät aufgefallen.»

«Es macht nichts. Wir haben genug, um ihn identifizieren zu können.»

Die Laborangestellte kam mit einer Mappe zurück, die

sie sich an die Brust drückte. «Der Arzt kommt gleich. Ich soll Ihnen schon einmal die Resultate der Bluttests geben.»

«Von dem Spieß?»

Sie fuhr mit dem Finger über eine Liste, während sie sprach. «Das Blut auf dem Spieß ist von einem Menschen. Hinweise auf Nervengas gibt es nicht. Wie gewünscht, haben wir es auf Sarin untersucht. Das Ergebnis ist negativ.»

«War es das Blut dieses Mannes?» Verrazzano suchte den Körper nach einem Einstichloch ab.

«Dieser Mann hatte Blutgruppe Null, das Blut auf dem Spieß ist Blutgruppe B.» Das Englisch der Frau war sehr genau und kontrolliert. So klein sie war, schien sie doch mehr Raum im Zimmer einzunehmen als Verrazzano. Er spürte die Energie, die ermöglichte, dass jemand einen solchen Krieg durchstehen konnte. Ohne sie lauerten Depression und Wut und irgendwann der Tod.

«Das Blut auf dem Spieß stammt also von einer anderen Person», sagte Verrazzano. «B ist eine ziemlich seltene Blutgruppe.»

«Unter Europäern, ja. Unter Arabern ist sie sehr verbreitet. Es gibt so viele Araber mit B wie mit Null und A.»

«Haben Sie die DNA analysiert?»

«Unsere Testmöglichkeiten reichen nicht sehr weit, aber wir haben unser Bestes getan.» Sie blätterte um auf eine neue Seite mit Testergebnissen, auf der eine lange Reihe kurzer schwarzer Linien zu sehen war, wie ein Barcode: die DNA-Sequenz. «Das Blut stammt von einem Mann. Die Marker von seinem Y-Chromosom finden sich hauptsächlich in Syrien, aber auch in nahe gelegenen Regionen wie der Türkei und dem Kaukasus.»

«Das Blut auf dem Spieß ist also von einem Einheimischen?»

Ein Arzt schob sich zwischen den Leuten vor der Tür hindurch. Er trug einen blutbespritzten Krankenhauskittel, das Haar im Wet-Look, wie dauergewellt, und sein schwarzer Schnauzbart lappte fast so weit herunter wie seine Wangen. Unter den tief liegenden Augen hingen schwere Tränensäcke.

Die Laborangestellte senkte respektvoll den Kopf. Der Arzt bedeutete ihr mit einer Handbewegung fortzufahren. Sie räusperte sich. «Der genetische Marker in dem Blut ist typisch für die Mitglieder einer bestimmten religiösen Sekte.»

«Den Sufis.» Der Arzt holte eine Schachtel Zigaretten hervor. «Islamische Mystiker. Normale Muslime werfen ihnen manchmal vor, zu mehr als einem Gott zu beten.» Er schüttelte sich die letzte Zigarette in die Hand und zerdrückte die Schachtel. Beim Anzünden sah er Verrazzano durch die Flamme an. «Das heißt, sie mögen sie nicht.»

«Sufis heiraten keine Muslims, die nicht zur Sekte gehören», sagte die Frau. «Zumindest ist es sehr selten.»

Verrazzano hatte Muslime gekannt, die ähnlich begeistert wären, wenn ihre Tochter einen Sufi heiratete, wie ein Redneck-Weißer aus Kentucky, wenn sein Baby Girl mit Snoop Dog Kinder in die Welt setzte. «Sie meinen, diese Art DNA bleibt Teil der Sufi-Gemeinde?»

Die Laborangestellte nickte nachdrücklich. «Es bedeutet, dass das Blut von jemandem ist, der von Sufis abstammt und wahrscheinlich selbst noch einer ist.»

Der Arzt bedankte sich bei ihr, und sie verließ den Raum. Er zog wieder an seiner Zigarette. «Mr Quanah, willkommen.» Seine Stimme war so tief, dass sie über den Boden zu kriechen und durch die Füße Verrazzanos gesamten Körper in Schwingungen zu versetzen schien. «Sie bringen mir noch einen verdammten Amerikaner.»

Er sah Verrazzano an und stieß den Rauch durch die Nase aus. «Dummerweise lebt er auch noch.»

Quanah küsste den Arzt fünfmal, wechselte von einer Wange zur anderen. «Schön, Sie zu sehen, Doc. Tut mir leid, dass ich nicht mehr Leichen für Sie habe. Ich weiß, wie sehr es Ihnen gefällt, einen toten Yankee auf den Tisch zu bekommen.»

«Ist mal eine Abwechslung nach all den toten Arabern.» Der Arzt ließ seine Zigarette fallen und trat sie mit seiner Sandale aus. Er hielt Verrazzano die Hand hin. «Ich bin der, der den Angehörigen sagt, dass ihr geliebter Wer-auch-Immer jetzt neben Allah im Paradies hockt.» Er machte eine Pause. «In Syrien, wissen Sie, bedeutet das, dass ich Arzt bin.»

Verrazzano schüttelte ihm die Hand.

«Mr Quanah, haben Sie diesen Gentleman hergebracht, um uns zu sagen, dass sich die Amerikaner endlich entschieden haben, dem Volk der Syrer zu helfen? Die Regierung davon abzuhalten, uns zu ermorden? Oder sind nur die Morde des Islamischen Staats schlimm?» Der Arzt hob die Hand und ließ Quanah dagegen schlagen. Er wandte sich wieder Verrazzano zu. «Sie sind nicht entsetzt, dass ich Amerika hasse?»

«Stellen Sie sich einfach mit an», sagte Verrazzano mit einer Geste zu den übellaunigen jungen Männern hin.

Damit erntete auch er einen Schlag gegen die Hand und einen rauchigen Lacher. «Ich habe hier die Verantwortung, also darf ich mich vordrängen», sagte der Arzt.

Verrazzano zog den Duschvorhang von Underwoods Leiche. «Würden Sie uns sagen, was Sie herausgefunden haben?»

«Meiner medizinischen Meinung nach leidet der Mann unter einer in diesem Teil der Welt weitverbreiteten Krankheit. Ich nenne es das Damaskus-Syndrom oder die Syritis. Um es genau auszudrücken: Er ist tot. Sorgen Sie sich nicht um ihn. Ein Toter ist in unserer Stadt nie allein.»

«Ich muss wissen, wie er gestorben ist, Doktor.»

«Ich kann Ihnen sagen, was ihn umgebracht hat, und wann. Aber das ist kaum eine Antwort auf die Frage, *wie* er gestorben ist.»

«Es würde helfen, die Leute zu identifizieren, die ihn getötet haben, damit ich etwas äußerst Schlimmes verhindern kann, das, wie ich glaube, sonst passieren wird.»

Der Arzt senkte das Kinn. «Einer freut sich immer, wenn jemand stirbt, ganz gleich, wie viele ihn geliebt und gemocht haben. Es liegt im Wesen unserer Spezies, Gefallen daran zu finden, dass ein anderer ausgelöscht wird.» Er blickte auf. «Sie wissen, wer er war?»

«Ein ehemaliger US-Soldat namens Daryl Underwood.»

«War er ein Spion?»

«Ich glaube, nicht.»

Der Arzt setzte eine überraschte Miene auf. «Er hat unserer Freundin Dr. Weston geholfen, und die ist sicher eine Spionin.»

«Dr. Weston war eine Chemiewaffen-Inspektorin der Vereinten Nationen.»

«Wenn Sie es sagen.» Der Arzt wurde ernst. «War?»

«Sie wurde gestern in New York ermordet.»

Er wurde noch ernster. «Dieser Mann ... Sagen Sie uns seinen Namen noch mal.»

«Daryl Underwood.»

«Mr Underwood wurde heftig geschlagen, wie Sie an den zahlreichen Prellungen und Blutergüssen erkennen können. Ihm wurde in beide Beine geschossen, mit schweren Gewebeschäden und links einem zertrümmerten Schien- und Wadenbein. Gestorben ist er jedoch an einem Nervengas.»

Verrazzano spürte, wie sich seine Lunge zusammenzog, als atmete er ein weiteres Mal das geruchlose Gift in dem Haus auf Long Island ein. «Können Sie das genauer erklären?»

«Es war Sarin. In seinem Blut findet sich ein hoher Spiegel Phosphonsäurediethylester, das entsteht, wenn sich Sarin im Körper mit Wasser verbindet.»

«Eine andere Möglichkeit gibt es nicht?»

«Der Stoff ist ein absolut sicherer Bestimmungsfaktor für Sarin. Nichts sonst bringt ihn hervor.»

«Wie groß war die Dosis?»

«Mittel, und nicht über lange Zeit.»

So wenig, dass er nicht gleich gestorben ist, dachte Verrazzano, *aber genug, dass Dr. Weston ihn nicht am Leben halten konnte.* «Wo kann er dem ausgesetzt gewesen sein?»

Der Araber holte eine frische Schachtel Zigaretten aus der hinteren Tasche seines Kittels und steckte sich eine an.

«Beide Seiten haben hier im Bürgerkrieg chemische Waffen eingesetzt. Bis ihr Amerikaner nach einem Angriff auf ein Viertel im Osten der Stadt beschlossen habt, etwas zu unternehmen.»

«Einem Angriff der Regierung.»

«Vielleicht. Vielleicht auch nicht. Jedenfalls kamen vierzehnhundert Leute dabei um. Einfach so.» Der Arzt schnipste mit den Fingern. «Ihr Weißes Haus beschloss, dass es eine gemeine Art war, Menschen das Licht auszublasen, und so übten sie Druck auf unseren geliebten Präsidenten aus.»

«Darauf kamen Dr. Weston und die UN hierher?»

«Die Vereinten Nationen schafften Syriens Nervengas weg, um es zu vernichten, und Washington ließ die Regierung und die Dschihadisten damit fortfahren, uns auf eine annehmbarere, konventionellere Art zu töten.»

«Ein sauberer Handel», sagte Quanah.

«Dient allen, oder?»

«Allen nicht», sagte Verrazzano mit einem Blick auf Underwood.

Der Arzt nahm einen langen Zug. «Es sieht ganz so aus, als hätte Ihr Freund hier eine Nase Sarin abbekommen, von dem die Vereinten Nationen keine Ahnung hatten.»

«Herr Doktor, ich weiß Ihre Arbeit zu schätzen.»

«Meine Arbeit ist nie getan. Hier ist immer einer auf die andere Seite zu begleiten.» Er nahm ein Klemmbrett von dem Tresen und schrieb etwas an den unteren Rand.

Quanah trat zu Verrazzano. «Ihr habt die Koordinaten aus Amys Notiz. Die haben euch zu Underwoods Leiche geführt. Ihr habt den USB-Stick mit Underwoods Geschichte, wie er dem Nervengas ausgesetzt worden ist. Hier gibt es keine weiteren Hinweise. Mit seinem Tod endet es.»

Verrazzano schüttelte den Kopf. Der Tod war nicht das Ende. Anschließend zersetzte sich der Körper. Auf einer Spur aus Fakten wurde immer eine Abweichung übersehen. «Wir müssen mehr darüber herausfinden, woran Dr. Weston gearbeitet hat. Vielleicht ist sie dem Sarin näher gekommen, als wir denken.»

Der Arzt bedeckte Underwoods Leiche mit dem schimmeligen Duschvorhang. «Warum fragen Sie nicht Hussein?»

«Wer ist Hussein?», sagte Verrazzano.

Quanah zuckte mit den Achseln. «Ich habe es gestern Abend versucht. Ich konnte ihn nicht finden.»

«Wer ist Hussein?», fragte Verrazzano.

«Amys Fahrer», sagte Quanah. «Er ist überall mit ihr hingefahren.»

«Weiß das UN-Büro nicht, wo er ist?»

«Er ist kein UN-Fahrer. Amy hat ihn privat angeheuert. Bei den Vereinten Nationen musst du jedes Mal, wenn du einen Wagen aus dem Pool brauchst, drei verschiedene Formulare ausfüllen. Mit Hussein konnte Amy herumfahren, ohne ständig ihren Aufenthaltsort angeben zu müssen.»

«Heute werden Sie Hussein mit Sicherheit finden.» Der Arzt winkte einen der jungen Männer an der Tür herein. «In der Rifa'i-Moschee zum *Zikr.*»

«Was ist das?»

Der Arzt hob die Lider des Patienten und sah ihm in die Augen. «Ein Ritual, das sie für gewöhnlich im März zum Geburtstag des Schwiegersohns des Propheten begehen. Aber letzte Woche ist die Regierung während ihrer Gebete bei ihnen eingedrungen und hat sie verprügelt. Deshalb gibt es heute ein *Zikr,* aus Protest.»

«Von wem reden wir da?»

«Von den Sufis.»

Verrazzano dachte an das Blut der Gruppe B auf dem Spieß, den Quanah bei Underwoods Leiche gefunden hatte. Von einem Mann mit Sufi-Abstammung, der wahrscheinlich immer noch zur Sekte gehörte. «War Dr. Westons Fahrer ein Sufi?»

«Ein ziemlich glühender sogar.»

«Das wusstest du nicht?», fragte Verrazzano Quanah.

Sein UN-Freund blitzte ihn an. «Du hast mir nichts zu sagen und schon gar kein Recht, mich zusammenzustauchen. Ich rede mit den Leuten nicht über Religion. Wenn du im Nahen Osten mit diesem Scheiß erst mal anfängst, wird's hässlich.»

Verrazzano ging zur Tür. «Fahren wir zur Moschee.»

«Sie werden die Zeremonie mögen», rief der Arzt ihm hinterher. «Die ist *ziemlich* irre. Die Sufis bringen sich in eine mystische Trance, und dann stechen sie sich in Wangen und Hüften. Mit Metallspießen.»

Kapitel 28

Parry sah, wie der Postwagen vor seinem Reihenhaus in Bay Ridge anhielt. Die Fahrerin krempelte sich die Shorts hoch und sah auf ihr Klemmbrett. Sie schob die Rolltür auf der Seite des Transporters in die Höhe und nahm ein etwa faustgroßes Päckchen aus einem Sack, überprüfte die Adresse und trat entschlossen auf das Haus zu.

Parry ging in den Flur. Eine goldene Silhouette des Kopfes von George Washington auf purpurnem Untergrund schmückte das Milchglas der Haustür. Der Umriss der Zustellerin zeichnete sich auf der Veranda ab. Sie klingelte. Parry öffnete die Tür, während die Hand der Frau auf dem Weg zu ihrer Nase war, um sich zu kratzen.

Die Frau fuhr zurück und glotzte seinen nackten Oberkörper an, der fest und muskulös und mit einem Flickenteppich aus winzigen, unlesbaren Buchstaben, großen keltischen Knoten und sich windenden chinesischen Drachen bedeckt war. Er sah aus wie eine Seite aus dem mittelalterlichen Zauberbuch eines Magiers.

«Ein Päckchen für Jeff Parry?», stammelte die Zustellerin.

Er griff danach. Als er den Absender sah, der internationale Flughafen Damaskus, wurde sein Gesicht noch härter als seine kantigen Bauchmuskeln.

«Hier bitte unterschreiben.» Die Frau hielt ihm das Klemmbrett hin.

Parry ignorierte sie und schlug ihr die Tür vor der Nase zu.

Er fuhr mit einem Messer durch das zerknitterte Packpapier. Er war völlig konzentriert. Jeder Schritt war von jetzt an entscheidend. Er betrat einen Bereich, in dem ihn jeder, der ihm begegnete, töten konnte. Es war nicht das erste Mal. Aber noch nie war er dabei so allein gewesen.

Parry zog ein silbernes, elliptisches Plastikteil mit einem dünnen, durchsichtigen Schlauch aus dem Päckchen. Ein Hinter-dem-Ohr-Hörgerät mit einer Verbindung direkt in den Hörkanal. Das war Daryl Underwoods Signal für ihn.

Er sprach in das Hörgerät, als könnte sein Freund ihn verstehen. «Mach's gut, Mann.»

Niemand sonst verstand die Bedeutung des Hörgeräts. Underwood hatte nur Parry gesagt, was es damit auf sich hatte. Parry sah sich in dem schäbigen Raum um, sah die schmutzige Wäsche auf dem Sessel, das in wilden Albträumen halb herausgerissene Laken. Entschlossenheit machte sich wie eine Wolke auf seiner Miene breit. Underwood war tot, das war alles. Nichts war gut oder schlecht. Es *war* nur. Bis es nicht mehr war. Wenn du das erst mal wusstest, konntest du töten und damit leben. Bis du nicht mehr lebtest.

Er schloss die Faust um das Hörgerät und zog mit der anderen Hand einen Rucksack aus dem oberen Fach seines Schranks, tastete hinter einem Haufen nicht aufgefalteter T-Shirts herum und zog einige Bündel Banknoten hervor. Er stopfte sie in den Rucksack und steckte eines in die Tasche seiner Jeans.

«Wo willst du hin, Jeff?» Eine lächelnde, grausame Stimme von der Türschwelle.

Parry fuhr herum und schlug mit der Faust danach.

Kapitel 29

Die Sirene des Krankenwagens gellte hinter dem Ende des Blocks auf der Avenue. Todd und Kinsella gingen die Stufen zur Haustür hinauf. Ein Sticker auf dem Milchglas zeigte die goldene Silhouette des Kopfes des ersten amerikanischen Präsidenten.

«Das Verwundetenabzeichen.» Todd deutete mit seinem dicken, geröteten Finger auf den Aufkleber. «Wurde Parry auf dem Schlachtfeld verwundet? Steht das in seiner Akte?»

«Ja, tut es.» Kinsella schenkte ihm einen spöttischen Seitenblick.

«Muss ich übersehen haben.» Er legte das Gesicht an die Scheibe und beschattete sie mit beiden Händen, um hineinlinsen zu können.

«Sei vorsichtig. Das letzte Mal, als ich gesehen habe, wie jemand das tut, ist er von einer Ladung Benzin rasiert worden, und er sah weitaus besser aus als du. In Parrys Akte steht auch, dass er seiner Wut auf die Army Ausdruck gegeben hat. Wegen der Art und Weise, wie sie ihre Veteranen behandelt.»

«Sie haben ihn also angeschissen. Da kann er sich in eine lange Reihe stellen.»

«Gleich hinter dich, wie?»

«Nichts da. Ich bin noch so motiviert wie am ersten Tag, als ich die Uniform der Nationalgarde angezogen habe.»

«Hallo.» Kinsella verdrehte die Augen.

Todd wollte gerade etwas erwidern, als der Krankenwagen um die Ecke gebogen kam. Er blieb mitten auf der

Straße stehen, ein NYPD-Streifenwagen folgte. Der Fahrer des Krankenwagens sprang auf die Straße. «Habt ihr 9–1-1 angerufen?»

Kinsella zog ihre Glock aus dem Halfter. «Verdammt, wir müssen da rein.»

Sie wich einen Schritt zurück, brachte die Waffe in Anschlag, federte nach hinten und legte ihr gesamtes Gewicht in den Tritt.

Die Tür flog auf, und die ICE-Agenten stürmten in den Flur.

Es war still im Haus, aber die Stille weiter hinten schien lauter. Kinsella folgte ihr.

Ein Mann lag auf dem Boden. Er trug kein Hemd. Seine Brust war blass und mit einer Überfülle von Tätowierungen bedeckt. Und über seinem Herzen war ein kleines Loch, rosarot und kieselgrau, wo die Kugel in seinen Körper eingetreten war. Die Tasche seiner Jeans wölbte sich prall nach außen.

Kinsella kniete sich neben den Toten. Sie holte einen Latexhandschuh aus ihrer Jacke, streifte ihn über und griff in Parrys Hosentasche. «Entschuldige, Schatz, ich habe keine Zeit für ein langes Vorspiel.» Sie zog ein Bündel Zwanzig-Dollar-Scheine mit einer weißen Banderole hervor, drehte es in der Hand und betrachtete es.

Jetzt vernahm sie auch ein Fiepen, so hoch, dass es fast nicht mehr im hörbaren Bereich lag. Sie schüttelte den Kopf, als hätte sie Wasser in den Ohren, und fragte sich, ob die Explosion in Underwoods Haus nicht vielleicht doch ihre Trommelfelle beschädigt hatte. Das Geräusch konnte auch einfach ein Tinnitus sein.

Auf die Banderole waren zwei Worte aufgedruckt, und das in einer futuristischen Schrift, die sie an ein Krieg-der-Sterne-Kinoplakat erinnerte. Sie zeigte sie Todd.

Das Geräusch verwirrte sie. Es schien lauter zu werden und wieder nachzulassen.

Todd las, was auf der Banderole stand: *«Freedom Coin?»*

«Was, zum Teufel, ist das für ein merkwürdiges Geräusch?» Kinsella drehte den linken Arm des Mannes um und beugte sich zu ihm hinunter. Das Fiepen kam aus seiner Faust.

Todd kniete sich neben sie. «Ich höre es auch.»

«Das ist etwas Elektronisches.» Kinsella bog die Finger des Toten zurück.

«Auf jeden Fall ist es Parry», sagte Todd. «Das sind seine Tätowierungen. Ich habe mir ein paar aus der Akte gemerkt.»

Kinsella holte ein kleines silbernes Hörgerät aus Parrys Hand, fasste es mit ihren langen, knallroten Fingernägeln und drehte an dem winzigen Lautstärkeregler. Der Testton für die Batterie verstummte.

Sie hielt das Hörgerät Todd hin. «In der Akte stand nichts davon, dass Parry schwerhörig war.»

Kapitel 30

Die Sufis wiegten sich rhythmisch vor und zurück, schlugen sich auf die Brust, sangen mit dem Ausatmen den Namen Gottes und bestätigten beim erneuten Luftholen, dass Er lebte: *«Allah hai, Allah hai.»* Die am kräftigsten gebauten Männer standen bei der Tür der Moschee und rechneten mit Ärger. Die Sufis waren dafür bekannt, den Missbrauch politischer Macht zu kritisieren. Bei den Mächtigen ganz oben waren sie noch nie beliebt gewesen. Gerade in einem Bürgerkrieg war ihre Kritik definitiv eine Gefahr.

Quanah sprach leise mit einem der Wächter. Er kam herüber zu Verrazzano. «Sie sind schon seit ein paar Stunden dabei, in Trance zu geraten. Bald fangen sie mit dem Stechen an. Amys Fahrer macht bei der Zeremonie mit. Wir werden bis hinterher warten müssen, um mit ihm reden zu können.»

Der Scheich der Moschee hatte einen dicken, weißen Schnauzbart, der in weiten Bögen von seinen Backen abstand. Er näherte sich einem teilnahmslosen jungen Mann mit geröteter Haut.

«Das ist Hussein», sagte Quanah.

Der Scheich hielt einen etwa dreißig Zentimeter langen silbernen Spieß in der Hand, wie ihn Quanah bei Underwood gefunden hatte. Die schwarze Patina in der Verzierung oben deutete auf das hohe Alter des Spießes hin. Der Scheich zog ihn zwischen seinen Lippen durch, um ihn zu benetzen und zu segnen.

Husseins schlecht rasierter Kiefer zuckte, als die Metallspitze seine Wange berührte. Der Scheich schob das Metall von der Seite in die Haut, bis die Spitze aus der anderen Wange wieder herauskam. Der Blick des jungen Mannes blieb fern und entrückt. Das Metall in seinem Fleisch symbolisierte seine Hingabe an Gott, es war der Beweis, dass Göttlichkeit über Schmerz und Physis triumphierte. Der Scheich wiederholte die Prozedur bei zwei etwa siebenjährigen Jungen. Ihre zarten Gesichter zeigten keine Spur einer Wunde.

Der Gesang gewann an Intensität. Die Versammelten wussten, dass Hussein für eine noch größere Vereinigung mit Gott bereit war. Der Scheich nahm einen Spieß mit einer Kugel aus Olivenholz, etwa so groß wie ein Baseball, am oberen Ende. Er legte die Spitze auf Husseins Hüfte, hielt den Spieß waagerecht und schlug mit einem runden Holzhammer darauf. Es klang wie eine Kesselpauke. Das Metall verschwand durch Husseins Gewand in seiner Hüfte. Der Scheich ließ los. Hussein wirkte auf Verrazzano wie aufgehängt, als hätte irgendeine Macht den Spieß übernommen und benutzte ihn als Griff, um ihn in die Höhe zu heben.

Die älteren Männer schoben sich Spieße durch die eigenen Wangen. Hussein hatte den Kopf in den Nacken gelegt, wie der heilige Franziskus auf einem Renaissance-Porträt.

«Allah hai, Allah hai.»

Der Scheich zog die Spieße aus den Wangen der beiden Jungen und drückte die Wunden zusammen, um sie zu heilen. Die Jungen eilten davon, Blutstropfen auf den Wangen.

Hussein zog den Spieß aus seiner Hüfte, hob ihn mit beiden Händen in die Höhe, wie ein Priester den Rest des konsekrierten Weins, und gab ihn dem Scheich zurück. Die Versammlung zerstreute sich.

Verrazzano spürte die Veränderung in der Atmosphäre, als die Sufis nun auf die Ausgänge zustrebten. In Trance waren ihre Körper allen Schmerzen enthoben gewesen, die Gefahren da draußen in der Stadt konnte Gott jedoch nicht abstellen. Eine Granate explodierte ein, zwei Kilometer entfernt, Verrazzano fühlte, wie die Druckwelle unter ihm durchzog, während er auf Hussein zuging. Ihm war, als überquerte er das Deck eines Schiffs.

Hussein wirkte eher erschöpft, als entkörperlicht. Er zog sein langes, schwarzes Gewand aus. Er trug kein Hemd darunter, setzte sich auf den Boden vor eine Wand und griff nach einem weißen T-Shirt. So in sich zusammengesunken saß er da, als fehlte ihm die Kraft, es sich über den Kopf zu ziehen. Sein Bauch war mit kleinen, runden Narben überzogen, die allesamt aussahen wie die fahle Stelle nach der chirurgischen Entfernung eines Leberflecks. Sie sammelten sich an den Bauchmuskeln direkt über den Hüftknochen. Jetzt, wo er ihm näher kam, sah Verrazzano die Verfärbungen auf Husseins Gesicht und seiner Brust, die nicht von den Einstichen der Spieße herrührten. Er war verprügelt worden.

«Doktor Amy ist tot.» Hussein starrte auf den Teppich. «Sie haben es mir nicht gesagt, aber ich wusste es.»

«Sie?», fragte Verrazzano.

«Gestern Abend standen sie vor der Moschee.» Hussein schloss die Augen, er hatte keine Energie mehr. «Als ich mir eben in den Körper gestochen habe, habe ich für Doktor Amy gebetet. Meine Hingabe hat ihren verstorbenen Geist getröstet. Sie ist jetzt fast frei.»

«Fast?»

«Sie wird erst wirklich frei sein, wenn es getan ist.» Hussein sah Verrazzano zum ersten Mal richtig an. «Das ist Ihre Aufgabe.»

Der Sufi war offenbar noch auf einer mystischen Ebene und sah mehr von dieser Welt als andere.

«Was soll ich tun?» Verrazzano hatte das Gefühl, einen Guru zu konsultieren, nicht, einen Zeugen zu befragen.

«Doktor Amy war unser Volk wichtig. Ich habe sie geliebt.» Hussein sah Quanah an. «Wenn auch nicht so wie Sie.»

Quanah senkte den Kopf.

«Haben Sie Ihr berühmtes Leatherman dabei?» Hussein streckte seine zittrige Hand aus.

Quanah öffnete die Tasche an seinem Gürtel, zog das schwere Taschenmesser heraus und gab es Hussein.

Der Sufi klappte die winzige Säge, den Dosenöffner und die Schere heraus, bevor er das Messer fand. Er legte sich Zeigefinger und Mittelfinger auf den Bauch, schob die Haut um eine seiner Narben zusammen, atmete tief aus und stach sich einen guten Zentimeter in den Leib. Blut spritzte heraus.

Verrazzano sprang vor. «Was machen Sie denn?»

Hussein legte das Messer auf den Teppich, steckte einen Finger in die Wunde und holte ein schwarzes Plastikquadrat von der Größe eines Daumennagels heraus. Das Blut darauf wischte er an seiner Trainingshose ab und gab Verrazzano das kleine Stück Plastik. Ein blaues Logo in der Mitte enthielt die Buchstaben GPS.»

«Ein Tracker?», sagte Verrazzano.

Hussein drückte die Ränder seiner neuen Wunde zusammen. «Doktor Amy hat ihn mir eingepflanzt. Stecken Sie ihn in ein Handy, wo normalerweise die SIM-Card ist. Er wird Ihnen eine Karte mit dem Standort seines versteckten Zwillings zeigen.»

«Wo versteckt?»

Hussein zuckte mit den Schultern. «Das wird er Ihnen zeigen.»

«Warum hat sie ihn … da eingepflanzt?» Verrazzano deutete auf Husseins Bauch.

«Sie bat mich, ihn aufzubewahren, und ich habe vorgeschlagen, ihn an einem Ort zu verstecken, wo ich ihn nicht verlieren konnte.»

Verrazzano sah sich Husseins blaue Flecken wieder an. «Können Sie die Männer beschreiben, die Ihnen gestern Abend aufgelauert haben?»

«Wie sie aussahen? Oder ihre Seelen?» Hussein lächelte schwach. «Es waren die Männer, die Daryl Underwood auf dem Flughafen gekidnappt haben.»

«Das haben Sie gesehen?»

«Doktor Amy wollte, dass ich Underwood beschatte. Ich habe draußen vor dem Lagerhaus in der Kasbah gewartet, als sie ihn drinnen folterten. Ich habe gehört, dass sie wissen wollten, wo dieser GPS-Tracker war.»

Vor der Tür der Moschee schrie jemand, ein Mann, höhnisch und hasserfüllt. Darauf folgte Lachen. Ein besorgtes Murmeln klang von den in der Moschee verbliebenen Sufis herüber. Verrazzano warf einen Blick zum Eingang. Ein paar junge Männer schlichen in den schmalen Zugang, um hinauszuspähen. Hussein hustete, und Verrazzano wandte sich ihm erneut zu.

«Underwood hat Sie nicht verraten?», sagte Verrazzano.

«Er wusste nicht, dass ich ihn hatte. Er hatte den Tracker Doktor Weston gegeben und wusste nicht, was sie damit gemacht hatte.»

Verrazzano stellte sich Underwoods Qualen vor. Das kaputte Bein, das sie herumgestoßen und verdreht hatten. Niemandem war ein Vorwurf zu machen, wenn er angesichts solcher Schmerzen verriet, was er wusste. Jeder tat das. Underwood hatte seine Verbindung zu Dr. Weston verraten. Lee Hill hatte nach dem GPS-Tracker gesucht, als er sie in New York ermordet hatte – er hatte sie gefilzt, und da er ihn nicht fand, hatten sie ihr Haus auf den Kopf gestellt.

Ein Schuss draußen vor der Moschee. Die Männer drinnen wollten sich einschließen. Ein Sufi kam und machte beschwichtigende Gesten.

«Was war das?», sagte Quanah.

«Die örtlichen Waffenhelden wollen uns wissen lassen, dass sie hart genug sind, um in die Luft zu schießen.» Husseins Schweiß schimmerte grau im Neonlicht. «Ich habe Underwood zu helfen versucht. Ich bin ins Lagerhaus geschlichen, als seine Folterer eine Pause machten, und habe ihm einen der Spieße gegeben, die wir für unsere *Zikr*-Zeremonie brauchen. Ich dachte, damit könnte er sich vielleicht befreien. Etwas anderes hatte ich nicht für ihn. Aber er war dem Tod wohl schon zu nahe, um ihn zu benutzen.»

Deshalb war auf dem Spieß in Underwoods Grab Sufi-Blut. Es waren Reste von der letzten Zeremonie. Verrazzano erkannte auch gleich die nächste Verbindung. «Sie sind ihm in den Tishreen-Park gefolgt, nachdem sie ihn umgebracht hatten, und haben Dr. Weston die Karte mit den Koordinaten gegeben.»

Hussein neigte zustimmend den Kopf.

«Die Männer, die Ihnen aufgelauert haben, wie sind die auf Sie gekommen?»

«Sie müssen gesehen haben, wie ich ihnen gefolgt bin, als sie Underwood begraben haben. Aber sie haben nichts gefunden.» Hussein wies mit einer Geste auf das Blut auf seinem Bauch. «Für sie sah die Stelle, wo Doktor Amy mir das Ding eingepflanzt hatte, wie die anderen Wunden von unseren Zeremonien aus.»

Der winzige GPS-Tracker auf Verrazzanos Fingerspitze war noch warm von Husseins Bauch, dennoch war dem ICE-Agenten kälter als Underwoods Leiche. «Gib mir dein Telefon», sagte er zu Quanah. «Ich muss meins anlassen, um aus New York erreichbar zu sein.»

Quanah warf ihm sein Handy zu. Verrazzano schob den GPS-Chip in den SIM-Karten-Slot und schaltete es ein. Er zeigte auf Husseins Wunde. «Quanah, im UN-Hauptquartier gibt es doch sicher eine medizinische Versorgung, oder?»

«Das ist nichts», sagte der Sufi.

«Wir bringen Sie trotzdem hin. Die sollen Sie verarzten.» Verrazzano streckte die Hand aus, um Hussein aufzuhelfen.

Auf dem Handy leuchtete die Login-Seite auf. Verrazzano stöhnte.

«Ein Passwort?», sagte Quanah.

Verrazzano schüttelte den Kopf. «Die Aktivierung erfolgt über ein Klangwellen-Muster. Wenn der Chip einen speziellen Klang registriert, der zu dem auf dem ihm archivierten passt, öffnet er sich. Dann zeigt er uns, wo sein Zwilling ist, und wir müssen hoffen, so zu dem Sarin zu finden.»

«Und welches Geräusch, zum Teufel, aktiviert den Chip?»

«Ein militärisch denkender Mann wie Underwood würde so etwas nicht in die Hände eines Zivilisten legen. Den Chip hat er Dr. Weston gegeben. Welcher Klang ihn öffnet, das muss er jemand anderem gesagt haben, jemandem, dem er vertraut hat.» Verrazzano klopfte sich mit dem Telefon an das Kinn. «Wir müssen herausfinden, wer das war.»

Sie halfen Hussein zur Tür. Draußen schien die Sonne gleißend hell und wurde von der Windschutzscheibe eines großen Ford-Trucks reflektiert. Hinten auf der Ladefläche hockte ein halbes Dutzend Männer, die Gesichter unter rotweiß karierten Kufiyahs verborgen. Sie hielten Kalaschnikows auf dem Schoß oder an den Hüften. Ein Mann stieg aus dem Fahrerhaus, lehnte sich an die Haube und zog sich die Kufiya vom Gesicht. Er trug einen langen, gerade geschnittenen schwarzen Bart und grinste Verrazzano an. Seine Zähne hatten die Farbe alter Fußbodenkacheln.

«Ahlan wa-sahlan», rief er mit von Zigaretten, Kaffee und Staub angerauter Stimme.

«Ahlan bik», sagte Verrazzano.

«Aha, Sie sprechen Arabisch. Westler tun das nicht sehr oft. Für gewöhnlich bedeutet es, dass Sie ein Spion sind. Sind Sie ein Spion?»

«Sie denken, ich verstecke mich hinter der Fassade eines unbedarften Arschlochs? Tut mir leid, aber ein Arschloch bin ich wirklich.»

Der Mann lachte und zündete sich eine Zigarette an. Sein Blick ging flackernd von Verrazzano zu Hussein, und schon war kein Spaß mehr darin zu erkennen, nur noch Hass, Opportunismus und Erwartung.

Hussein stolperte auf Quanahs UN-Jeep zu. «Gehen wir zu Ihrem Wagen.»

«Wer ist das?» Verrazzano folgte ihm.

«Abu Jihad. Unser örtlicher Gangster. Er nimmt Geld von den Sufis. Damit er sie schützt.»

«Vor wem?»

«Hauptsächlich vor ihm selbst.» Hussein kletterte hinten in den Jeep. Er hielt sich den Bauch.

Quanah fuhr los, und der Gangster sah ihnen hinterher. Verrazzano drehte den Kopf. Als sie in Richtung UN-Hauptquartier abbogen, kletterte Abu Jihad in seinen Truck, um ihnen zu folgen.

Kapitel 31

Die Freedom-Coin-Homepage hatte einen großen blauen Button: «Los geht's!», wobei Roula Haddad ziemlich sicher war, dass es um Illegales ging. Sie hielt den Hörer zwischen Schulter und Kiefer geklemmt – Todd und Kinsella warteten am anderen Ende der Verbindung, in ihrem Auto vor Parrys Haus. Als sie es in den Nutzerbereich des Systems geschafft hatte, berichtete sie ihnen, was die Firma machte. Oder zu machen behauptete. «Es ist eine virtuelle Bank. Die Leute bunkern da kein richtiges Geld.»

«Stell dir das vor», lachte Kinsella. «Seit Jahren schon habe ich ein virtuelles Bankkonto, und nie etwas davon gewusst.»

«Du zahlst Geld ein, und die Bank wechselt es in sogenannte Freedom-Dollar um. Die schickst du irgendwohin in die Welt und machst sie beim örtlichen Geldwechsler wieder zu Barem. Und weil es keine echte Währung ist, gibt es weder Meldepflichten noch Mengenbeschränkungen.»

«Klingt wie eine nette Möglichkeit zur Geldwäsche.»

Todd führte die Idee weiter aus und bekam sie so für sich in den Griff. «Wenn also Parry zum Beispiel in Afrika einen Söldnerjob macht, kriegt er seinen Sold über das Freedom-Coin-System, ganz *virtuell*, läuft ins Freedom-Coin-Büro und holt sich *reale* Dollar.»

«Alles unterhalb des Steuerradars», sagte Haddad.

«Kommst du in ihr System rein, Roula?»

Sie machte verschiedene Eingaben. «Es ist ziemlich

sicher. Sie arbeiten mit einem Onion-Router der zweiten Generation. Die Daten, die Freedom Coin verschickt …»

«Die Einzelheiten einer Überweisung, zum Beispiel?»

«Yeah. Die Daten werden gleich mehrfach verschlüsselt. Freedom Coin schickt sie an deine E-Mail-Adresse, das aber über verschiedene Router rund um die Welt. Und jedes Mal gibt es einen anderen Schlüssel und eine andere Ebene der Codierung. Alles, was sie machen, dient allein dem Zweck, das tatsächliche Ziel zu verschleiern.»

«Wie ein Verdächtiger, der an jeder Ecke versucht, den Agenten abzuhängen, der ihn beschattet.»

«Du sagst es. Wobei sich die Abfolge der Router mit jeder neuen Nachricht ändert, was es besonders schwermacht, etwas abzufangen. Jeder Router schält etwas von der Verschlüsselung ab, wie die Häute einer Zwiebel.»

«Und wenn die Nachricht ihr Ziel erreicht, ist sie decodiert.»

«Offiziell schützt diese Art von Software die Privatsphäre. Aber wenn du *so* besorgt bist, dass nichts nach außen dringt, geht es wahrscheinlich um etwas, das dich hinter Gitter bringen würde.» Haddad klopfte mit den Knöcheln auf ihren Schreibtisch. «Sehen wir mal, was passiert, wenn ich auf den *Los-geht's!*-Button klicke.»

Sie tat es und berichtete Todd und Kinsella, was passierte. «Das System fragt, ob ich es mit einem Handy oder mit einem Windows-Rechner benutzen will. Okay, nehmen wir Windows. Jetzt soll ich mich einloggen. Es will meinen Namen und mein Geburtsdatum.»

«Das ist alles?», sagte Kinsella. «Das klingt nicht nach viel Sicherheit für ein Finanzunternehmen.»

«Wenn eine virtuelle Bank zu viele Prüffragen stellt, gehen die Kriminellen mit ihren Geschäften anderswohin. Sie haben Angst, dass jemand wie wir die Daten knackt. Also halten sie sich bei ihren Angaben lieber zurück.»

Todds Stimme am anderen Ende klang plötzlich, als wäre er alarmiert: «Der Name, den Verrazzano in Westons Haus gefunden hat, bevor es runtergebrannt ist.»

«TomFrisch4464. Eine Skype-Adresse ist es nicht, und sie passt auch in kein E-Mail-System.»

«Ich blättere gerade die Mappe durch.» Todd fand, was er suchte. «Ich habe hier eine biografische Übersicht zum Chef von Molnir: Tom Frisch, geboren am 4. April 1964. TomFrisch4464, das ist der Name samt Geburtsdatum. Gib das doch so mal bei Freedom Coin ein.»

Haddad rief das Zugangsfenster für bestehende Konteninhaber auf. Sie gab «TomFrisch» als Benutzername ein, und «4464» als Passwort. Im Fenster leuchtete ein roter Hinweis auf: *«Es tut uns leid. Ihr Konto ist vorübergehend nicht verfügbar.»*

«Sind wir drin?», wollte Todd wissen.

«Nein.» Haddad starrte auf den Bildschirm.

«Verdammt.»

Haddad richtete sich auf ihrem Stuhl auf. «Moment mal, das beweist doch, dass Frisch da tatsächlich ein Konto hat. Schließlich sagt der Computer nicht: ‹Wer bist du?›, sondern: ‹Hallo, Mr Frisch, tut uns leid, bis bald.›»

«Sollen wir ihn zur Vernehmung holen?»

«Frisch wird nicht einfach zu knacken sein. Wenn wir ihm jetzt schon auf die Pelle rücken, macht er zu. Sehen wir erst mal, ob wir mehr über Molnir in Erfahrung bringen können, vielleicht über Freedom Coin. Die Bank ist in Borough Park. Ich schicke euch die genaue Adresse.» Sie kopierte sie in eine Textnachricht. «Fahrt gleich hin. Ich treffe euch vor der Tür.»

Haddad packte ihre Ausrüstung und lief in Richtung Aufzug.

Kapitel 32

Todd steuerte den ICE-Wagen von Bay Ridge durch Dyker Heights nach Borough Park. «Warum bist du eigentlich zum ICE gekommen, Noelle?»

Kinsella sah ihn an, als er hätte er sie gefragt, warum sie keine Kinder bekommen habe. «Willst du das ernsthaft wissen? Jetzt?»

«Ich versuche nur nett zu sein.»

«Sei so lieb und halt einfach die Schnauze.»

Zwei chassidische Juden liefen durch den Verkehrsstrom. Todd wich ihnen aus. «Himmel, ich frage doch nur.»

«Und ich sage nur, du sollst dich um deinen eigenen Kram kümmern.»

Er lenkte den Dodge Stratus um einen in zweiter Reihe geparkten Lieferwagen und seufzte. «Der Kerl hat gestottert.»

Kinsella zog die Brauen zusammen. «Was?»

«Du bist mir gegenüber nur wegen der Pleite in D. C. so aggressiv. Weil ich diesen Pangiottis nicht erschossen habe. Nun, ich habe ihn nicht erschossen, weil er gestottert hat. Jetzt weißt du's.»

«Was für ein verfickter Grund ist das, um …»

«Ich habe gerufen: ‹Waffe runter.› Er sagte: ‹N-n-n-nicht sch-sch-sch-schießen.› Aber nicht, weil er nervös war. Es war klar, dass er wirklich stotterte. Offenbar immer.»

«Er hielt seine verdammte Waffe auf dich gerichtet, und du hast nicht abgedrückt, weil er stotterte?»

«Ich konnte nicht. Ich dachte, dass er vielleicht als Kind

geschlagen worden war oder so. Dass sie ihn gemobbt hatten.»

«Gott, unser liberaler Softie.»

«Ich dachte einfach nur, es ist nicht sein Fehler. Er ist ein Dreckskerl, aber es ist nicht sein Fehler. Und deshalb konnte ich ihn nicht mehr erschießen.»

Er bog in eine Seitenstraße. Kinsella kicherte leise.

«Was?», sagte Todd. «Was ist daran so komisch?»

«‹N-n-n-nicht sch-sch-sch-schießen.›» Kinsella bog sich vor Lachen.

Todd lachte mit.

«Ich b-b-b-bin ein Dr-Dr-dr-Dreckskerl, Herr P-P-P-Polizist.» Kinsella wusste sich nicht mehr zu halten.

«Okay, okay.» Todd lachte nicht mehr so, war aber erleichtert.

Kinsella legte den Kopf in den Nacken und beruhigte sich ächzend. Einen Moment lang war sie still. «Wegen 9/11 bin ich zum ICE.»

Todd verstummte ebenfalls.

Sie sah ihn an. «Ach, komm, guck nicht so ernst aus der Wäsche.»

«Warst du da? Bei den Twin Towers? Am 11. September?»

«Nein, war ich verdammt nicht.» Plötzlich sah sie aus, als hätte sie nicht einen einzigen Lacher herausgebracht. «Wir sind da. Das da drüben ist es. Halt schon an.»

Todd fuhr rechts ran und stellte den Motor des Dodge ein Stück hinter einem zweistöckigen, braunen Ziegelhaus mit weißen Simsen aus. «Das ist die Adresse, die Roula geschickt hat. Das ist Freedom Coin.»

«Es ist nicht gerade der Bank of America Tower.» Kinsellas Handy klingelte. Sie antwortete und merkte, wie Todd sie ansah. Sie hätte völlig ruhig auf die 9/11-Frage reagieren sollen. Stattdessen hatte sie die Kontrolle verloren, und jetzt wusste er, dass es da etwas gab, was sie zutiefst traf. «Roula, wir sind da. Wann kommst du?»

Der Lärm im Hintergrund legte nahe, dass Haddad in der Subway durch Brooklyn saß. «Etwa in fünfzehn Minuten. Die Forensik hat mir gerade eine Nachricht mit einer Spur geschickt, was das Hörgerät angeht.»

Kinsella berührte die Jackentasche mit dem kleinen Apparat, den sie in der Hand des Toten gefunden hatte. «Gehört es Parry?»

«Nach der Seriennummer, die du mir durchgegeben hast, wurde es von einem Veteranen-Krankenhaus upstate ausgegeben. An Daryl Underwood.»

«Meinst du, er hat es in der Wohnung seines Kumpels vergessen?»

«Wenn ja, dann ist er von da an taub herumgelaufen. Es war Underwoods einziges Gerät, wobei auch das andere Ohr schwer geschädigt war. Er hatte bereits ein zweites Hörgerät beantragt. Die Tests waren gemacht. Das Gerät musste nur noch angepasst werden. Die Veteranen-Kasse braucht wahnsinnig viel Zeit, um solche Sachen zu regeln.»

«Das lasse ich besser Dom wissen. Hast du ihm gesagt, dass Parry tot ist?»

«Noch nicht.»

«Okay, dann erledige ich das gleich mit.»

«Danke, ich bin in ein paar Minuten bei euch.»

Todd klopfte ungeduldig mit den Fingern aufs Lenkrad und starrte zum Büro von Freedom Coin hinüber. «Dr. Weston hat Dom gesagt, dass wir nur ein paar Tage Zeit haben, um zu verhindern, was immer da droht. Vielleicht sollten wir einfach rein. Wir haben keine Zeit zu verlieren.»

«Wir warten auf Roula. Falls die Freedom-Coin-Leute etwas zu verbergen haben, könnten sie versuchen, ihr Computersystem zu bereinigen, sobald wir durch die Tür kommen. Wir brauchen Roula, um wiederherzustellen, was da womöglich schnell gelöscht wird.»

Todd schüttelte den Kopf. «Wenn wir nur wüssten, wie viele Tage Weston meinte.»

«Das finden wir heraus, und ich meine nicht, auf die harte Tour. Ich habe schon oft mit Verrazzano zusammengearbeitet, und er hat es noch immer geschafft.» Sie lächelte. Sie hatte schiefe Zähne, so durcheinander wie ihr Haar. «Ich laufe schnell um die Ecke und hole mir einen Kaffee aus dem Deli, bevor Roula kommt. Magst du auch was?»

«Ich hab kein Kleingeld.»

«Vielleicht nehmen sie ja Freedom-Coin-Dollar.» Kinsella setzte ihre Tifosi-Sonnenbrille auf und ließ Todd im Dodge zurück.

Im Deli roch es nach getoasteten Bagels, noch vom Frühstück. Kinsella bestellte einen Bagel mit allem: Lachs, Zwiebeln und Vollrahmkäse. So viel Geschmack wie eben möglich. Ihre Geschmacksknospen starben scharenweise in einem Gin-Tonic-Gemetzel ab.

Während sie wartete, erblickte sie sich im Spiegel hinter der Theke und zog eine Grimasse. Sie tat so, als inspizierte sie den Thunfisch und den Hering in der Kühlung, und schwor sich, ab sofort weniger zu trinken. Sie fühlte sich schwach, weil sie sich so etwas vornehmen musste – und noch schwächer, weil sie wusste, dass sie es nicht schaffen würde. In den ICE-Kursen erklärte der Körpersprache-Trainer seinen Schülern, immer daran zu denken, dass ein Gesicht lügen kann, die Augen jedoch nicht. Deshalb trugen die Leute Sonnenbrillen. Ohne die Augen zu sehen, reduzierte sich die Fähigkeit, ein Gesicht zu lesen, auf die Klischees eines schlechten Films oder einer Modeanzeige. Kinsella mit Sonnenbrille: eine coole, harte Braut. Ohne: blassblaue Augen, aus denen fortdauernder Kummer und

Verlust sickerten. «Wegen 9/11 bin ich zum ICE», und: «Nein, war ich verdammt nicht.» Dabei war auch ein Teil von ihr an dem Tag gestorben. Der Teil, der niemals aufgehört hatte, um jemanden zu trauern, der tatsächlich dort umgekommen war. Mit heiserer, leiser Stimme bestellte sie einen Kaffee mit Milch und Zucker.

Kinsella verließ den Deli. Die Budweiser-Reklame der Spelunke gegenüber fing an zu blinken, als hätte sie jemand nur wegen ihr angeschaltet. Sie nippte an ihrem Kaffee, wärmte sich die Hände und fühlte sich schon besser. Das Koffein und die Sonnenbrille waren alles, was sie brauchte, um sich zurück in die Spur zu bringen. Und ein paar gute Hinweise in der Sarin-Geschichte. Sie nahm ihr Telefon und rief Verrazzano an.

Kinsella wartete auf die Geräusche des Kriegsgebiets am anderen Ende.

Kapitel 33

Der Sufi lag ruhig auf der Rückbank und presste den Schnitt in seinem Bauch zu. Quanah steuerte den Jeep zum Gelände der Vereinten Nationen und verzog frustriert die Lippen. Verrazzano kannte den Gesichtsausdruck. So reagierten Männer, wenn sie mit ihren Überlegungen hängen blieben und nicht weiterkamen. Verrazzano ließ sich nicht verrückt machen. Er versuchte nie mit dem Kopf durch die Wand zu gehen, wenn er in einer Sache nicht weiterkam. Stattdessen trat er zurück und suchte nach einer Möglichkeit, die Schwierigkeit zu umgehen und eine andere Lösung zu finden.

Er weigerte sich zu glauben, dass es keine Hinweise mehr gab. Er war so nahe dran. Er hatte sogar den GPS-Chip, der ihn, wie er glaubte, zu dem Sarin führen würde, das Underwood bewacht hatte. Ihm fehlte nur der richtige Klang, um ihn zu aktivieren. Er hatte es damit versucht, das Mikro des Telefons vor Husseins Mund zu halten, während der Sufi redete, aus dem Fenster des Jeep, als der Lautsprecher einer Moschee zum Gebet rief. Nichts. Er hatte Dr. Westons Anschluss im UN-Büro angerufen und auf ihre Mailbox-Ansage gewartet, während er durchs Rückfenster nach Abu Jihad und seiner Bande Ausschau hielt. Wieder nichts. Der Tracker ließ sich nicht aktivieren.

«Weißt du noch, was Wyatt immer gesagt hat: ‹Die Lösung liegt schon vor.›»

Quanah sah ihn an und sagte: «Scheiß auf Wyatt.»

Verrazzanos Lächeln war dünn. «Und er hat gesagt:

‹Erkennt auch, dass ihr blöd genug seid, die Antwort von Anfang an gewusst zu haben. Und sogar die übelste Sache der Welt kann plötzlich die offensichtliche Lösung sein.›»

«Er muss es ja wissen. Seit Vietnam hat Wyatt in jedem Konflikt mit amerikanischer Beteiligung Menschen umgebracht – und in der Hälfte aller anderen auch. Er selbst ist die übelste Sache der Welt.»

«Weshalb ich auf ihn gehört habe. Genau wie du.»

«Viel zu lange.»

Die Army hatte Verrazzano zu einem Soldaten gemacht, aber Wyatt, wie man als Agent und Söldner funktionierte. So ein Mann trägt das Feuer des Lebens in seiner Hand, hatte Wyatt einmal gesagt, denn nur er weiß wirklich, wie man es ausbläst. Der Colonel war philosophischen Gedanken gegenüber nicht abgeneigt. Den Abzug drücken, sagte er, das konnte auch noch der Dümmste. Aber ein guter Agent war mehr als eine Maschine und durfte ganz sicher kein Idiot sein. Er musste den Funken eines Gottes in sich tragen. Über Leben und Tod entscheiden. Die Zukunft der Menschheit ändern, wenn er den Präsidenten eines Landes aus dem Spiel nahm, den Designer einer revolutionären Software oder auch den Rivalen eines Gangsters. Er baute nichts und zerstörte nichts. Aber er änderte, was kommen würde. Er war die verändernde Kraft des Kosmos, die den Planeten auf seiner Achse drehte. Im Gegenzug half der Kosmos dem Attentäter.

«Ich habe seiner Philosophie geglaubt und seine Befehle befolgt», sagte Verrazzano.

«Bis ich dir die Wahrheit über Maryam Ghattas erzählt habe. Die Wahrheit über diesen Dreckskerl.»

Verrazzano legte die Fingerspitzen aufs Armaturenbrett und spielte die Eröffnungstakte von Mozarts Adagio in b-Moll. Er fragte sich, ob er Wyatts Denken wirklich in sich ausgelöscht hatte. Er suchte nach der Macht des Universums, damit sie ihm half, suchte nach einer Möglichkeit, sie mit sich in Einklang zu bringen. «Du weißt so gut wie ich, dass Wyatt mit uns hier im Jeep sitzt», sagte er. «Er ist in meinem Kopf.»

«Reiz mich nicht. Ich stehe sowieso kurz davor, dir das Hirn rauszupusten. Wenn du jetzt auch noch Wyatt mit drinhast ...»

Verrazzano lachte, und Quanah musste lächeln.

«Er ist auch in deinem Kopf, Quanah.»

Das Lächeln erstarb. «Da wollte ich auch schon eine Kugel reinschicken.»

Der Jeep überquerte den ausgetrockneten Barada. Verrazzanos Telefon summte. Er sah auf den Bildschirm und nahm ab. «Noelle, was gibt's?»

«Underwoods Kumpel Parry ist tot.» Kinsella schnaufte. Sie ging zurück zum Wagen. «Ich habe ihn vor weniger als einer Stunde mit einer Kugel im Herzen gefunden.»

Quanah fuhr aufs Gelände der Vereinten Nationen. Er winkte den dicken, syrischen Wächtern am Tor zu und überquerte den Hof.

«Wo bist du jetzt?», fragte Verrazzano.

«Wir wollen gerade in eine Art Finanzbüro in Borough Park. Eine virtuelle Bank namens Freedom Coin. Parry hatte ein Bündel Dollar mit einer Banderole von ihnen.»

Hussein stöhnte, als er sich aufrichtete. Quanah öffnete die Tür und half ihm hinaus. Sie gingen in die Notfallaufnahme.

Verrazzano zischte nachdenklich. «Ein Bündel Dollar?»

«Yeah. Nicht sehr viel», sagte Kinsella. «Aber sonst gab's da so gut wie nichts. Bis auf das Hörgerät. Parry hatte es bei sich, aber es gehört Underwood.»

Verrazzano hatte angenommen, Underwoods Hörgerät

wäre im Grab verschollen, als Quanah ihn ausgegraben hatte. Stattdessen tauchte es jetzt plötzlich bei einem neuntausend Kilometer entfernten Mann auf. «Parry hat sich das Hörgerät von seinem Freund ausgeliehen?»

«Parry war nicht schwerhörig, und das Ding steckte auch nicht in seinem Ohr. Er hielt es in der Hand. Ich hab's nur gefunden, weil es gepiepst hat.»

Verrazzano setzte sich aufrecht. «Wegen was für einem Ton?»

«Der Schalter stand auf ‹Batterie-Testen›. Dann lassen die Dinger einen hohen Piepston hören.»

«Hast du es bei dir?»

«In meiner Tasche.»

«Hol es heraus.» Verrazzano tippte auf die GPS-App auf Quanahs Telefon. Wieder fragte sie nach der Schallwelle für den Login. «Lass mich den Ton hören, Noelle. Über das Telefon. Halte das Hörgerät ans Mikrofon und schalte den Ton ein.»

«Kapiert.»

Ein schwaches Piepsen klang aus dem Telefon. Verrazzano starrte auf die GPS-App. Das Login-Icon zeigte keine Reaktion. Das Handy rutschte ihm fast aus der Hand, weil sie so verschwitzt war. Fünf Sekunden, sechs ... Nichts. Er fasste das Telefon fester. «Komm schon», flüsterte er.

Quanah kam zurück, öffnete die Tür des Jeeps und setzte sich hinters Steuer.

Das Dialog-Fenster auf dem Handy verschwand. Der Ton passte, der Tracker war aktiviert. Eine Karte füllte den Bildschirm: Damaskus mit den Gassen und Straßen um die Kasbah, und auf dem Hang zum Dschabal Qāsiyūn hinauf mit dem Präsidentenpalast ein pulsierender blauer Punkt.

Verrazzano zeigte Quanah die Karte. «Der pulsierende Punkt. Das ist es.»

Genau, wie Wyatt es ihm vor Jahren versprochen hatte, waren die übelsten Dinge dieser Welt oft am leichtesten zu finden.

Verrazzano warf einen Blick zu Quanah hinüber. Sein alter Partner nickte bedeutungsvoll. Das Pentagon hatte zehn Jahre gebraucht, um zuzugeben, dass die US-Truppen alte, kaum mehr brauchbare Mengen Nervengas im Irak entdeckt hatten und Hunderte Soldaten bei der Vernichtung dem Gift ausgesetzt worden waren. Die Granaten in diesen Kisten waren weder beschädigt, noch irgendwie fehlerhaft. Er fragte sich, was das Pentagon noch alles vertuscht oder wer sonst die Existenz dieses tödlichen Vorrats zu verbergen gewusst hatte.

«Dieses Sarin ist viel Geld wert», sagte er.

Abu Jihad zuckte mit den Schultern, aber Verrazzano sah, dass der Mann nicht nur daran dachte, das Nervengas zu seinem militärischen Vorteil zu verwenden.

«Sie könnten es dem Palästinenser verkaufen.» Verrazzano brauchte einen Namen, oder genauer: Er brauchte den *neuen* Namen und den Aufenthaltsort von Marwan Touma, dem Waffenhändler, dessen Leben er vor ein paar Jahren geschont hatte, obwohl Wyatt seinen Tod wollte.

«Welchem Palästinenser?», sagte Abu Jihad. «Es wird kaum einen geben, der das hier nicht kaufen will.»

«Dem Diabetiker. Injiziert sich Insulin in den Bauch.»

«Fakri Kawasma? Der Bastard.»

Verrazzano merkte sich den Namen. «Der würde einen guten Preis dafür zahlen. Vielleicht sollten wir ihm das Sarin bringen?»

«Damit er es einem verkauft, der mein Volk damit umbringt? Das Erste, was ich damit mache, ist, nach Jaramana zu fahren und eine Granate in den Laden des Hurensohns zu schicken. Ihn fertigzumachen.»

Der Lärm eines schweren Dieselmotors drang aus dem Hof herein. Einer von Abu Jihads Männern kam durch die Tür. «Abu Latif ist da.»

«Laden wir die Kisten auf.» Abu Jihad klopfte Verrazzano auf die Schulter und ging lachend zur Tür. «Einheit, Freiheit, Sozialismus.»

Verrazzano sah zu, wie die Männer die ersten Kisten zum Tieflader draußen schafften. Er beugte sich vor und stöhnte. «Ich muss aufs Klo», brummte er dem Gangsterchef zu, lief zum Flur und folgte seiner Nase zu einer Toilette mit geblümten Kacheln. Die Tür schloss er hinter sich ab.

Er schickte Haddad das Foto, das er mit seinem Telefon von dem Sarin gemacht hatte, und rief sie an.

«Gott sei Dank rufst du an, Dom», sagte sie. «Wir haben die Bestätigung, dass das Sarin hier in New York ist.»

«Ist jemand zu Schaden gekommen?»

«Es ist noch nichts passiert. *Noch nicht.* Noelle und Bill haben es vom Fahrer der Limousine, Jon Ivin. Lee Hill hat was davon abgekriegt, als er damit hantiert hat.»

«Hat Ivin uns noch mehr Hinweise gegeben?»

«Er soll einem Mann in Queens Geld bringen. Der Typ heißt Chavez. Ivin ist gerade unterwegs. Bill und Noelle folgen ihm.»

«Noelle sagte etwas von einer virtuellen Bank mit dem Namen Freedom Coin. Gibt es da etwas Neues?»

«Ich habe Zugang zu Tom Frischs Konto bei Freedom Coin. Ich checke das im Moment. Sieht so aus, als wäre es vor einem Monat leer geräumt worden. Vielleicht hat Frisch noch ein paar Sachen bereinigt, bevor irgendwas weggebrochen ist. Ich versuche das Geld weiterzuverfolgen, aber das könnte mehr Zeit in Anspruch nehmen, als wir haben. Die Sicherheitsbarrieren haben es in sich.»

«Okay, bleib dran. Siehst du das Foto, das ich dir geschickt habe?»

Er hörte das Klacken von Haddads Tastatur. «O Mann, ist das Sarin?»

Sarin in New York und Damaskus. Welche Stadt würde Ziel des Angriffs sein, vor dem Dr. Weston sie gewarnt hatte? «Bestätige mir den Text. Das Arabische auf der Granate.»

«‹Einheit, Freiheit, Sozialismus.›» Saddams offizielles Motto. Jemand hat das Zeug aus dem Irak nach Damaskus geschafft?»

«Sieht so aus.»

«Was sind das für Zahlen?»

«Die im Gefahrendiamant?»

«Nein, die unter dem Motto.»

Verrazzano rief das Bild auf seinem Telefon auf. Arabische Ziffern bildeten die Basis für das westliche Zahlensystem, auch wenn nur die Eins und die Neun gleich waren. Auf dem Foto war eine Reihe arabischer Zahlen unter den Schlachtruf des toten Diktators gekritzelt, ebenfalls mit einem schwarzen Marker. «Die hätten mir auffallen müssen. Lies sie mir vor, okay? Ich vergesse immer, welche wofür steht.»

«Die, die aussieht wie eine spiegelverkehrte Sieben, ist eine Zwei, das große E ist eine Vier, das V eine Sieben und …»

«Roula, ich will hier keinen Nachhilfeunterricht. Sag mir einfach die verdammte Zahl.»

«Zwei-Vier-Sieben-Acht-Null-Null-Fünf-Sechs. Dann kommen noch zwei Buchstaben, ebenfalls arabische: *ta* und *kaf*, die etwa den englischen *t* und *k* entsprechen. Ich checke die Zahl mal schnell.» Tastaturklacken. «In unserer Datenbank gibt es dazu nichts.»

«Probier es beim FBI und der Antiterror-Abteilung des Außenministeriums.» Verrazzano hörte Schritte im Flur vor der Toilette. Er drehte sich zur Wand und hielt das Telefon nahe an den Mund. «Und?»

«Moment, eine Sekunde. Nichts.»

«Auf den Granaten steht ein irakischer Slogan», sagte er. «Was ist mit den Daten des Verteidigungsministeriums zum Irak-Krieg?»

Verrazzano hörte leise Stimmen im Flur vor der Toilette.

«Ich hab's.» Haddad klang aufgeregt. «Die Zahlen und Buchstaben sind der Identifizierungscode für ein Waffenlager im Irak.»

Die Stimmen verstummten. Schritte näherten sich der Toilettentür. Die Klinke wurde gedrückt. Verrazzano presste das Telefon noch fester an sein Ohr, damit kein Geräusch nach außen drang. Seinen Atem hielt er sanft und ruhig.

«Wo im Irak?», flüsterte er.

Druck an der Tür. Das Schloss hielt.

«Das TK steht für Tikrit», sagte Haddad, «Saddams Heimatstadt.»

Wieder drückte einer die Klinke herunter und probierte, ob tatsächlich abgeschlossen war.

«Wie kommt es, dass wir das Sarin dann nicht im Irak bekommen haben?», sagte Verrazzano. «Hat die Army nicht funktioniert?»

«Die Army hat niemanden im Land, um nach so was zu suchen.»

Die Schritte zogen sich langsam zurück.

«Sind das *neue* Informationen? Aus der Zeit nach dem Abzug?»

«Die Sache ist noch kein Jahr alt. Irgendein ehemaliger Baath-Boss hatte Angst, dass ihm die Dschihadisten vom Islamischen Staat den Kopf abschlagen würden, deshalb hat er sich den Kurden ergeben. Die wiederum haben ihn an die CIA weitergereicht, und bei seiner Vernehmung hat er das Waffenlager in Tikrit erwähnt, woraufhin Langley es hat durchsuchen lassen.»

«Was haben sie gefunden?»

«Keine Massenvernichtungswaffen. Wurde als falsche Fährte verzeichnet.»

Die Spannung war mit Händen zu greifen. Verrazzano spürte Haddads Schweigen. Sie versuchte, hinter den Zusammenhang zu kommen. Dann begriff er. «Die CIA hat jemandem die Suche übertragen?»

«Ja», sagte sie.

«Wer war es?»

«Molnir Partners.»

Kapitel 39

Haddad legte auf, und in dem Moment blinkte ihr Monitor rot und zeigte einen Anruf von Lifshitz von Freedom Coin an. Gespannte Erwartung erfüllte sie mit einer Wucht, dass sie dachte, die gesamte Etage müsse es spüren. Sie setzte die Kopfhörer auf und lauschte.

«Ach, nur seine Mutter», flüsterte sie. «‹Du rufst nie an, du schreibst nie ...› Blablabla.»

Anschließend wählte Lifshitz eine Sex-Nummer. Um drei Uhr nachmittags. Lifshitz sagte dem Mädchen in Jersey, es solle ihn Daddy nennen. «Sieh mal an», murmelte Haddad.

Nach zwanzig Sekunden legte er wieder auf. «Flotte Nummer, Daddy.» Haddad protokollierte das Gespräch.

Noch ein Anruf. Haddad setzte sich erneut die Kopfhörer auf.

«Was macht Ihnen Sorgen, Yuri?», fragte der Anrufer.

«Warum rufen Sie jetzt erst zurück?», keuchte Lifshitz weinerlich.

«Ich habe keine Zeit für so was, Yuri. Was wollen Sie?»

«Sehen Sie sich die Seite an.»

«Was? Ich verstehe nicht.»

«Die Facebook-Seite, Frisch. Mehr sage ich am Telefon nicht.»

Frisch. Haddad sah auf den Bildschirm, um sich zu versichern, dass das Überwachungssystem den Anruf aufzeichnete.

«Okay, ich riskiere einen Blick», sagte Frisch.

«Ist alles in Ordnung? Läuft alles nach Plan? Ich habe eine Menge Geld ausgelegt.»

«Um Sie kümmern wir uns, Yuri.»

«Das klingt, als wollten Sie mich umbringen. Sie wissen schon, zum Schweigen bringen.»

Das leere Zischen in der Verbindung klang bedrohlich.

«Frisch, sind Sie noch da?»

«Ich werde Sie nicht umbringen, Yuri. Sie und ich, wir haben eine sehr ertragreiche Zukunft vor uns.»

«Gut zu hören.»

«Es sei denn, Sie machen mit dieser Leidensnummer weiter. Ich hasse Bedürftigkeit. Hören Sie auf damit, oder ich knips Sie doch noch aus.» Frisch gluckste und legte auf.

Haddad zog den Kopfhörer auf die Schultern. «Na, das ist einer, der weiß, wie man seine Leute motiviert.»

Bei Facebook ohne spezifische Hinweise nach etwas zu suchen, konnte Stunden dauern, ja Tage. Weshalb es so viele Kriminelle mit einer Gruppenseite nutzten. Indem sie die Sprache unschuldig hielten, entgingen sie den polizeilichen Algorithmen und versteckten ihre Gruppe tief zwischen Millionen anderen. Aber Haddad musste die Seite finden, von der Lifshitz gesprochen hatte, und ihr stand kaum Zeit zur Verfügung. Wenigstens hatte sie Ivin. Er saß im Auto und führte Todd und Kinsella zu seiner nächsten Station. Sie rief sein Handy an. Er nahm ab.

«Hier ist Special Agent Haddad. Wo sind Sie, Jon?»

«Ich fahre gerade in Richtung 59th-Street-Brücke.» Ivin klang, als hätte er eine kalte Dusche genommen. Kribbelig. Viel zu lebendig.

«Ich brauche den Namen der Facebook-Seite, über die Frisch mit seinen Teams kommuniziert.»

«Den Scuba Club?»

«Den was?»

«Die offizielle Seite des Tauchclubs harter Gentlemen des Pethel Sing.»

Sie notierte sich den Namen. *«Pethel Sing?»*

Er buchstabierte es für sie. «Das ist Javanisch. Weil das niemand spricht.»

«Ja, kapiert, aber was heißt es?»

«Der Hammer, der alles zertrümmert. So was in der Art.»

Haddad riss das Blatt von ihrem Notizblock und legte auf. Niemand würde den obskuren Namen dieses Clubs aus Versehen eingeben. Man musste schon wissen, dass er existierte, um ihn zu finden.

Sie öffnete Facebook und hoffte, es war die richtige Seite. Vielleicht hatte Lifshitz eine andere gemeint, nicht die, über die Frisch Nachrichten an seine Agenten im Einsatz wie Ivin schickte.

Die Seite erschien auf dem Bildschirm. Haddad atmete tief durch. Sie war es. Der letzte Post trug das Freedom-Coin-Logo. Lifshitz musste es eilig gehabt haben, keine Zeit für Versteckspiele. Haddad zuckte mit den Achseln. Alle sind in irgendeiner Hinsicht Tölpel. Schließlich war das der Mann, der vertrauliche Gespräche mit einem schnurlosen Telefon führte.

Lifshitz hatte gepostet: «Ihr Fahrer ist gekippt. Achtet auf Eis hinter ihm.»

«Scheiße.» Haddad griff nach ihrem Telefon und rief Todd an.

Todd telefonierte, der Anklopfton ertönte. «Bill, geh ran.» Haddad knallte den Hörer auf die Gabel. «Ist schon okay», flüsterte sie und beruhigte sich. Sie hatte sie am Wickel, Lifshitz und Frisch. «Es kommt alles in Ordnung.» Solange sie ihre Agenten warnte.

Sie wählte Kinsellas Nummer.

Kapitel 40

Der Duft von Kardamom und Muskat wehte von den alten Sandsteinhäusern herüber, als die Männer die Kisten innen vor der Mauer des Lagerhauses abstellten. Verrazzano musste daran denken, wie er durch die Kasbahs des Nahen Ostens und Nordafrikas gewandert war und diese Gerüche genossen hatte, genau wie die Geschäftigkeit und das Leben überall. Jetzt drückten sie ihm auf die Brust, was wohl die Nachwirkungen des Nervengases waren, das da immer noch in seine Lunge stach. Abu Jihad stand neben dem metallenen Rollladen des Eingangs und trieb seine Leute an, sich zu beeilen.

«Wann werden wir aktiv, Dom?», sagte Quanah.

«Lass sie erst mal abladen.» Verrazzano ging zum Boss der Truppe. «Bald sind Sie der mächtigste Mann in Damaskus, Abu Jihad.»

«Dann wird Ihr Präsident bei den Vereinten Nationen Sanktionen gegen *mich* vorschlagen.»

Seine Männer stimmten in sein Lachen ein, während sie die letzte Kiste hereinschleppten. Der Tieflader legte den ersten Gang ein und fuhr aus der Kasbah. Der Pick-up Abu Jihads setzte rückwärts ins Lagerhaus. Sie ließen den Rollladen herunterdonnern.

Eine nackte Glühbirne hing etwa in Kopfhöhe an einem langen, baumelnden Kabel. Der Raum hatte etwas düster Klaustrophobisches. Die Araber sammelten sich um die Amerikaner.

«Danke, mein Freund.» Abu Jihad fasste Verrazzano bei

den Schultern und küsste ihn auf beide Wangen. Das Gleiche folgte mit Quanah. «Trinken wir Tee.»

Einer holte einen Campingkocher.

«Ich mag meinen Tee mit viel Zucker.» Abu Jihad hielt Verrazzanos Hand. Der trockene Schweiß seiner Kleider überdeckte den Geruch der Gewürze in der Luft.

«Nicht für mich, danke», sagte Verrazzano.

«Ihr Amerikaner achtet gern auf eure Gesundheit. Ihr habt alles, also müsst ihr zeigen, dass ihr euch etwas versagen könnt.»

«Genau so sind wir.»

«Wenn man mit nichts lebt, wie wir in Syrien, lehrt einen der Mangel alle möglichen Listen. Die Amerikaner müssen sich nicht um Engpässe sorgen, deshalb sind sie so vertrauensvolle Seelen.» Abu Jihad drückte Verrazzano die Mündung seiner Pistole in den Nacken. «Zu vertrauensvoll, habe ich recht?»

«Sie beweisen es mir gerade.»

«Das ist mehr als nur Theorie.»

Abu Jihads Männer hoben ihre Sturmgewehre und richteten sie auf die Amerikaner.

«Wie sieht's aus mit deinem Plan, Dom?», sagte Quanah.

Einer der Männer kam mit einem Armvoll Gasmasken aus der düsteren Tiefe des Raumes. Er verteilte sie.

«*Ya salaam*. Oje.» Abu Jihad machte ein trauriges Clownsgesicht und sah Quanah und Verrazzano an. «Für euch haben wir keine.»

Die Männer zogen ihre Kufiyas herunter und setzten die Masken auf. Mit einem Fingerschnipsen befahl Abu Jihad, eine der Sarin-Kisten zu öffnen, und gab Verrazzano einen sanften Klaps auf die Wange. «Ich würde euch ja gerne glauben, was das Zeug betrifft, aber ich denke, ich probiere es lieber aus. Nur, um sicherzugehen, okay? Sehen wir mal, wie lange es dauert, bis euch das Sarin umgebracht hat.»

Einer seiner Leute drehte eine Granate in den Händen und überlegte offenbar, wie man sie aktivierte. Abu Jihad schimpfte ungeduldig auf ihn ein. Die anderen bellten gute Ratschläge durch ihre Masken.

«Es ist Zeit, was zu unternehmen, Dom», sagte Quanah. «Die Typen wollen uns umbringen.»

«Sie wollen es *versuchen*», sagte Verrazzano. «Die armen Schweine.»

Er trat vor. Der Mann, der ihn und Quanah in Schach halten sollte, stieß sein Sturmgewehr vor. Verrazzano achtete nicht weiter auf ihn. «Hey, Abu Jihad. Eine dieser Kisten enthält einen Ortungschip, der meinen Leuten sagt, wo das Sarin ist. Sie werden euch finden.»

Der Rebellenführer schob sich die Gasmaske vom Gesicht. «Wenn ihr ‹Leute› in der Nähe habt, warum habt ihr das Sarin dann nicht selbst geholt? Warum habt ihr mich dafür gebraucht?»

«Es bot sich an. Sie und ich, wir stehen auf derselben Seite. Meine Leute wollen auch einen Regimewechsel. Genau wie Sie.»

«Du hast ja keine Ahnung, was *ich* will.»

Der Mann mit der Granate trat neben Abu Jihad. Er machte eine Geste und rief etwas durch seine Maske.

«Ihr werdet euch freuen zu hören, dass wir wissen, wie man mit so einem Ding umzugehen hat», sagte Abu Jihad.

Ein anderer Mann brachte den Campingkocher. Er stellte ihn auf den Boden, klappte ihn auf, nahm die Brennerkappe herunter und legte das kleine Messingventil für das Propangas frei. Der Mann mit der Granate hob sie an und knallte sie mit Wucht auf das hervorstehende Ventil.

«Er versucht, den Schlagbolzen zu treffen», sagte Quanah. «Das blöde Arschloch lässt das Ding hochgehen.»

Die Granate rutschte zur Seite ab und klemmte dem Mann einen Finger ein. Er fluchte und versuchte es gleich noch einmal.

«Es wird noch weit stärker schmerzen, wenn es ihm die Hand wegreißt», sagte Quanah.

«Nicht so sehr wie uns, wenn die Ladung hochgeht.» Verrazzano schob die Kalaschnikow ihres Bewachers zur Seite. «Abu Jihad, ich meine es ernst. Unsere Leute folgen dem Peilsender. Sie werden bald hier sein. Wollen Sie dann einen toten amerikanischen Agenten und einen Vertreter der Vereinten Nationen hier liegen haben?»

«Wenn eure Retter kommen, bringe ich sie ebenfalls mit dem Sarin um.» Abu Jihad brummte zu dem Mann mit der Granate hin: «Mach es diesmal richtig.»

Der Mann brachte die Granate in Position und schlug hart mit der Hand darauf. Der Zünder und der untere Teil des Behälters explodierten. Der Mann ließ die Granate fallen und schrie. Seine Hand war ein blutiger Klumpen. Die anderen Männer drängten sich um ihren verwundeten Kameraden, griffen nach ihm und schrien panisch durcheinander.

Propangas zischte aus dem Campingkocher. Die Sarin-Granate vibrierte auf dem Boden. Die Chemikalien vermischten sich. Hinter den verschmierten Gläsern seiner Gasmaske strahlte Abu Jihad, als wäre das Ding eine Wunderlampe, die ihm seinen Wunsch nach Macht über Menschenleben gewährte.

Durch den Tumult um den brüllenden Verletzten und seine verstörten Kameraden hörte Verrazzano ein neues Geräusch. Etwas schlug von außen gegen den verschlossenen metallenen Rollladen, fiel herunter und kam offenbar auf den Steinen davor zur Ruhe. Da war jemand, und er wollte herein. *Die sprengen die Türe mit einer Handgranate auf*, dachte Verrazzano. Das gab ihm acht Sekunden, um sich in Sicherheit zu bringen.

Abu Jihad hatte das Geräusch ebenfalls gehört. Sein Blick schoss zum Eingang hinüber. Verrazzano stürzte sich auf ihn. Sein gesamtes Körpergewicht in den Schlag legend, rammte er Abu Jihad den Unterarm gegen die Kehle. Der Milizenführer taumelte gegen die Mauer und würgte.

Der menschliche Körper kann einiges an Schmerz vertragen, nur keine tatsächlich ernsthaften Verletzungen. Verrazzano wollte seinen Gegner nicht verprügeln, das war was für Schuljungen. Er setzte Abu Jihad mit seinem Schlag gegen den Hals außer Gefecht. Er wollte ihn ausschalten, damit er sich um dessen Handlanger kümmern konnte, bevor sie reagierten. Verrazzano stieß seinen Arm zwischen die Schenkel des Gangsters, hob ihn hoch, schleuderte ihn mit den Beinen in die Luft und rammte ihn mit dem Kopf auf den Boden. Er riss Abu Jihad die Gasmaske herunter und warf sie Quanah zu. «Setz sie auf.»

Die schockierten Gangster starrten ihren Anführer an, der mit gebrochenem Genick und zertrümmertem Schädel auf dem Boden lag. Verrazzano packte den Mann, dessen Hand von der Granate zerfetzt worden war, zog dem verblüfften Kerl die Gasmaske herunter und setzte sie sich selbst auf. Verwirrt hoben die anderen zurückweichend ihre Gewehre.

«Runter», schrie Verrazzano.

Quanah warf sich unter den Pick-up.

Verrazzano riss im Abtauchen die Makarow-Pistole aus dem Gürtel des toten Anführers, griff sich die Sarin-Granate und rollte mit ihr unter den Truck. Die Gangster gingen in die Knie und zielten in die Finsternis zwischen den

Rädern, aber der Mann mit der zerfetzten Hand lag ihnen im Weg. Er wand sich hin und her, das Sarin brachte ihn um. Umsonst schrien sie ihn an, aus dem Weg zu gehen, die schrillen Stimmen von den Gasmasken gedämpft.

Eine mächtige Druckwelle ging über Verrazzano hinweg. Der Rollladen hinter dem Pick-up explodierte, und eine Rauchwolke schloss die längst hysterischen Gangster ein. Maschinenpistolen feuerten durch die Öffnung des Eingangs. Die orientierungslosen Männer zuckten im Kugelhagel.

Vier Stiefelpaare kamen an Verrazzanos Versteck vorbei. Wohl ausbalanciert und in sicherem Abstand. Die Knie reaktionsbereit gebeugt. In den schwarzen Stiefeln steckten schwarze Cargo-Hosen.

Immer mehr Sarin trat aus dem aufgerissenen Behälter neben Verrazzano.

Die Neuankömmlinge schickten Kugeln in die Köpfe von Abu Jihads Männern. In jeden Einzelnen.

«Riechst du Gas?» Eine amerikanische Stimme, langsam und tief. «Dreh den Campingkocher aus.»

Einer der Männer nahm den umgekippten Brenner. Er drehte den Verschluss zu.

Der Typ hat das Propan gerochen, dachte Verrazzano. *Sie tragen keine Masken.*

«Seht hinten nach», sagte der Amerikaner. «Seht nach, ob da noch mehr von den Arschlöchern sind.»

Eine Antwort auf Englisch, mit arabischem Akzent. «Ja, Mister Lance.»

Lance. Der Molnir-Mann, der zu krank gewesen war, um das Sarin zu bewachen. Der Diebstahl der Kisten hatte ihn zum Handeln gezwungen. Gerade rechtzeitig, um Verrazzano zu retten.

Aber das war nicht gut für Lance.

Der Texaner schnüffelte und hustete. «Scheiße.»

«Fühlen Sie sich immer noch schlecht, Mister Lance?»

«Meine Brust ... Großer Gott, da tritt Sarin aus. Raus hier.» Lance stolperte am Pick-up vorbei, die Stiefel Zentimeter vor Verrazzanos Gesicht.

«Tritt aus? Ich habe das Ventil zugedreht, Mister Lance.» Der Araber hustete, fiel auf die Knie und wand sich auf dem Betonboden. Er spuckte und würgte und streckte einen Arm nach Verrazzano aus. Dann wurde er still. Die übrigen Schwarzen waren ebenfalls bereits erstickt, um die Kisten mit dem Sarin herum.

Verrazzano klopfte Quanah auf die Schulter. Sie krochen unter dem Truck hervor. Verrazzano nahm eine Maschinenpistole und trat hinaus in die Kasbah.

Die Straße war leer, die Anwohner versteckten sich vor der gefährlichen Dunkelheit. Verrazzano atmete erleichtert durch. Das Sarin der einzelnen Granate würde sich schnell in der Luft verflüchtigen. Wenn Damaskus aufwachte, würde es nur mehr in einer harmlosen Konzentration vorhanden sein.

Lance lag in einer Pfütze seines eigenen Erbrochenen, zitternd, rotgesichtig und nach Luft schnappend. Sarin war geruchlos, seine Wirkung nicht. Lance hatte seine Eingeweide entleert.

Verrazzano griff in die Tasche. Er nahm die Autoinjektions-Spritze Atropin, die ihm der Forensiker im Labor des ICE-Büros gegeben hatte, drehte Lance auf den Bauch und riss den Ärmel seines T-Shirts hoch.

Er stieß ihm den Autoinjektor in den Trizeps. Die orangefarbene Spritze speiste das Gegengift in den sterbenden Amerikaner.

Kapitel 41

Kinsella folgte dem Lincoln die lange Steigung der Auffahrt zur Queensboro Bridge hinauf. Sie redete mit Ivin über die Freisprechanlage. «Haben Sie die Adresse Ihrer nächsten Station bekommen?»

«Sie wollen sich melden, wenn ich näher dran bin. Bisher weiß ich nur, dass dieser Chavez in Queens wohnt.» Ivins Stimme klang grell und nervös, fast mädchenhaft.

«Wer wird Sie anrufen? Frisch?»

«Ich weiß nicht mal, ob Mr Frisch über die Sache informiert ist.»

«Wollen Sie mir etwa sagen, das macht einer unter der Hand? Ist ja nett, dass Sie mich für ein so unschuldiges junges Ding halten, Jon, aber jetzt mal halblang, okay? Das kaufe ich Ihnen nicht ab.»

«Mr Frisch kümmert sich um die großen Aufträge mit der Regierung und so weiter. Das ist *sein* Job. Kleine Scheißer wie ich forschen nach eigenen Gelegenheiten. Wenn's klappt, holen wir ihn mit rein.»

Todd fragte vom Beifahrersitz: «Könnte Chavez ein weiteres Sarin-Opfer sein?»

«Ich habe den Mann noch nie gesehen. Ich habe keine Ahnung, was er macht, und ihm auch nie Geld gebracht oder ihn irgendwohin gefahren.»

«Vielleicht ist er erst kürzlich vergiftet worden?»

Sie fuhren oberhalb der Schnellspuren des Franklin D. Roosevelt Drive und kamen über den East River. Ein silberner Nissan Titan überholte die ICE-Agenten. Der

Truck schien unter dem Dach des unteren Decks entlangzuschrammen.

Der Lincoln überquerte die erste Hälfte der Brücke nach Roosevelt Island. Todds Telefon vibrierte. Er nahm ab. «Ja?»

«Ich bin's, Roula. Der Freedom-Coin-Typ hat Molnir wegen Ivin gewarnt. Er weiß, dass wir ihn bei uns hatten.»

Ein Krachen und quietschende Reifen lenkten Todds Aufmerksamkeit zurück auf die Straße. Ivins Lincoln schleuderte quer übers Deck vor ihnen. Die Reifen des Town Car spuckten blauen Rauch, während Ivin ihn zurück in die Spur zu bringen versuchte. Der riesige Nissan hatte ihn gerammt und hielt erneut auf die Limousine zu.

«Was macht der denn?» Todd starrte nach vorn. «Großer Gott, der greift Ivin an.»

«Was ist da los?», rief Roula am anderen Ende.

«Ich würde sagen, deine Information wird hier gerade bestätigt.» Todd legte auf.

Der Nissan traf die Motorhaube des Lincoln direkt vorm Vorderrad. Ivin versuchte dem Truck zu entkommen, indem er Gas gab, wurde aber von dessen Kotflügel gestoppt. Sein Schrei schallte aus der Freisprechanlage im Dodge der ICE-Agenten.

«Ivin, bremsen Sie und bleiben Sie stehen», rief Kinsella. «Ivin, verstehen Sie mich? Jon?»

Ivin hörte nicht zu. Sein Town Car ruckte vor, er versuchte der Bedrohung zu entfliehen.

Der Nissan schob ihn gegen die knapp einen Meter hohe Betonbegrenzung am Rand der Brücke. Funken flogen über das Dach des Lincoln.

Todd öffnete das Seitenfenster und zog seine Pistole.

«Ziel nicht auf die Reifen. Dafür haben wir keine Zeit», rief Kinsella. «Schalte den Fahrer aus.»

Todd starrte sie an. Da war er wieder, der Schuss, den er

nicht hatte abfeuern können, um Pangiottis zu überwältigen, bevor die Drecksau die Pistole hob.

«Bill, jetzt schieß schon.»

Ivins Schrei schallte aus dem Lautsprecher, und Kinsella brüllte Todd an: «Los, Bill. Schieß.»

«Halt den Wagen ruhig, sonst treffe ich gerade mal Queens.» Todd schob sich mit dem Oberkörper aus dem Fenster des dahinrasenden Dodge. Sein erster Schuss traf die hintere Klappe des Nissan.

Ein Mann beugte sich aus dem Beifahrerfenster des Trucks. Er trug eine Strickmütze mit herausgeschnittenen Löchern für die Augen und richtete eine Maschinenpistole auf die ICE-Agenten.

Todds zweiter Schuss zertrümmerte die Heckscheibe des Nissan. Der Truck schwenkte vom Lincoln weg und rammte ihn noch einmal mit voller Wucht. Der vordere Teil der Limousine hob vom Boden ab.

Die Kugeln der Maschinenpistole schlugen auf dem Beton neben dem Dodge auf. Die Hand des Schützen flog hoch, und die nächste Salve ging in die Brückendecke. Todd hörte die sirrenden Querschläger und das Quietschen der Reifen und das Krachen bremsender und kollidierender Wagen hinter ihnen.

Der Truck stieß gegen die schwarze Limousine, die sich auf den Ausläufer am unteren Rand der Betonmauer schob.

«Er fliegt raus», rief Kinsella.

Die Reifen des Nissan qualmten. Der Town Car hob sich. Er fuhr jetzt auf den Rändern der linken Räder, sein Unterboden schabte an der Mauer entlang. Der Motor des Nissan stöhnte, ächzte und drückte den Lincoln immer weiter nach außen.

Dann war die Limousine in der Luft, und die Brücke schien mit einem Mal in Stille zu versinken.

Der Lincoln rammte die Träger der Brücke und wurde nach außen geschleudert. Wie ein Skispringer, der sich in seinen Sprung beugte, flog er über das Halbdunkel des Fußgängerwegs. Der Maschendrahtzaun hinter dem Fahrradweg schien ihn einen Moment lang aufhalten zu wollen, doch dann brach der Wagen durch und verschwand außer Sicht.

«Herr im Himmel», sagte Kinsella.

Der Mann mit der Mütze griff ins Führerhaus des Nissan und kehrte mit einer Granate zurück. Todd zielte auf ihn.

Die Granate flog über die Ladefläche des Trucks und steuerte über den Beton auf den Dodge zu.

Todd drückte ab. Er hatte den Mann genau im Visier.

Kinsella riss das Steuer herum, um der Granate auszuweichen, Todds Arm fuhr hoch, und sein Schuss ging über den Fluss.

Die asymmetrische Form der Granate führte dazu, dass sie nach rechts flog, genau dahin, wohin Kinsella ausgewichen war. Sie trat voll auf die Bremse. Der Dodge schlitterte über zwei Spuren und stieß mit der Seite gegen die Betonmauer. Der Motor ging aus.

«Nichts wie raus.» Kinsella warf sich aus dem Wagen.

Todds Tür stieß gegen die Mauer. Sie ließ sich nicht öffnen. Panik erfasste ihn. Er saß in der Falle.

«Bill, komm schon.» Kinsella hämmerte gegen das Auto.

Todd zwang sich aus der Sackgasse seiner Panik, kroch aus dem Beifahrerfenster auf die Betonmauer und balancierte darauf zwischen Straße und Fußgängerweg vom Auto weg. Vierzig Meter unter ihm senkte sich die Haube von Ivins Town Car in den Fluss, und der Wagen verschwand.

«Beweg dich, verdammt.» Kinsella zog Todd auf die Fahrbahn. Er nickte stumm. Da oben war nicht der richtige Ort, wenn die Granate losging. Er rannte hinter Kinsella her.

Der Tank des Dodge explodierte gleich nach der Granate. Die Hitze des Flammenmeers wehte Todd über den Rücken. Die heiße Luft gellte wie ein raues Lachen in seinen Ohren.

Der Truck raste weiter in Richtung Queens Boulevard. Kinsella starrte ihm hinterher. Dann sah sie Todd an.

«Ich war plötzlich wie gelähmt», sagte er.

Sie blitzte ihn an, doch dann milderte sich ihr Blick. «W-w-w-wie g-g-g-gelähmt. Das passiert, Mann. Die Nummer war nicht gerade alltäglich.»

Sie beugte sich über die Brüstung und ließ den Blick über die graue Oberfläche des East River gleiten.

Todd schüttelte den Kopf. «Ivin ist weg. Der Wagen ist versunken.»

Kinsella trat gegen die Brüstung. «Und damit auch unsere Chance, diesen Chavez zu kriegen.»

Kapitel 42

Ein holländischer Arzt verfrachtete Lance in den obersten Stock des Hotels, in dem die Chemiewaffen-Inspektoren der UN untergebracht waren. Verrazzano sah sich um. So stellten sich Männer, die noch nie bei einer Hure gewesen waren, ein Bordell vor. Napoleon-Stühle, eine samtene Chaiselongue, ein vergoldeter Rokoko-Spiegel. Der Molnir-Mann blitzte Verrazzano mit bösartigen, glasigen Augen an. Er versuchte etwas zu sagen, krümmte sich aber nur. Der Arzt schob ihm eine Sauerstoffmaske über den Mund.

«Er ist gefährlich», sagte Verrazzano.

«Ich bin nicht unbedingt ein Macho, aber gegen einen Mann, der Sarin eingeatmet hat, werde ich mich schon wehren können. Am liebsten würde ich ihn ins Krankenhaus bringen.»

«Das kommt noch. Im Augenblick ist es einfacher, ihn hier unter Beobachtung zu halten. Ein Krankenhaus ist zu offen, zu unsicher.»

«Sie meinen, jemand könnte versuchen, ihn zu befreien?»

«Oder ihn zu töten. Erlauben Sie ihm keinerlei ...» Verrazzano unterdrückte einen Hustenreiz. Der Schmerz in seiner Brust ließ ihn zusammenzucken. «Erlauben Sie ihm keinerlei Kommunikation.»

«Der Husten ... Haben Sie auch was abbekommen?»

Die schlimmsten Leute und die schlimmsten Dinge dieser Welt.

«Machen Sie sich um mich keine Sorgen.»

Der Arzt fuhr sich mit der Zunge über die Lippen und wandte sich wieder seinem Patienten zu.

Lance lebte, aber Verrazzano musste ihn zum Reden bringen. Vielleicht wusste er Einzelheiten über die Attacke, von der Dr. Weston gesprochen hatte. Vielleicht lieferte er ihnen einen Grund, Tom Frisch festzusetzen. Oder zumindest eine neue Spur. Verrazzano wusste immer noch nicht, wie viel Zeit ihnen noch blieb. Und wo die Attacke stattfinden sollte. Sein Telefon vibrierte. Er antwortete.

«Roula hier. Der Limo-Fahrer ist tot. Jemand hat seinen Wagen auf der 59th Street Bridge gerammt. Noelles und Bills Wagen haben sie ebenfalls in die Luft gejagt.»

«Sind sie verletzt?»

«Die beiden sind in Ordnung. Ivin wollte sie zu seiner nächsten Auszahlung bringen, zu einem Mann in Queens namens Chavez. Jetzt haben wir keine Möglichkeit mehr, ihn ausfindig zu machen.»

«Wie steht es mit der Telefonüberwachung von Freedom Coin?»

«Yuri Lifshitz ist über einen Facebook-Post in den Mord an Ivin involviert. Aber nicht in die Sarin-Sache. Wir wissen immer noch nicht, ob es sich um einen Plan von Molnir oder nur von einigen ihrer Leute handelt.»

«Keine Verbindung zu Frisch?»

«Der Freedom-Coin-Mann hat Frisch angerufen und davon gesprochen, viel Geld für ein Projekt zur Verfügung zu haben. Meinst du, es könnte um den Kauf von Sarin gehen?»

«Nein. Molnir hat das Sarin aus dem Irak, ohne dafür zahlen zu müssen. Aber vielleicht gibt es noch eine andere Transaktion. Eine Zahlung an jemanden in New York, um die Attacke voranzubringen. Bill und Noelle sollen den Freedom-Coin-Mann zum Verhör holen. Grillt ihn in Bezug auf eine mögliche Zahlung für eine Leistung oder eine Bestechung.»

Quanah trat mit einer schlanken Frau und zwei massigen Arabern aus dem Aufzug.

«Ich muss Schluss machen, Roula.» Verrazzano legte auf.

Der Arzt kam aus Lances Zimmer. Er lächelte der Frau zu. «Hallo, Caroline. Das hier ist Special Agent Verrazzano.»

«Ich gehöre zum Chemiewaffen-Team der UN.» Caroline hatte einen australischen Akzent. Sie schien so viel Schwung zu besitzen wie ein Zwinger voller junger Spaniels. «Verrazzano, wie die Brücke, oder?»

Zwei Tage voller Anspannung hatten ihn ausgelaugt, und so sagte er nur: «Ja, wie die Brücke.»

«Wir bereinigen die Situation, sobald es geht.» Sie warf einen Blick zu Lances Zimmer hinüber. «Wie geht es unserem Patienten?»

«Seine Symptome sind nicht so übel wie der Ausdruck auf seinem Gesicht.»

Quanah zeigte mit dem Daumen auf die zwei stämmigen Araber. «Die beiden werden auf Lance aufpassen, während wir uns um das Sarin kümmern.»

Die Wachen trugen Sonnenbrillen und hatten Pistolen im Gürtel stecken. Sie nickten Verrazzano mit ausdrucksloser Höflichkeit zu.

«Der Mann dort im Zimmer wirkt sehr schwach», erklärte er ihnen. «Aber lassen Sie sich nicht täuschen. Er ist äußerst gefährlich. Seien Sie wachsam, und achten Sie auf jeden, der versuchen könnte, ihn hier herauszuholen. Ich möchte Sie nicht beide gemeinsam auf dem Flur. Einer muss ständig drinnen bei Lance sein, okay?»

Die Männer senkten die Köpfe und nahmen ihre Positionen ein.

«Also dann», sagte die Australierin. «Gehen wir, und sehen wir uns das Nervengas an, das ihr Jungs gefunden habt.»

Verrazzano ging mit Quanah und ihr zum Aufzug. «Das kriegst du allein hin, Quanah. Ich muss mich um etwas anderes kümmern.»

Quanah folgte ihm mit der Australierin in den Aufzug. «Auf keinen Fall. Ich bleibe bei dir.»

«Wir schaffen das auch allein mit Ihnen, Quanah», sagte die Australierin.

Quanah sah sie nicht an. «Ich würde es vorziehen, wenn uns Special Agent Verrazzano begleitet.»

Sie kamen in die Hotelhalle. Die Chemiewaffen-Experten der UN hatten sich bereits an der Tür versammelt und schwitzten in hellblauen Polypropylen-Schutzanzügen. Ihre Atemschutzmasken hielten sie in der Hand. Verrazzano nahm die Frau beim Arm.

«Gehen Sie keinerlei Risiko ein», sagte er.

«Sarin ist ein schreckliches Gas», erwiderte sie. «Seit 1993 geächtet, aber was besagt das schon? Wenn es einer benutzen will, ist er wahrscheinlich nicht der Typ, dem internationale Abmachungen und Menschenrechte auch nur so viel bedeuten.»

«Dachten Sie, Syrien sei sauber?»

«Offiziell, ja. Die Regierung hat sich ziemlich beeilt, uns ihre Bestände zu übergeben. Bis Mitte 2014 hatten wir alles entsorgt. Soweit wir wussten.»

«Aber?»

Sie winkte den UN-Leuten zu und trat hinaus in die Nacht. «Wir nehmen an, dass es noch Bestände gibt. Offen gesagt, ist die Regierung nicht unsere größte Sorge. Die Wahnsinnigen vom Islamischen Staat haben im Irak Nervengas eingesetzt. Wir rechnen auch hier damit. Entweder kaufen sie das Gas irgendwo, oder sie haben es aus einem eroberten Regierungsdepot. Die Syrer hatten seit den Siebzigern ein Chemiewaffenprogramm. Hauptsächlich VX und Sarin, aber auch Hautkampfstoffe wie Senfgas. Mittlerweile sind wir ziemlich sicher, dass es keine Produktionsstätten mehr gibt.»

«Die Ladung, die wir gefunden haben, stammt aus dem Irak.»

Caroline wirkte ruhig und nachdenklich. «Ich nehme an, ich komme noch eine Weile nicht nach Hause zu meinen Kindern. Quanah sagt, das Sarin lagert hinter dem Mausoleum Saladins?»

«Er zeigt Ihnen den Weg.»

Quanah wollte protestieren. Die Australierin sah ihn mit zusammengezogenen Brauen an. Verrazzano beeindruckte ihre Autorität. Quanah schnaufte unwillig, sagte aber nichts.

«Erklären Sie mir, wie Sie das Gas beseitigen», sagte Verrazzano.

«Nach Quanahs Beschreibung», antwortete sie, «gehe ich davon aus, dass wir die Menge hier vor Ort bewältigen können.»

«Auf dem UN-Gelände?»

«Es gibt eine Anlage in der Wüste, außerhalb von Damaskus, mit sehr hoher Sicherheitsstufe. Wir haben da ein mobiles Hydrolyse-System. Haben Sie so was schon mal gesehen?»

«Nein. Das ist neu, oder?»

Sie kletterte ins Führerhaus eines weißen Trucks mit einem großen «UN» auf den Seiten und auf der Motorhaube. «Noch keine zwei Jahre alt. Wir haben Glück, über so ein System zu verfügen. Das Pentagon hat es entwickelt, weil man davon ausging, immer wieder chemische und biologische Kampfstoffe in kleinen Mengen zu finden, und das an Orten, wo eine große Operation kaum durchführbar ist.»

«Wie lange wird es dauern?»

«Wenn wir das Sarin erst mal da haben, nicht länger als eine Stunde. Wollen Sie es sich ansehen?» Sie schlug die Tür des Trucks zu und lächelte durchs offene Fenster. «Sieht aus wie eine Schwarzbrenner-Destille von Rube Goldberg. Ein großer, etwa sechs Meter hoher Messingkessel, und überall Rohre, um das Gas mit dem Neutralisierungsstoff zu vermischen. Da warten fünfzehn Techniker darauf, dass wir das Sarin bringen.»

Verrazzano stand an ihrem Fenster, während Quanah mit in den Wagen ihres Teams stieg. «Wie funktioniert die Neutralisierung?»

«Das Sarin wird zusammen mit dem Neutralisierungsstoff in die Mischbehälter gespeist.»

«Und was für ein Stoff ist das?»

Sie lehnte sich aus dem Fenster und flüsterte: «Ich verrate Ihnen ein kleines Geheimnis: Wissenschaft ist nicht immer kompliziert. Es ist Wasser.»

«Wasser? *Das* ist der Neutralisierungsstoff?»

Einer der UN-Experten kam vorbei und drückte Verrazzano ein Atemgerät in die Hände.

«Wasser bricht die Verbindung zwischen dem Phosphor und dem Fluor», sagte Caroline. «Übrig bleibt einfacher Industriemüll. Verstehen Sie mich nicht falsch. Es ist nicht einfach, das zu tun, ohne dass etwas davon freigesetzt wird. Es sei denn, Sie haben eine so gute Ausrüstung wie wir.»

«Und die besten Leute für den Job.» Verrazzano grinste zu Quanah hinüber. Sein alter Partner starrte ihn an. Verrazzano langte durchs Fenster und warf ihm das Atemgerät in den Schoß. Die Trucks fuhren los.

Nicht weit entfernt wartete ein Toyota Land Cruiser in der Dunkelheit vor einem mit einem stählernen Rollladen verschlossenen Schuhgeschäft. Der Fahrer betätigte die Lichthupe. Verrazzano wartete, bis die UN-Wagen um die nächste Ecke gebogen waren, und überquerte dann die Straße.

Marwan Touma drückte die hintere Tür des Land Cruisers auf, und Verrazzano setzte sich neben ihn. Der kräftige Fahrer musterte ihn im Rückspiegel, seine Miene so ausdruckslos wie die einer vierzigjährigen Stripperin.

Touma deutete auf sein verändertes Gesicht. «Ich sehe gut aus, was?» Seine Nase war kleiner als zu der Zeit, als Colonel Wyatt wollte, dass Verrazzano ihn tötete, die Augen wirkten größer, fast schon schreckensweit, und die Wangenknochen traten stärker hervor.

«Fakri Kawasma ist ein ziemlicher Hingucker», sagte Verrazzano.

Touma lachte und schlug ihm auf den Schenkel. «Aber drinnen ist Fakri immer noch so, wie es Marwan Touma war.»

«Das ist nicht heilbar.»

Der Palästinenser hob lächelnd den Finger. «Bis auf den Umstand, dass er von einem seiner Kunden genug amerikanischen Army-Slang gelernt hat, sodass ihn niemand mehr dazu bringen kann, seinen eigenen Tod zu bestellen.»

«Ich bin froh, dass Sie dazugelernt haben.»

«Als Sie Wyatts Befehl, mich zu töten, nicht befolgt haben, hätte ich wissen müssen, dass Sie eines Tages mit dem Gesetz in Konflikt kommen würden. Was, wie die meisten Menschen denken, normal ist.»

«Ich muss aus Damaskus weg.»

«Das heißt, Sie sind im Konflikt mit jemandem an einem Ort, an dem es kein Gesetz gibt?»

«So könnte man es ausdrücken.»

«Sie haben mich zu einer sehr guten Zeit angerufen, mein Lieber. Ich habe ein Flugzeug auf dem Flughafen. Es ist vor einer Stunde mit einer kleinen Ladung Waffen eingetroffen und fliegt in fünfundvierzig Minuten leer wieder weg.»

«Leer? Das verstehe ich nicht.»

«Trauen Sie mir nicht? Nun, ich mir auch nicht. Ich gebe meinem unnatürlichen Empfinden von Dankbarkeit dafür nach, dass Sie mein Leben geschont haben.» Touma erschauderte spielerisch, als ereilte ihn ein unangenehmes Gefühl. «Ich hoffe, ich werde nicht zu einem geläuterten Menschen.»

«Das geht vorüber.»

Die Stimme des Palästinensers verdunkelte sich. «Damit sind Marwan Touma und Dominic Verrazzano quitt, und Fakri Kawasma schuldet Ihnen nichts. Seien Sie zur vollen Stunde am Flughafen. Andere Flüge gibt es nicht. Mein Flugzeug ist leicht zu finden.»

Verrazzano stieg aus dem Wagen. Er spürte plötzlich, welche Strecke hinter ihm lag, seit er Touma verschont hatte.

Der Land Cruiser fuhr los. Verrazzano sah ihn hinter der nächsten Ecke verschwinden und hörte, wie sich das Motorengeräusch mit dem Gewehrfeuer aus den Vororten vermischte. Das Herz der Stadt war verängstigt, die Straßen rundum waren leer. Der Mond glitzerte auf dem Wasser des Barada, der sich zwischen faulendem Müll durch die Stadt wand.

Er lief zurück ins Hotel.

Kapitel 43

Todd lief hinter dem Freedom-Coin-Mann auf und ab. Lifshitz saß mitten im Befragungsraum. Er drehte seinen Stuhl um und folgte dem Agenten mit dem Blick. Kinsella lehnte an der Tür, um zu unterstreichen, dass da kein Weg hinausführte. Lifshitz bedeckte seinen Schritt mit den Händen, als wollte er seine Blöße bedecken.

«Sie sind in ziemlichen Schwierigkeiten», sagte Todd. «Wenn Sie nicht reden, landen Sie in der Todeszelle.»

«Was immer Sie gegen mich in der Hand haben mögen, ein Kapitalverbrechen ist es nicht. Und in New York gibt es sowieso keine Todesstrafe.»

«Nicht im *Staat* New York. Aber wir sind Bundesbeamte.»

«Ich kenne die Bundesgesetze. Worauf steht die Todesstrafe? Hochverrat? Spionage? So was haben Sie nicht gegen mich.»

Todd richtete den Blick auf Lifshitz' Stirn, gerade weit genug von den Augen entfernt, um entnervend zu sein, aber nicht so weit, dass er abgelenkt erscheinen könnte. Ein irritierter Mann redete eher als jemand, der sich sicher fühlte, ob schuldig oder nicht. Lifshitz mit dem elektrischen Stuhl zu drohen, diente ebenfalls dazu, ihn aus der Fassung zu bringen. Im Übrigen bestand die Möglichkeit tatsächlich.

«Yuri, Sie sind nicht der einfältige Chaot, als der Sie sich hier präsentieren», sagte Todd. «Bisher hat auf diesem Stuhl noch niemand mit einem Doktor in Systemdynamik vom MIT gesessen.»

«Das liegt nur daran, dass Sie mit der Technologie nicht Schritt halten. Wenn eure Leute erst mal im IT-Bereich aufholen, wird das hier ein Hotspot für Nobelpreisträger.»

«Sie hätten Jura studieren sollen. Hochverrat und Spionage sind nicht die einzigen Bundesanklagen mit möglicher Todesstrafe. Dazu kommen Genozide und Kriegsverbrechen. Was noch? Helfen Sie mir, Agent Kinsella.»

«Verschwörung zur Ermordung von Kongressmitgliedern», Kinsella zählte die Anklagen an ihren Fingern ab. «Ein erfolgreiches Attentat auf den Präsidenten, die Tötung eines Richters des Supreme Court.»

«Woher wissen Sie, dass ich ein hoch bezahlter Profikiller bin? Ist es mein gewandtes, gutes Aussehen? Meine katzengleiche Beweglichkeit?» Lifshitz' Lachen war wie das Scharren eines Tieres in einem Käfig. Sein Doppelkinn wabbelte.

«Drogenhandel im großen Stil», fuhr Kinsella fort. «Die Tötung von Menschen durch Sprengstoff. Die Tötung von Menschen durch chemische Kampfstoffe. Die Autorisierung des Mordes an einem Geschworenen oder Zeugen in einer laufenden Ermittlung. Es ist eine ziemlich lange Liste.»

«Jetzt lasst mich *euch* eine Stunde in Zivilrecht geben», sagte Lifshitz. «Bringt mir meinen Anwalt.»

Haddad hatte ihnen Verrazzanos Überlegung mitgeteilt, dass Freedom Coin womöglich eine Bestechung finanziert hatte. Todd wollte Lifshitz dazu befragen, aber erst ein wenig durcheinanderbringen. «Wir wissen, dass Sie in Kontakt mit Tom Frisch stehen.»

«Er ist ein Kunde. Das habe ich Ihnen schon gesagt. Ihrer Kollegin, der sexy Araber-Maus, habe ich Zugang zu seinem Konto gegeben.»

«Warnen Sie alle Ihre Kunden, dass Ihnen die Bundesbehörden nachspüren?»

«Ich will meinen Anwalt.»

«Warum haben Sie eine Nachricht auf dieser Facebook-Seite gepostet?» Todd zog ein Blatt Papier aus der Tasche und drückte es ihm in die Hand.

«Ich habe meine Lesebrille nicht dabei.» Er hielt sich das Blatt so nahe vors Gesicht, dass er daran zu riechen schien.

«Die offizielle Seite des Tauchclubs harter Gentlemen von Pethel Sing.» Todd zeigte mit dem Finger auf einen Avatar neben einem Post. «Das ist das Freedom-Coin-Logo, oder? *‹Ihr Fahrer ist gekippt. Achtet auf Eis hinter ihm.›* Erklären Sie mir das?»

Lifshitz' Adamsapfel schob sich in Zeitlupe in seine Kehle, als würde ihn eine normale Schluckgeschwindigkeit belasten. «Ich poste jeden Tag tausend verschiedene Sachen. Ich bin ständig online. Sieht aus, als wollte ich den Burschen aufziehen.»

«Welchen Burschen?»

«Den … vom Tauchclub.»

«Die Tauchclub-Gruppe wird von einem Facebook-Account mit einer japanischen E-Mail-Adresse geführt», sagte Todd. «Wir haben einen ICE-Agenten in Tokio, der den Web-Hosting-Service kontaktiert hat.»

Lifshitz sah, wohin das führte. Seine Gesichtszüge wurden starr.

«Die Hosting-Firma hat uns die Zahlungsweise des E-Mail-Besitzers genannt. Die Zahlungen erfolgen durch Freedom Coin, der Account lautet auf den Namen Tom Frisch.»

«Ja?»

«Das *‹Eis hinter ihm›*? Ich denke, das sind wir», sagte Todd. «*‹Ihr Fahrer ist gekippt›*? Frischs Chauffeur hat uns bei unseren Ermittlungen geholfen. Bis er ermordet wurde.»

Lifshitz ließ ein leises Würgen hören.

«Kommen wir auf die Liste der Kapitalverbrechen zurück, Yuri. Erinnern Sie sich, dass Special Agent Kinsella von der ‹*Autorisierung des Mordes an einem Geschworenen oder Zeugen in einer laufenden Ermittlung*› gesprochen hat? Wir befinden uns in Ermittlungen, und der Chauffeur war ein Zeuge.»

«Mein Post hat doch keinen Mord autorisiert.»

«Ich bin froh, dass wir uns einig sind, dass Sie das gepostet haben.» Todd warf Kinsella einen Blick zu.

Sie lächelte. «Ist notiert.»

«Aber der Fahrer wäre nicht ermordet worden, hätten Sie diese Nachricht nicht geschrieben. Ich denke, das lassen wir den Staatsanwalt entscheiden. Wir haben sowieso schnellere Möglichkeiten, Sie in die Todeszelle zu bekommen.» Todd schob einen Stuhl vor Lifshitz hin und setzte sich, groß und gerade vor den zusammengesunkenen, schwitzenden Mann. «Es sei denn, Sie reden.»

Lifshitz' Augen glühten. Er verbrachte so viel Zeit vor seinen Monitoren, dass ihre Leuchtdioden in seine Retinae gewandert zu sein schienen.

«Wir werden die Wahrheit herausfinden, Yuri», sagte Todd. «In diesem Moment durchforsten unsere Forensiker ihre Festplatten. Am Ende bekommen wir, was wir wollen. Aber dann könnte es zu spät sein. Wollen Sie eine Anklage wegen einer Tötung von Menschen durch chemische Kampfstoffe?»

«Eine was?»

«Frisch hat eine Ladung Sarin. Wissen Sie, was das ist?»

«Heilige Scheiße.» Lifshitz sackte noch weiter in sich zusammen.

«Hier in New York. Wenn Sie nicht reden, sind Sie am Ende des Tages Teil des schwersten Akts von Terrorismus und Massenmord, der je auf amerikanischer Erde begangen worden ist.»

«Das ist ja völlig irre.»

Es war an der Zeit, Verrazzanos Gedanken in das Verhör einzubringen. «Erzählen Sie mir von der Bestechung, Yuri.»

Lifshitz' Kopf fuhr hoch. Kinsella änderte ihre Sitzhaltung. Verrazzano hatte recht.

«Dafür brauchte Frisch Sie», sagte Todd. «Um nicht zurückverfolgbares Geld zu beschaffen. Um jemanden zu schmieren, der helfen könnte, diese Attacke auszuführen.»

«Es ging um einen lukrativen Security-Vertrag», sagte Lifshitz. «Frisch brauchte das Geld, um jemanden zu bestechen, der ihm den Zuschlag sichern konnte.»

«*Sie* haben die Bestechung gezahlt?»

«Dafür kriegen Sie mich nicht. Am Ende ist es nicht dazu gekommen. Der Junge hat nicht angebissen.»

Todd sah Kinsella an. Er wusste, dass sie das Gleiche dachte wie er. Was, wenn sie der falschen Sache hinterherjagten? Wenn Frisch mit seiner Bestechung nicht gelandet war, vielleicht war es damit dann vorbei? Vielleicht hatten Molnir und Freedom Coin vorgehabt, jemanden für einen Vertrag zu schmieren, aber ohne Erfolg, und die Sache war gestorben.

Kinsella schüttelte den Kopf, kaum erkennbar, aber Todd begriff: *Denk das nicht weiter. Bleib konzentriert.*

«Wen wollten Sie bestechen?», sagte er.

«Den Sicherheits-Chef einer großen Unternehmung», murmelte Lifshitz. «Ich habe keine Ahnung, von wem genau. Ich würde es Ihnen sagen. Und von dem Sarin weiß ich auch nichts. Denken Sie, ich will tatsächlich auf den Stuhl?»

Todd sprach leise und ruhig, doch Lifshitz scheute zurück, als schrie ihn einer in einer dunklen Gasse an. «Wird das Sarin da freigesetzt, wo dieser Sicherheits-Chef arbeitet? Sagt Frisch ihm, wenn er Molnir den Vertrag nicht gibt, kriegt er es mit der Mutter aller Sicherheitsverstöße zu tun?»

«Gott hilf mir. Ich weiß es nicht.»

Todd ging zu Kinsella hinüber. «Wenn wir diesen Security-Mann finden, haben wir wahrscheinlich auch das Ziel für das Sarin.»

«Denken Sie nach, Yuri», sagte Kinsella. «Versuchen Sie, sich an seinen Namen zu erinnern.»

Lifshitz' schwarzer Bart schimmerte verschwitzt. Sein Atem kam stoßweise und flach wie bei einem Marathonläufer auf den letzten Metern. «Irgendwas verdammtes Deutsches.»

«In New York City gibt es etwa drei Millionen Leute mit einem deutschen Familiennamen.»

«Nein, nein. Der Mann ist kein Deutsch-Amerikaner. Er ist Deutscher.»

Kapitel 44

Vor dem Hotelzimmer war nichts von den UN-Wachen zu sehen. Verrazzano konnte Lances texanischen Akzent hören. Er klang verzweifelt, als feilschte er mit einer Freundin, die ihn bereits fallen gelassen hatte. Ganz sicher redete er nicht mit dem holländischen Arzt.

Verrazzano ging zum nächsten Zimmer und klopfte leise. Drinnen war nichts zu hören. Er zog einen Arduino-Mikrocontroller von der Größe seiner Handfläche aus der Tasche. Schaltkreise und Chip lagen frei wie beim Motherboard eines Computers. Er wickelte das rote Kabel mit dem Hohlstecker ab.

Eine zweite Stimme schallte aus Lances Zimmer herüber, wütend, verächtlich, mit einem amerikanischen Akzent.

Verrazzano kniete sich hin und untersuchte die Unterseite des Kartenschlosses auf der Tür. Er fand die Stromdose, die das Hotel benutzte, um den Mechanismus zu betreiben und den Zweiunddreißig-Bit-Sicherheitscode zu übertragen, steckte den Hohlstecker hinein, der Mikrocontroller las den Sicherheitscode und speiste ihn ins Schloss ein. Das Licht wurde grün. Leise schob er die Tür auf, zog das Kabel aus der Dose und schloss die Tür hinter sich wieder.

Quanahs Wachen lagen tot in der Badewanne, die Beine auf den gekachelten Boden baumelnd. Der dünne weiße Vorhang bauschte sich wie ein Geist vor dem offenen Fenster. *Wer immer sie getötet hat, ist da hinaus,* dachte Verrazzano, *in Lances Zimmer.*

Er zog seine H&K und kletterte auf die Fensterbank.

Sechs Stockwerke tiefer entfernten sich die Scheinwerfer der UN-Trucks, um das Sarin zu holen und zum mobilen Hydrolyse-System außerhalb der Stadt zu bringen. Lances Fenster stand offen. Verrazzano widerstand dem Drang, sich hinüberzuschwingen und hineinzuleuchten. Er dachte an das, was Wyatt ihm über Zaitsev erzählt hatte, den großen Scharfschützen von Stalingrad, dessen Motto lautete: «Ungeduld ist der Tod.» Die deutschen Scharfschützen, die ihm aufzulauern versuchten, starben noch vor dem Nationalsozialismus. Zaitsev überlebte die Sowjetunion. Verrazzano drückte sich flach an die Mauer, wartete und lauschte.

«Ich habe keinen Handel mit den UN-Leuten geschlossen.» Lances Worte wehten schwer und misstrauisch in die Nacht hinaus. «Ihr missversteht das alles.»

«Was ist mit dem anderen Kerl?» Die Stimme gehörte fraglos zu einem kräftigen Körper. Sie war von einer erdrückenden Kraft.

«Verrazzano? Der ist einfach nur ein Arschloch.»

«Das ist das Letzte, was er ist. Was dich zum Arschloch macht.» Das war der zweite Amerikaner. «Was machen wir mit ihm, Brennan?»

Verrazzano kannte den Namen. Wyatt benutzte Brennan, um Nachrichten an seine Feinde zu übermitteln, wenn er wollte, dass sie das Gefühl hatten, mehr als einmal sterben zu müssen.

«Verrazzano? Der wird sich wünschen, uns niemals den Rücken gekehrt zu haben», sagte Brennan.

Der Wüstenwind fuhr kühl über den verschwitzten Rücken des ICE-Mannes. Verrazzano ließ sich aus dem Fenster auf den Mauervorsprung draußen herab. Sicher, ausbalanciert. Es war an der Zeit, Wyatts Lektion zu vergessen. Er bewegte sich zum Rahmen des offenen Fensters von Lances Zimmer und warf sich hinein.

Ein stämmiger Kerl mit rasiertem Kopf wirbelte zu ihm herum. Seine Miene war reglos, unüberrascht, als gingen immer wieder große Amerikaner mit Pistolen durch Fenster auf ihn los. Seine flache Hand traf Verrazzano unter dem Kinn. Der Schlag brachte den ICE-Agenten aus dem Gleichgewicht, sein Kopf prallte gegen die Wand, und vor seinen Augen explodierte ein Farbfeuerwerk. Er spürte einen Hieb aufs Handgelenk, und dass ihm einer die H&K aus der Hand riss.

Die Reaktion kam so schnell und aggressiv, dass Verrazzano wusste, es war Brennan, der tödlichste Mann in Wyatts Truppe. Innerhalb eines Moments erreichte Verrazzano den Punkt, der Sekunden nach den ersten Treffern eintritt und an dem die Untrainierten, die Schwachen und Unglücklichen scheiterten. Die Sergeants der Spezialeinheiten brachten ihre Rekruten im Mann-gegen-Mann-Training immer wieder in diese Situation, um die Schwerfälligkeit zu überwinden, wenn das angeschlagene Hirn den Tod als heimelige, willkommene Zuflucht sah. Blind, wie er war, ging Verrazzano auf seinen Angreifer los.

Er deckte Brennan mit einem halben Dutzend Schläge ein, während sich sein Blick wieder klärte. Brennan antwortete mit einem harten Schlag in die Nieren.

Verrazzano schob Hüften und Schultern vor. Er übertrieb die Bewegung, als legte er alles hinein. Brennan beugte sich vor, um seinem Stoß zu begegnen. Verrazzano wich aus, und Brennan rammte mit dem Gesicht gegen die Mauer.

Mit einem Schritt war Verrazzano hinter ihm, stieß ihm das Knie ins Steißbein, packte seinen Hals und knallte ihn mit den Zähnen gegen das Heizungsthermostat an der Wand.

Jetzt ging auch der zweite Mann auf Verrazzano los und holte mit einem ausziehbaren Metallschläger aus. Lance rollte sich übers Bett, wehrte den Schlag ab und brachte den Mann zu Fall.

Brennan traf Verrazzano mit dem Ellbogen an der Schläfe, und die Farben um ihn strahlten aufs Neue grell und unwirklich. Hinter Brennan war eine grüne Wand, der ganze Raum wurde zu einem digitalen Image voller Spezialeffekte. Brennan schlug eine Rechte, und die Faust wischte aus einem pulsierenden Spektraltunnel auf Verrazzano zu.

Er wehrte den Schlag mit dem linken Unterarm ab und ließ seinen Ellbogen auf Brennans Schlüsselbein niedersausen. Der verletzliche Knochen brach, und Verrazzano setzte sofort nach, schlug mit aller Macht auf den Bruch und trieb die scharfen Knochenenden in Richtung Lunge.

Brennan schrie und drückte sich den Arm auf den Leib, als hätte er Angst, er könnte ihn verlieren. Leuchtendes Blut auf den gefärbten Nylonteppich sabbernd, fiel er aufs Gesicht.

Verrazzano riss die Augen auf und kämpfte gegen Benommenheit und Schwindel an. Lance biss heftig in den Nacken des anderen Mannes, das Gesicht vor Anstrengung bereits lohfarben. Der Mann brüllte.

«Nimm die Zähne aus ihm», schrie Verrazzano.

Lance ließ los und hustete sich das Blut des Stiernackens aufs Hemd.

Verrazzano verdrehte das Handgelenk des Mannes hinter dessen Schulterblatt, fasste ihm in die Haare und riss seinen Kopf zurück. Die Nase des Mannes war ein Slalom aus Knochensplittern und zerdrücktem Knorpel aus früheren Kämpfen. In seinem Nacken schlüpfte eine tätowierte Eidechse aus dem Hemd herauf.

Der Mann keuchte. «Wir sind nicht hier, um *dich* zu töten.»

«Euer Auftrag ist beendet.» Verrazzano drückte ihm mit

dem Knie die Schulter durch. «Wo ist Wyatt? Er ist hier, oder?»

«Er will nur, dass Sie verschwinden.» Die Eidechse schien sich wieder zurückziehen zu wollen.

«Du weißt, wer ich bin. Ich habe gehört, wie du es gesagt hast.»

Der Eidechsenmann zitterte und nickte.

«Also rede. Bevor ich tu, wovon du weißt, dass ich es kann.»

Ein ohrenbetäubender Knall erfüllte das Zimmer. Der Eidechsenmann flog aus Verrazzanos Griff, als wäre er an einen Vollgas gebenden Truck gebunden. Brennan hielt Verrazzanos H&K in der linken Hand, der rechte Arm baumelte am gebrochenen Schlüsselbein, und seine Augen versuchten die Leere der gerade überstandenen Bewusstlosigkeit abzuschütteln.

Verrazzano sprang auf ihn, packte Brennans zitterndes Handgelenk und verdrehte es, um ihn zu entwaffnen. «Dein Kumpel wollte reden.» Er drückte Brennan die H&K in den Nacken und knurrte: «Jetzt bist du dran.»

Brennan spuckte Verrazzano blutigen Rotz in die Augen und schlug ihm die H&K aus der Hand. Sie schlitterte quer durchs Zimmer.

Sie stolperten ins Bad und versuchten sich gegenseitig umzuwerfen. Verrazzano rammte Brennan die Schulter gegen das gebrochene Schlüsselbein. Der Mann brüllte vor Schmerz. Verrazzano trat ihm die Füße weg und knallte ihn auf das Bidet.

«Wo ist Wyatt?», fuhr er ihn an. «Was hat er vor?»

Brennan schüttelte den Kopf. Blut spritzte auf die makellosen Kacheln.

«Wo soll der Angriff stattfinden? Der Sarin-Angriff? Sag mir, wo und wann?»

«Hast du Angst, dass irgendein Arschloch ein paar Leute umbringt? So wie du Maryam Ghattas?»

Verrazzano zuckte einen Moment lang zurück, als er den Namen seines unschuldigen Opfers hörte.

Brennan spürte seine Unentschlossenheit und schlug den Fön aus der Wandhalterung. Er schleuderte ihn gegen Verrazzanos Kopf und riss das Kabel aus dem Griff. Die freiliegenden Drähte stieß er ihm in die Brust.

Der Stromschlag erfasste Verrazzano und ließ sein Herz wie einen knapp über dem Boden gedribbelten Basketball hämmern.

Brennan zischte ihn an. «Damals in Beirut hat Wyatt mich geschickt, damit ich auf dich aufpasse und dafür sorge, dass du deinen Job erledigst. Ich bin dir gefolgt, als du die Schlampe ausgeknipst hast. Hast am Meer gehockt und wie ein kleines Mädchen geheult.»

Noch ein Stromschlag durchfuhr Verrazzano. Wut hatte ihre eigene Spannung. Aber sie half nicht. Er dämpfte sie, während er gegen den Arm mit dem Stromkabel ankämpfte.

«Und ich habe auch gesehen, wie du ihn versaut hast», sagte Brennan. «Den Mord.»

Verrazzano wusste, was er meinte. Das Kind. Maryam Ghattas' Sohn. Vielleicht sechs Jahre alt. Er hielt die Hand seiner Mutter, als der Amerikaner sie hinrichtete.

«Wyatt hat mich noch mal hingeschickt, um den Zeugen zu beseitigen. Die einzige Person, die dich identifizieren könnte. Siehst du, wie wir uns um dich gesorgt haben? Aber du hast uns ins Gesicht gespuckt und die Truppe im Stich gelassen.»

Verrazzano schüttelte den Kopf. «Zeuge? Du meinst ...»

«Den Jungen. Du hättest ihn auch erschießen sollen, und das weißt du.»

Der Strom machte Verrazzano kampfunfähig, und bald

würde er ihn töten. Er musste das beenden. Er zwang seinen Körper vorzurücken und schlug Brennans kahl rasierten Kopf gegen die gekachelte Wand.

Er hatte den kleinen Jungen verschont, aber Wyatt hatte diesen Gangster geschickt, um auch ihn zu töten und die Operation sauber zu halten. Er knurrte und ächzte.

Brennan stocherte mit dem Kabel. Der Strom verbrannte Verrazzano den Hals, und das anbrandende Blut in seinem Körper drohte, die prallen Adern zu zerfetzen. Er brüllte durch die zusammengebissenen Zähne. Er vermochte sich kaum zu bewegen, fand aber genug Kontrolle, um sein Gewicht hinter seine Faust zu bringen und Brennan die Kehle zu zerquetschen. Sein Puls war das wummernde Dröhnen eines Tanzclub-Basses. Brennan lief purpurrot an und würgte. Verrazzano ließ nicht locker.

Das Kabel fiel und zischte im Blut auf dem Boden. Brennan erschlaffte. Verrazzano sah in die leeren Züge des Mannes.

Lance schleppte sich ins Bad. Verrazzano hielt sich an der Kloschüssel und der Badewanne fest, um auf die Beine zu kommen. Er schob Lance auf den Flur.

«Wir müssen ein Flugzeug erreichen», sagte er.

Kapitel 45

Zwei UN-Männer in Schutzanzügen spannten rotes Absperrband über den gesprengten Eingang des Lagerhauses in der Kasbah. Der Truck mit dem Kran, mit dem sie die Sarin-Kisten verladen hatten, stand mit laufendem Motor in der engen Gasse.

Verrazzano schlich sich zur Fahrertür. Er sah auf die Leuchtziffern seiner Uhr. Ihm blieben fünfzehn Minuten, um den Flughafen zu erreichen. Mit dem Taxi da anzukommen, war sicher nicht ratsam. Jemand würde ihn erwarten. Höchstwahrscheinlich hatte Brennan im Hotel mit ihm gerechnet, weil Touma ihn verraten hatte. Verrazzano würde die Piloten des palästinensischen Flugzeugs sowieso dazu zwingen müssen, ihn aus Damaskus auszufliegen. Aber erst musste er um die herumkommen, die Touma geschickt hatte, um ihn abzufangen. Wer immer das sein mochte. Es konnte ein örtlicher Schlägertrupp sein, der militärische Geheimdienst oder irgendeine andere Bande mit Elektroden im Keller, die nur darauf warteten, ihm an die Eier geklemmt zu werden. Aber er hatte sowieso keine Zeit, den Weg durchs Terminal zu nehmen. Er musste irgendwie anders aufs Flugfeld kommen.

Deshalb war er wieder in der Kasbah. Er stieg hinters Steuer des Kranwagens. Lance kämpfte sich auf den Beifahrersitz.

Verrazzano legte einen Gang ein, ignorierte die Rufe der UN-Leute und donnerte aus den winzigen Gassen.

Im Licht des Armaturenbretts wirkte Lance wie ein

Geist, ein hustender, zitternder Geist. Verrazzano fragte sich, ob das Atropin ausreichte, um die von ihm eingeatmete Menge Sarin zu neutralisieren. «Werden Sie es bis New York schaffen?»

Lance wischte sich die Nase an seinem Ärmel ab. «Darauf kannst du wetten. Ich fahre mit dem besten Treibstoff überhaupt. Weißt du, was ich meine?»

«Den Tank hatte ich auch immer randvoll.» Verrazzano wusste, dass Lance es schaffen würde. Wut ließ einen Mann weiterlaufen, selbst wenn der Körper bereits zerstört war.

«Hatte? *Der* Treibstoff geht einem nie aus.»

Verrazzano arbeitete sich durch die Gänge des Trucks. Er biss die Zähne zusammen. Lance hatte recht. Es war seine Wut, die ihn lange genug am Leben gehalten hatte, um Brennan auszuschalten. Er würde sie immer in sich haben.

«Du wirst sie nicht los, die Wut, genauso wenig, wie du jemanden wieder zum Leben erwecken kannst, den du getötet hast.»

«Schnauze», bellte Verrazzano.

Lance lächelte, zuckte zusammen und hielt sich die Brust.

Sie erreichten den Flughafen, bevor Toumas Flug abheben sollte. Hinter dem hohen Maschendrahtzaun rund um das Areal, im roten Schein der Rollbahnlichter, stand eine Sherpa, die Frachtversion eines alten, leichten englischen Passagierflugzeugs. «Das muss es sein», sagte Verrazzano.

Vor dem Terminal, im Scheinwerferlicht eines gepanzerten Mannschaftswagens, stand ein Trupp Soldaten mit den roten Mützen der Republikanischen Garde, einer Art Eliteeinheit der syrischen Armee.

Verrazzano hatte zwei Minuten, um Lance in die Sherpa zu schaffen. Er schaltete das Licht des Trucks aus und rumpelte von der Straße auf den Zaun zu. Er wollte ihn durchbrechen, sah dann aber die Panzersperren zwischen dem äußeren und einem inneren Zaun. Die schaffte er mit dem Kran nicht.

Die Gardisten kamen langsam in seine Richtung, neugierig und argwöhnisch. Die beiden Motoren des Flugzeugs wurden angelassen.

Verrazzano fuhr direkt an den Zaun, schwang sich aus der Tür und hinten auf den Truck.

Die Gardisten fielen in Trab.

Verrazzano packte den Steuerknüppel des Krans und fuhr den Ausleger über den Flughafenzaun. Lance ächzte zu ihm herauf.

Die Sherpa steuerte auf den Zaun zu. Die große Start- und Landebahn führte an ihm entlang. Verrazzano hievte Lance auf den Ausleger und schob ihn voran. Lance krabbelte über den ersten Zaun, glitt zur Seite ab und hing an allen vieren. Vergeblich mühte er sich, wieder hoch auf den Ausleger zu kommen.

Verrazzano erinnerte sich an ein bei Fort Bragg über eine Schlucht gespanntes Seil und einen Green-Beret-Kandidaten aus New York, der genauso nach unten hing wie jetzt Lance am Ausleger des Krans. «Nimm ein verdammtes Bein herunter, Verrazzano», hatte Colonel Wyatt ihn angeschrien. Es fühlte sich an, als ergäbe er sich seinem Absturz, dabei bestand die einzige Chance darin, ein Bein über dem Seil zu behalten und das andere gerade nach unten hängen zu lassen.

«Nimm ein verdammtes Bein herunter.» Verrazzano hörte die Bosheit in der Stimme seines altes Bosses.

Lance nahm ein Bein nach unten. Es brachte ihn ins Gleichgewicht. So bewegte er sich weiter den Ausleger entlang und ließ sich auf die andere Seite des Zauns fallen. Bei der Landung brach er zusammen und rief: «Scheiße, verdammte.»

Verrazzano folgte ihm. Ein Schuss ging knapp an ihm vorbei und zerriss die Luft mit einem scharfen Knall. Er überquerte den Zaun. Ein zweiter Schuss prallte vom Ausleger ab, wobei es wie ein in eine Porzellanschüssel fallender Kirschkern klang. Verrazzano fügte sie den Tausenden anderen Kugeln hinzu, die ihn verfehlt hatten, und sprang leichtfüßig auf die Erde.

Lance hüpfte auf einem Fuß. «Der verdammte Knöchel. Bin böse umgeknickt.»

Verrazzano warf sich Lances Arm über die Schulter. So humpelten sie dreibeinig zur Rollbahn.

Die Scheinwerfer der Sherpa fingen sie ein, als sie den Teer betraten. Das Gesicht des Piloten kam an die Scheibe des Cockpits. Er sah sie, öffnete den Mund und rief seinem Co-Piloten etwas zu.

Verrazzano musste sich etwas einfallen lassen, damit der Mann sie an Bord ließ. Aber erst einmal mussten sie das Flugzeug überhaupt erreichen. Er drängte weiter vor. Die Elfhundert-PS-Turboprop-Motoren schluckten den Lärm der Schüsse aus den Gewehren der Gardisten. Trotzdem, Verrazzano spürte die Kugeln in der Luft. Lance schrie vor Schmerz.

Das Flugzeug wurde langsamer. Die Tür öffnete sich, und eine kurze Treppe klappte nach außen. Verrazzano duckte sich hinter die Metallstrebe des Rades, aber der Mann, der sich aus der Tür lehnte, richtete keine Pistole auf ihn, sondern winkte ihn eindringlich heran.

«Ich schaffe das nicht», rief Lance.

Wenn die Soldaten der Republikanischen Garde ihn auf dem Teer erledigten, wäre es das Ende eines üblen Mannes. Aber auch das Ende der besten Chance, die Einzelheiten der geplanten Sarin-Attacke herauszubekommen – und sie zu verhindern. Sand trieb über den Rand der Rollbahn, verweht von der Kraft der Motoren. Wie ein Feuerwehrmann legte Verrazzano sich Lance über die Schultern und rannte.

Staub füllte die Luft hinter den Propellern. Jedes einzelne Korn schnitt wie eine Sense durch das Innere seiner Lunge. Er brüllte und stieß die tote Luft aus, um Raum für frischen Sauerstoff zu schaffen. Lance schlug ihm mit den Fäusten auf den Rücken. «Los doch, Motherfucker.»

Der Co-Pilot lehnte sich aus der Tür der Sherpa. «Kommen Sie, Mann. Sie schaffen es.»

Eine Maschinengewehrsalve spuckte eine Spur durch den Schmutz vor Verrazzano, und mit ihr ließ er Schmerz und Müdigkeit hinter sich, als hätte er sich eine Wunderdroge gespritzt, die ihn durch Zeit und Raum ins Wunderland der Unsterblichen trug. Er sprintete über die Rollbahn.

Der Co-Pilot reckte den Arm aus der Tür des Flugzeugs. Seine Lippen bewegten sich, doch Verrazzano hörte nichts.

Er holte das Flugzeug ein und stieß Lance durch die Öffnung der Tür. Der Co-Pilot zerrte den verletzten Mann in die Kabine, Verrazzano griff nach den Stufen.

Eine Kugel traf den eckigen Rumpf. Der Pilot musste es gehört haben, denn der Lärm der Motoren hob sich um eine Oktave, und die Sherpa drohte Verrazzano zu entkommen.

Seine Beine fühlten sich an, als trüge er Lance noch immer auf den Schultern. Wenn er es nicht in das Flugzeug schaffte, übergaben ihn die Gardisten der Geheimpolizei. Er stellte sich die Zelle vor, in der sie ihn foltern würden, den Schlauch in seinem Rachen, mit dem sie ihm Heizöl in den Magen pumpten, die Zangen der Autobatterie, die ihn verbrannten, die Kälte, die Müdigkeit.

Die Lichter des Flugzeugs wurden schwächer, der Lärm der Motoren leiser. In die Finsternis trat Maryam Ghattas, schön, dunkel und tot. Er rannte zu ihr, zählte mit jedem Schritt die Schrecken, die er in die Welt getragen hatte, und fragte sich, ob er sie je wiedergutmachen konnte.

Der Co-Pilot streckte die Hand nach ihm aus. «Gleich haben Sie's.»

Es war die Frau, es war Maryam Ghattas, die ihn rettete. Ihre langen Finger reichten durch den Staub.

Der Co-Pilot schrie durch den Lärm der Motoren: «Nehmen Sie meine Hand.»

Er gab sein Letztes, fasste die Hand und hielt sie fest, als gehörte sie der Ermordeten. Er warf sich auf die Treppe.

Noch eine Kugel traf den Rumpf. Das Flugzeug hob von der Rollbahn ab. Verrazzano strauchelte, seine Stiefel schlugen gegen die Stufen, doch der Co-Pilot hielt ihn sicher gefasst. Dann waren sie in der Luft.

Er kroch die letzten Stufen hoch, fiel ins Flugzeug, rollte weiter und zitterte vor Erleichterung.

Der Co-Pilot zog die Tür zu, ging ins Cockpit und schüttelte den Kopf.

Verrazzano sah zur Cockpittür. Er durfte den Piloten nicht trauen. Er war sicher, dass Touma ihn verkauft hatte, und die beiden arbeiteten für den palästinensischen Waffenhändler. Er hievte sich auf die Knie. Er musste sichergehen, dass sie ihn dahin brachten, wohin er wollte. Er hustete heftig und tat einen Schritt auf das Cockpit zu.

Lance schnipste mit den Fingern. Verrazzano drehte sich um.

Der Texaner saß in der ersten Reihe und hielt eine Pistole auf Verrazzano gerichtet.

«Die Scheiße hört nie auf, oder, Special Agent?» Lance lächelte.

«Es gibt nur eine Möglichkeit, sie zu stoppen, und ich sterbe so schnell nicht.»

Die Sherpa kletterte auf ihre Reisehöhe. Lance kniff die tränenden, beißenden Augen zusammen und legte den verletzten Fuß auf einen Sitz. «Machen Sie einen Deal für mich klar. Oder dieses Flugzeug fliegt nicht nach New York.»

«Nichts ist wichtiger für mich, als diesen Angriff zu verhindern.» Verrazzano tat einen Schritt vor. «Sie bekommen Ihren Deal. Die Regierung braucht Ihre Zeugenaussage.»

«Bleib da stehen.»

«Wir müssen das zusammen durchfechten, Lance. Diese Piloten könnten eine Gefahr sein.»

«Die fliegen dahin, wohin ich sage. Das ist meine Erfahrung, wenn ich der mit der Waffe bin.»

«Lance, nennen Sie mir das Angriffsziel. Die Regierung wird Sie schützen. Sagen Sie, worum es am Ende geht. Wofür ist das Sarin?»

Lance kratzte sich den Kopf, angespannt und verstört. «Wenn wir in New York sind, werdet ihr es erfahren.»

«Also in New York. *Das* weiß ich. Aber wie viel Sarin ist es?»

«Genug.»

«Genug wofür?»

«Das werdet ihr morgen wissen.»

Verrazzano starrte ihn an. Wenigstens kannte er jetzt den Tag des Angriffs.

Lance grinste. «Verstehen Sie? Ich habe, was Sie wollen.»

«In New York. Aber wo?»

«Verschaff mir einen Deal, Arschloch.»

Die Tür des Cockpits ging auf. Ein zweiter Pilot kam heraus. Er trug eine unpolarisierte Ray-Ban und einen fuchsroten Fu-Manchu-Schnäuzer. Er sah die Pistole. «Mein Gott», sagte er.

Lance richtete die Pistole auf den Piloten.

In dem Moment, da der Lauf der Waffe nicht mehr auf

ihn zeigte, ging Verrazzano auf Lance los. Er stieß die Pistole zur Seite, bevor Lance erneut auf ihn zielen konnte, packte ihn, zog ihn zu sich heran und entwand ihm die Waffe.

Verrazzano trat Lance gegen den gebrochenen Knöchel. «Wir brauchen zehn Stunden nach New York. Wir haben keine Zeit zu verlieren. Sagen Sie mir, wo der Angriff stattfinden wird.» Er roch Verderben in Lances Atem, einen Hauch des Todes, der ihn bereits im Griff gehabt hatte und so viele andere holen würde, wenn Verrazzano versagte.

Die wässrigen Augen des Texaners schienen hilflos und verzweifelt. Verrazzano senkte die Stimme, sagte aber nicht weniger eindringlich: «Wer hat das Sarin?»

Lance wandte sich stöhnend zum Fenster.

Der Pilot kam näher. «Was zum Teufel soll das?»

«Es ist alles unter Kontrolle», sagte Verrazzano.

«Wer ist dieser Mann? Was machen Sie mit ihm?»

Verrazzano richtete die Pistole auf den Piloten. «Gehen Sie wieder. Ich bin gleich bei Ihnen.» Er hatte zehn Stunden, um Lance zu knacken. Aber als Erstes sollte er seine Erkenntnisse dem Büro in New York mitteilen. Er durchsuchte Lance.

«Ich habe keine andere Waffe, Arschloch», sagte Lance.

Verrazzano ging ins Cockpit.

Die Piloten trugen Polyesterhemden mit dem Logo einer Chartergesellschaft auf dem Ärmel. Der Mann mit dem Schnauzbart steckte sich eine französische Zigarette an. «Was geht dahinten vor?», sagte er.

«Haben Sie eine Waffe im Cockpit?»

Die Piloten tauschten einen nervösen Blick. Der mit dem Bart schüttelte den Kopf.

«Transpondercode sechstausendeinhundert», sagte Verrazzano.

Der Pilot sah auf den Transponder in der Instrumententafel über sich. «Das ist ein Militärcode.»

«Machen Sie schon.» Verrazzano klopfte dem Mann auf die Schulter.

«Hören Sie zu, Mann. Wir werden uns nicht beim nordamerikanischen Verteidigungskommando einwählen. Wie sollen wir erklären, wo wir herkommen und was wir geladen hatten? Denken Sie, wir hatten Weihnachtskarten an Bord, bevor wir Sie mitgenommen haben?»

Verrazzano griff nach der Skala. Der Pilot wollte ihn aufhalten, bekam aber einen Schlag auf den Deltamuskel. Er schrie auf, und sein Arm sackte schlaff herunter. «Himmel», sagte er. «Was verdammt soll das?»

Verrazzano stellte den Code ein. Der Transponder sandte den Identifikationscode 6100 aus. Die meisten Flugzeuge in den Vereinigten Staaten übermittelten 1200 an das Flugüberwachungssystem. Einige Codes waren den Verteidigungsorganen vorbehalten, so auch die 6100. Verrazzano nahm den Kopfhörer von der Navigationskonsole.

Eine ernste, ruhige Stimme meldete sich. «Hier ist die US North-Com East. XPDR six-one-zero-zero, identifizieren Sie sich. Over.» Das war NORAD, das Nordamerikanische Luft- und Weltraum-Verteidigungskommando für die östliche Region in Rome, New York, die auf Verrazzanos Signal mit einem der reservierten Transpondercodes reagierte.

«Hier ist Special Agent Dominic Verrazzano, Immigration and Customs Enforcement. Es geht um eine dringende Angelegenheit der nationalen Sicherheit. Ich muss mit Special Agent Roula Haddad im New Yorker ICE-Büro sprechen. Over.»

Die Stimme des Mannes schallte aus dem Kopfhörer: «Roger. Bitte warten Sie, Agent Verrazzano.»

Stille. Verrazzano stand hinter den beiden Piloten, die sich auf ihre Lippen bissen und wie zwei Teenager die Augen verdrehten, die schmollend hinten im Auto saßen, weil sie mit zu einer Familienfeier mussten. Vielleicht hatte Touma ihnen nicht erzählt, dass sie es mit einem Federal Agent zu tun bekommen würden. Jetzt wussten sie es, und Verrazzano hoffte, dass sie sich gefügig zeigten.

Kaum eine Minute später meldete sich Haddad. «Wo bist du, Dom?»

«Unterwegs aus Syrien. Der Sarin-Angriff ist für morgen geplant. In New York. Ich brauche volle gesetzliche Immunität für einen Molnir-Mann. Der Name: Lance Kirby. Kilo-India-Romeo-Bravo-Yankee. Hast du das?»

«Ist angekommen.»

Er warf einen Blick hinter sich in die Kabine. Lance starrte ihn an, die Zähne gegen den Schmerz zusammengebissen. «Ich habe ihn in Gewahrsam. Ich glaube, er weiß, wo sich in New York das Sarin befindet. Er wird es mir aber erst sagen, wenn wir ankommen und er sicher ist, dass ihm die Immunität gewährt wird.»

«Ich spreche sofort mit dem Justizministerium.»

«Sag Ihnen, das Risiko ist zu hoch, um lange wegen der Konditionen zu verhandeln.»

«Kannst du den Mann dazu bringen, bereits im Flugzeug zu reden? Ihr seid frühestens vormittags in New York, auch mit dem Zeitunterschied.»

Der Pilot warf Verrazzano einen Blick zu, trat seine Zigarette aus, griff nach dem Ärmel seines Co-Piloten und murmelte ihm etwas zu.

«Ich versuche es weiter», sagte Verrazzano. «Was gibt es bei euch?»

«Freedom Coin hat für Tom Frisch eine Bestechung finanziert, wie du angenommen hast. Wir wissen allerdings nicht, wer bestochen werden sollte. Nur, dass es ein Deutscher bei einer großen Organisation war. Noelle telefoniert herum.»

«Danke, Roula.»

«Einen sicheren Flug.»

Verrazzano nahm den Kopfhörer ab und ging zurück in die Kabine. Lance grinste ihn höhnisch an. Die Informationen, die Tausende Leben retten konnten, steckten in diesem sturen, wütenden, verletzten Kopf. Einen sicheren Flug? Aber klar.

TEIL III
Kapitel 46

Die Kabine leuchtete im frühen Morgenlicht, das dem Flugzeug über den Atlantik hinterherjagte. Verrazzano rieb sich die Augen. Wenn die Sonne das nächste Mal unterging, würde alles vorbei sein. Lance döste in seinem Sitz, erschöpft nach der unablässigen, fruchtlosen Befragung. Verrazzano suchte nach einer anderen Möglichkeit, um ihn zu knacken.

Der Pilot öffnete die Tür des Cockpits, und der Geruch von Brandy und Zigaretten waberte in die Kabine.

Verrazzano richtete den Lauf seiner Waffe auf ihn. Der Pilot zuckte zurück und hob die Hände. «Wir landen in einer Stunde.» Damit verschwand er wieder im Cockpit.

Lance murmelte: «Ich muss mal pinkeln.»

Verrazzano trat zu ihm und griff nach seinem Ellbogen.

Lance stieß ihn weg. «Willst du meinen Schwanz halten, während ich pisse?»

Verrazzano schob den Texaner in die Toilette. Lance wollte die Tür hinter sich schließen, aber Verrazzano stellte den Fuß dazwischen. «Ich werde schon nicht rot», sagte er. «Los doch.»

«Na, wenn Sie kein netter Mensch sind.» Lance stand lange da, bevor etwas aus ihm herauskam. Er drückte die Spülung und humpelte zurück zu seinem Platz.

«Scheiße», sagte er. «Ich bin müde wie eine Boomtown-Hure.»

«Sie werden es überleben.»

«Ich muss mich erst mal erholen, um sterben zu können.»

«Leuten wie Ihnen kann der Tod nichts anhaben, und Sie genießen jetzt Immunität. Also sagen Sie mir schon, wo das Sarin ist.»

«Wenn ich dieses Flugzeug verlasse und ich habe das schriftlich vom Justizminister, sage ich, was ihr wissen wollt. Bis dahin erfahrt ihr nichts von mir.»

Verrazzano ballte die Faust. Jedes Gespräch mit Arschlöchern wie Lance, die ihn am liebsten umbringen würden, schien ein einziges Nullsummenspiel.

«Kennen Sie Lee Hill?», sagte Verrazzano.

«Klar kenne ich ihn.»

«Er hat sich vor sechsunddreißig Stunden umgebracht, weil er wusste, er wird an der Wirkung von Sarin auf seinen Körper sterben.»

Lances linkes Auge zuckte.

«Was ist mit Jeff Parry und Jon Ivin? Kannten Sie die auch? Beide tot.»

Der Texaner saugte an seinen Zähnen.

«Wenn das Sarin Menschen in New York umbringt, wird die Regierung Sie dafür verantwortlich machen. Es sei denn, Sie helfen uns jetzt.» Verrazzano knurrte: «Sagen Sie mir, wo das Sarin ist.»

Lance schüttelte den Kopf.

«Was ist mit Ihren toten Kumpeln?», sagte Verrazzano. «Sie haben einige gefährliche Geschichten mit Hill, Parry und Ivin durchgestanden. Sie schulden ihnen was, Lance. Was hätten die drei für *Sie* geopfert? Im Einsatz hätten sie ihr Leben für Sie gegeben. Aber jetzt will ihr Kumpel Lance den Mund nicht aufmachen, bis er ein Stück Papier in der Hand hält, das ihm den Arsch rettet. Es ist gut, dass sie tot sind. Ich würde nicht wollen, dass sie sehen, was aus Ihnen geworden ist.»

«Sie müssen mich für verflucht naiv halten, wenn Sie denken, ich falle auf die gottverdammte Schuldkiste rein. Wenn Sie nichts Besseres wissen, halten Sie den Mund und lassen mich ausruhen.»

Verrazzano sah zu, wie er es sich mit großem Gehabe bequem machte und die Augen schloss. Dann sagte er leise: «Ja, sie sind tot. Wegen ihnen brauchen Sie sich keine Sorgen mehr zu machen. Sie können Ihnen nichts anhaben.»

Lances entspannte Haltung überspielte, wie er sich offenbar innerlich versteifte. Verrazzano konnte es deutlich erkennen. Er wartete noch einen Moment. «Aber ein paar andere schon, oder? Einer von denen wird Sie finden. Ob Sie mit mir reden oder nicht.»

Der Texaner drehte sich um und kehrte Verrazzano den Rücken zu.

«Er wird Sie finden, in kleine Stücke hacken und per Post an Ihre Mama schicken.»

«Vor Tom Frisch habe ich keine Angst.»

«Ich rede nicht von Frisch. Ich kenne den Mann, der Sie aufspüren wird, sehr gut, wissen Sie. Und er kriegt Sie, keine Frage.»

Lance hob den Mittelfinger und zeigte ihn Verrazzano.

«Ja, mit den Händen wird er wahrscheinlich anfangen», sagte Verrazzano. «Ich habe gesehen, wie er einem die Finger mit einem Azetylen-Brenner weggebrannt hat. Einen nach dem anderen. Es gefällt ihm ungeheuer, jemanden wissen zu lassen, wie sehr er ihn hasst. So ist er. So ist der alte Colonel Wyatt.»

Lance fuhr herum, das Gesicht hochrot. «Was für eine Scheiße reden Sie da?»

«Ich rede von dem Mann, der Tom Frisch bezahlt.»

«Ich kenne keinen Colonel Wyatt.»

«Frisch war unter Wyatt bei den Spezialeinheiten. Genau

wie ich. Dann fing Wyatt seine eigenen Operationen an, ohne allerdings irgendwem davon zu erzählen. Höchstens Frisch vielleicht. Bis ich herausfand, was für ein Spiel das Schwein mittlerweile spielte, hatte er mich Dinge tun lassen, die ich für US-Politik hielt, die aber nichts als Söldnerjobs gewesen waren, um Wyatts geheime Bankkonten zu füllen. Ich war bereit, für mein Land zu sterben, was ich, wie Sie vielleicht festgestellt haben, immer noch bin. Aber ich wollte keinen Dreckskerl reich machen, bloß weil er nett lächeln konnte und einen Johnny-Cash-Bariton hatte.»

Er packte Lance am Kragen und zog ihn zu sich heran. «Wyatt zieht die Fäden in dieser Sache, ich weiß es. Frisch hat es mir mehr oder weniger gesagt.»

«Mehr oder weniger?»

«Wenn Sie alles ausgesprochen haben wollen, gehen Sie beim Pentagon Berichte schreiben. Die Spezialeinheiten füllen die Leerstellen. Das wissen Sie. Frisch und Wyatt stecken hinter dieser Sache. Was Ihren Handel betrifft, brauchen Sie eine von zwei Möglichkeiten. Das Beste wäre, dass wir Colonel Wyatt fassen. Vielleicht begraben wir ihn dann in einem geheimen Gefängnis irgendwo in Wyoming, und er wird nicht an Sie herankommen können. Die andere, zweitbeste Möglichkeit ist, dass Sie in den Genuss eines Zeugenschutzprogramms der Bundesregierung gelangen, aber dazu wird es nicht kommen, wenn Sie zu lange warten und die Sarin-Attacke tatsächlich stattfindet. Also reden Sie.»

Lance schnupfte sich in die Hand. Er sprach langsam und leise. «Das Sarin ist uns vor einem Jahr im Irak in die Hände gefallen, und wir haben es über die Grenze geschafft.»

«Warum nach Syrien?»

«Bring das üble Zeugs dahin, wo es gebraucht wird. Regel Nummer eins des Waffenhandels.»

Verrazzano begriff, dass sie es dem Regime in Damaskus in die Schuhe schieben wollten, obwohl das Sarin nie in den Händen der syrischen Regierung gewesen war. Die Rakete in Atlantic Beach war eine falsche Fährte gewesen, um die Strafverfolgungsbehörden davon zu überzeugen, dass Syrer in New York waren, denen nach der Sarin-Attacke die Schuld gegeben werden sollte. *Und an denen anschließend Vergeltung geübt wurde.*

«Wie ist Dr. Weston da hereingekommen?»

«Unser Mann, Daryl Underwood, hatte aus Versehen eine Prise abbekommen», sagte Lance. «Ich nehme an, dass er noch nicht sterben wollte. Er wollte lebend nach Hause und seine kleine Tochter aufwachsen sehen.»

«Also ging er zu Dr. Weston, um behandelt zu werden, und hat ihr alles erzählt?»

«So in etwa.»

«Und das Sarin in New York, warum?»

Lance schloss die Augen und atmete tief durch. Verrazzano wartete. Lance leckte sich über die Lippen. «Um den Konflikt im Nahen Osten voll ausbrechen zu lassen. Schon heute genügt ein Funke, um da alles Mögliche in Flammen aufgehen zu lassen. Im Moment schlägt der Islamische Staat den Christen die Köpfe ab und all den anderen Sekten im Irak und in Syrien. Dann kommt diese Sarin-Attacke, um den Westen wütend zu machen. Sie wird Syrien zugeschoben, und die US-Army stürzt das bestehende Regime.»

«Und der Islamische Staat übernimmt.»

«Das ist die Idee. Sie sind im Moment die Mächtigsten. Syrien ist durch den Bürgerkrieg ein einziges Chaos, hat aber immer noch sein Öl und eine Menge Geld, trotz aller Sanktionen. Und die Arschlöcher vom Islamischen Staat wollen dieses Geld unbedingt, um gegen Israel, die Saudis und den Iran in den Krieg zu ziehen. Wozu sie Waffen brauchen.»

Verrazzanos Magen zog sich zusammen. «Wyatt will ihnen Waffen verkaufen?»

«Genau.»

Es war, als wäre der Colonel in die Kabine getreten, so genial und voller Energie wie tödlich. Verrazzano erkannte seine Strategie. «Er weitet den syrischen Bürgerkrieg über die Landesgrenzen aus.»

«Oh, Mann, weit, weit über sie hinaus, und verkauft seine Waffen an so gut wie alle, die mit drin hängen.»

Das schiere Ausmaß dieses fürchterlichen Plans machte Verrazzano fassungslos. «Lance, sagen Sie mir, wo das Sarin ist. Sie müssen reden. Jetzt.»

Ein fahler Schatten strich über die Züge des Texaners, als erschütterte ihn ein schrecklicher Schmerz, ein Schmerz, der ihm irgendwann in der Zukunft zu unerwarteter Zeit von einem rachsüchtigen Colonel Wyatt zugefügt werden würde. «Ich habe Ihr Wort, oder?»

«Sie bekommen Ihren Deal.»

Der Pilot kam in die Kabine. «Es gibt da jemanden, der einen besseren Deal für Sie hat, Lance.» Er hob eine winzige Kel-Tec PF-9.

Er machte eine Geste mit seiner Pistole, während die Sherpa die Küste Long Islands entlangflog. «Kommen Sie, Lance. Sie werden das hinter verschlossener Tür aussitzen.» Er öffnete die Toilettentür.

Verrazzano verfluchte sich dafür, das Cockpit nicht gründlich durchsucht zu haben. Er hatte gewusst, dass die Piloten gefährlich sein konnten. Schließlich arbeiteten sie für Marwan Touma. Er war so darauf konzentriert gewesen, die Einzelheiten des Sarin-Angriffs aus Lance herauszubekommen, dass er nicht darauf geachtet hatte, den zweiten Piloten nach einer Waffe zu durchsuchen. Lance kam herbeigehumpelt. Verrazzano stand auf.

«Du nicht», sagte der Pilot. «Setz dich wieder.»

«Wir drehen nach Osten, wo landen wir?» Verrazzano stieß gegen Lance, als er vorbeikam.

«Wir fliegen keinen Flughafen an. Aber du verlierst dein Gepäck trotzdem.» Der Pilot schob Lance in die Toilette, stellte die Klappe auf *Besetzt* und schloss von außen ab. Er lehnte sich gegen die Tür.

«Ich nehme deine Waffe», sagte er zu Verrazzano. «Lege sie in den Gang, und stoße sie zu mir her.»

«Ich habe keine Waffe.»

«Erzähl keine Scheiße. Ich habe sie doch gesehen.»

Verrazzano drehte sich so, dass der Mann den leeren Halfter hinten an seinem Gürtel sehen konnte.

Der Pilot zog die Brauen zusammen. «Du hattest eine Pistole, gottverdammt.»

Ein Schuss schlug durch die Toilettentür. Er traf den Piloten in die Rippen, der ins Cockpit taumelte.

Verrazzano sprintete vor und schloss die Toilette auf. Lance kam mit Verrazzanos H&K herausgehinkt, die der ihm im Vorbeigehen zugesteckt hatte. Verrazzano nahm sie zurück.

Der verwundete Pilot im Cockpit hob seine kleine Pistole, Verrazzano traf ihn in den Kopf.

Mit einem letzten Impuls drückte der Pilot den Abzug, und der Schuss riss dem Co-Piloten die Kinnlade vom Kopf.

Das Flugzeug sackte nach unten weg. Verrazzano warf sich an den Steuerknüppel und riss ihn zurück. Der Co-Pilot fiel auf ihn und drückte ihn in Richtung Kabine.

Sie rasten aufs Wasser zu. Der Atlantik war trostlos grau.

Verrazzano hievte den Co-Piloten aus seinem Sitz, sprang darauf und rang mit der Maschine. Der Sand des Strandes war das Einzige, was man sehen konnte, als die Sherpa aus ihrem Sturzflug herausfand.

Das lange Schilf des Marschlandes strich über den Rumpf. Verrazzano holte zum ersten Mal bewusst Luft, nachdem der Pilot mit der Kel-Tec in die Kabine gekommen war.

Schon hielt er ihn wieder an.

Die Kabine einer Motorjacht spritzte weiß durch seinen Blick, als das Flugzeug über das Wasser jagte. Verrazzano sah den Schrecken im Gesicht des Mannes am Steuer.

Er riss an der Steuerung und wusste, es war vorbei. Der linke Propeller der Sherpa schlug in die Jacht und zerbarst.

Die Sherpa brach weg und stürzte ab. Das Wasser kam näher, und Verrazzano warf sich in Richtung Kabine.

Kapitel 47

Kinsella erstellte einen allgemeinen Alarmaufruf für den diensthabenden Special Agent des New Yorker ICE-Büros, der vor einem möglichen Chemiewaffenangriff auf die Stadt warnte. Er ging an das NYPD, die Staats- und Bundespolizei, die großen Finanzinstitutionen sowie die politischen Einrichtungen und Organe, die mögliche Ziele terroristischer Angriffe sein konnten. Anschließend hatte sie das Gefühl, den Totenschein für eine ganze Stadt ausgestellt zu haben.

Dann folgte sie dem Hinweis des Freedom-Coin-Mannes Yuri Lifshitz. Sie fahndete nach dem deutschen Sicherheitschef einer großen Firma oder Institution, der einen Subunternehmer suchte, nahm mit deutschen Banken und Versicherungsgesellschaften in Midtown Kontakt auf, rief die Lufthansa und Air Berlin im JFK an, stöberte den Vertreter von Siemens beim Frühstück in seinem Hotel und den Amerika-Chef von Bertelsmann/Random House in einem Zug auf, der gerade die Grand Central Station verließ. Immer war der Sicherheitschef ein Amerikaner, oder es gab keine Subunternehmer. Kurz stieg ihre Aufregung, als sie auf eine Münchener Ingenieursfirma mit einem Sicherheitschef namens Karl Bauman stieß, der gerade einen neuen Security-Vertrag vergab. Aber Bauman war aus New Jersey, und Lifshitz hatte unterstrichen, dass Molnir einen Deutschen hatte bestechen wollen und keinen Amerikaner mit einem deutschen Namen. Kinsella kam da einfach nicht weiter. Was bedeutete, dass sie auch der Antwort auf die Frage, wo die Sarin-Attacke stattfinden sollte, keinen Schritt näher kam.

Sie schüttelte den Kopf. Es musste eine deutsche Firma sein. Den Anruf bei der Commerzbank hatte sie bis zuletzt zurückgestellt. An die zentrale Nummer erinnerte sie sich auch noch anderthalb Jahrzehnte danach. Die Telefonistin war eine Vertretung. Sie kannte die Nationalität des Sicherheitschefs nicht. Kinsella hinterließ eine Nachricht.

Es war sieben Uhr morgens. Sie holte sich den 24-Stunden-Nachrichtenkanal der BBC auf den Monitor und klickte das Live-Programm an. In der Hauptnachricht ging es um das jüngste Gefecht im syrischen Bürgerkrieg. Sie nippte an ihrem Kaffee. Er war während ihrer Anrufe kalt geworden, und sie spuckte ihn zurück in die Tasse.

Es war nicht nur der Kaffee, der ihr nicht schmeckte. Verrazzano hätte längst mit dem Informanten von Molnir gelandet sein müssen, hatte sich jedoch noch nicht gemeldet. Irgendwo in der Stadt gab es Nervengas, in den Händen von Leuten, die so übel waren, wie man nur sein konnte, und Special Agent Noelle Kinsella vermochte nicht mal, diesen Deutschen ausfindig zu machen.

Das Display ihres Telefons blinkte. Sie nahm ab. «Kinsella.»

«Hier ist Mark Giusti.» Im Hintergrund war lautes Hupen zu hören. Der Mann saß in seinem Auto. «Sie haben versucht, mich zu erreichen. Ich bin der Security-Manager der Commerzbank.»

Er hatte einen New Yorker Akzent und einen italienischen Familiennamen. Er war kein Deutscher. Noch eine Sackgasse. Kinsella rollte die Zunge zusammen, die immer noch gegen den bitteren Geschmack des Kaffees rebellierte. «Ich nehme an, es ist nicht so wichtig, wie ich angenommen hatte, Sir. Aber ich danke Ihnen, dass Sie zurückgerufen haben.»

«In der Nachricht steht, Ihr Vorname sei Noelle. Sind Sie Ginnie Kinsellas Tochter?»

Sie hatte nicht gedacht, dass sich nach all der Zeit noch jemand daran erinnern würde, ausgenommen sie selbst. «Ja, das bin ich.»

«Ich hatte gerade in der Bank angefangen, als Ginnie noch hier war. Was für eine höllische Sache das war.»

Eine höllische Sache, ja. Kinsella lauschte den Verkehrsgeräuschen am anderen Ende, lauschte der Stimme dieses Mannes, der ihre Mutter gekannt hatte. Virginia Dolores Kinsella, Rezeptionistin des Büros der Frankfurter Bank im vierzigsten Stock des World Trade Center. Eines Stockwerks, das tief genug lag, dass die Leute, die nach unten liefen, sich noch in Sicherheit hatten bringen können, als das Flugzeug in das Gebäude geflogen war. Aber Ginnie war nach oben gelaufen, um bei der Evakuierung zu helfen. «Ich dachte, Ihr Anruf hätte etwas mit Ginnie zu tun. Gott, Ihre Stimme ist genau wie ihre. Hat Ihnen das schon mal jemand gesagt?»

Die alten Freundinnen ihrer Mutter meinten, sie klinge, als spräche Ginnie aus dem Grab zu ihnen. Für Noelle blieb das Grab stumm. «Ja, das habe ich schon mal gehört.»

«Ginnie war eine tolle Frau.» Bei dem Satz spürte sie die Panik jenes Tages, die immer noch in Giusti nachwirkte. Seine Stimme klang angespannt und beklommen.

Kinsella seufzte. *Ach, genug davon,* dachte sie. *Mom würde nicht lange herumtun.* «Nur zu meiner Information, haben Sie im Moment einen Security-Vertrag zu vergeben?»

Irgendein Truckfahrer stand auf seiner Hupe. «Wie war das? Ich habe Sie nicht verstanden», sagte Giusti. «Einen Moment. Ich mache das Fenster zu. Der Verkehr heute ist wirklich ein Chaos.» Das Hupen und die Motorgeräusche gingen zurück. «So ist es besser. Ich wünschte, sie hielten die Generalversammlungen der Vereinten Nationen am Wochenende ab, statt uns Pendler mit ihren Fahrzeugkolonnen aufzuhalten.»

Kalter Kaffee schwappte über Kinsellas Handgelenk. «Vielen Dank, Sir. Das war sehr hilfreich.» Sie legte auf.

Die UN bringen Leute aus der ganzen Welt her, dachte sie. *Vielleicht ist deren Sicherheitschef Deutscher.*

Sie googelte die Nummer der Sicherheitsabteilung der UN und rief an. Den Ton der BBC auf ihrem Computer stellte sie auf stumm. Die Vereinten Nationen mussten über die Gefahr bereits informiert sein. Der Komplex am East River gehörte zu den Adressen, an die der diensthabende Special Agent ihre Warnung geschickt hatte. Aber das hieß nicht, dass die Vereinten Nationen wussten, dass sie das Ziel waren.

Wenn sie das Ziel waren.

Bei den UN wurde gebaut. Das sah Kinsella jeden Morgen aus dem Bus. Vielleicht waren Frisch und seine Leute hinter dem Security-Vertrag für das neue Gebäude her. Deswegen hatten sie womöglich den UN-Sicherheitschef bestechen wollen.

Eine Frau mit indischem Akzent beantwortete Kinsellas Anruf: «Abteilung für Sicherheit.»

«Guten Morgen. Ich bin Special Agent Noelle Kinsella vom US Immigration and Customs Enforcement. Könnten Sie mich bitte mit Ihrem Sicherheitschef verbinden?»

«Er ist leider im Moment nicht im Büro.»

«Ist er über sein Handy erreichbar?»

«Ich fürchte, nein. Er gibt gerade ein Interview im Fernsehen. Kann ich ihm etwas ausrichten?»

«Vielleicht können auch Sie mir helfen. Ist er Deutscher?»

«Wie bitte?»

«Ihr Sicherheitschef. Ist er ein deutscher Staatsbürger?»

«Nein, er ist kein Deutscher. Und ich bin keine Inderin. Ich komme aus Bangladesch.»

Der Ton der Frau war seltsam aggressiv. Kinsella war verdutzt. Sie fragte sich, ob sie etwas falsch verstanden hatte. «Wie bitte?»

«Ihr Amerikaner müsst die Leute immer gleich in eine Schublade packen. Gibt es sonst noch was?»

Kinsella schloss die schmerzenden Augen und seufzte. «Nein, das ist alles. Danke.»

Bei der BBC beantwortete ein blonder Mann mit fliehendem Kinn, einer grünen Brille und einem grauen Anzug die Fragen einer Reporterin in London. Durch das Fenster hinter ihm war eine lange Reihe im Wind wehender nationaler Flaggen zu sehen, die UN-Plaza. Kinsella nahm an, dass es im Sekretariatsgebäude ein Studio gab, das CNN und die BBC für Live-Sendungen nutzten. Ein Schriftzug erschien unten im Bild und identifizierte den Interviewten: «Andreas Holtz, Chef der Sicherheitsabteilung der Vereinten Nationen.»

Kinsella schaltete den Ton wieder ein. *Holtz, ein deutscher Name. Aber offenbar kein Deutscher.* Sie bekam noch das Ende einer Frage mit: « … und Gefahren für die jetzige Generalversammlung?»

«Die Gefahren sind immer beträchtlich zu diesen sehr wichtigen Zeiten des United-Nations-Kalenders», sagte Holtz. «Und es stimmt auch, dass sich der Terrorismus seit dem Bau des Gebäudes der Vereinten Nationen in den 1950ern dramatisch verändert hat. Wir haben über die Jahre bedeutende Ad-hoc-Veränderungen vorgenommen. Wir glauben, die Sicherheitsmaßnahmen sind mit messbarer Wirkung neu geordnet worden.»

Sein Akzent klang für Kinsella äußerst deutsch. Sie fragte sich, ob sie tatsächlich mit der richtigen Abteilung gesprochen hatte, mit dieser Inderin. Sie korrigierte sich: Dieser Frau aus Bangladesch … Ein Gedanke formte sich in ihrem müden Kopf. *Wo ist Bangladesch? Direkt neben Indien.*

Die Journalistin tat ihr Bestes, sich von Holtz und seinen vorsichtigen bürokratischen Antworten nicht einschläfern zu lassen. «Die Vereinten Nationen haben eine sehr internationale Belegschaft, von Natur aus. Sie sind Österreicher, wenn ich es recht verstehe. Denken Sie nicht, Sie sollten mehr Security-Leute aus Teilen der Welt wie dem Nahen Osten einstellen, wo der Terrorismus ein größerer Faktor ist als, sagen wir, in Wien, weil …»

Kinsella sprang von ihrem Stuhl auf und rannte quer über die Etage, das lange Haar wehte hinter ihr her.

Österreich. Direkt neben Deutschland. Aber anders. Genau wie Indien und Bangladesch. Das war es, was die Frau so aufgebracht hat. Gott sei Dank, dass sie so dünnhäutig war.

Kinsella riss die Tür der Zelle auf. Yuri Lifshitz lag schlafend auf der Bank, das Gesicht zur Wand gedreht, die Beine angezogen.

Sie packte ihn bei der Schulter. «Andreas Holtz. Kennen Sie den Namen?»

Lifshitz rieb sich das Gesicht. «Ja, aber ich weiß nicht, woher.»

«War das der Sicherheitschef, den Molnir bestechen wollte?»

Er war jetzt wach. «Genau, so hieß der Mann. Holtz, yeah, Holtz.»

Kinsella rannte hinaus und sprintete zu Todd hinüber.

«Es sind die Vereinten Nationen», rief sie. «Das Sarin ist in den Vereinten Nationen.»

Kapitel 48

Wasser stieg kalt an seiner Brust hoch. Farben und Einzelheiten strömten in seine Augen. Verrazzano kam auf der überfluteten Decke des auf dem Kopf liegenden Flugzeugs zu sich. Lance schlug im knietiefen Wasser um sich, blinzelte und keuchte wie ein Betrunkener. Mit aller Kraft, die er noch hatte, drückte Verrazzano die Cockpittür auf. Ein Schwall Wasser drang in die Kabine. Die Nase des Flugzeugs war weg, abgerissen, als sich die Maschine überschlug. Der Rumpf knarrte und ächzte. Der hintere Teil hob sich. Das Flugzeug stand kurz davor, völlig zu versinken.

«Raus hier.» Verrazzano zog sich aus der Kabine.

Die Reste des Cockpits bestanden aus scharfem, verdrehtem Stahl, der Verrazzano in den Rücken schnitt, als er hindurchschwamm. Die Wunde stach im Salzwasser. Er ließ den Schmerz davontreiben und stieg mit den Luftblasen zur Oberfläche auf.

Etwas fesselte seinen Fuß. Er ruckte, bekam den Fuß aber nicht frei.

Er griff nach unten. Ein Bündel Kabel der zerstörten Instrumente hatte sich um seinen Knöchel gewunden. Verrazzano zog daran, um sich zu befreien, doch sie gaben nicht nach. Luft entwich aus seinem Mund.

Lance stieg zur Oberfläche auf.

Verrazzano kämpfte mit den Kabeln. Sein Fuß saß fest. Er hatte keinen Sauerstoff mehr und spürte, wie sein Gehirn den Dienst einstellte, Synapse für Synapse.

Ein Eisstrom durchfuhr ihn, und sein Blut vernebelte

das Wasser. Das zerrissene Metall war rasiermesserscharf. *Schneide dich los*, sagte er sich und wiederholte den Satz wie ein Mantra, jedes Mal langsamer, während sein Gehirn weiter herunterfuhr. Er zog die Kabel an einen scharfen Rand, aber sie ließen sich nicht durchschneiden.

Eisiges Meerwasser drang in seine Nase. *Schneide dich los*. Er hob die Kabel, umfasste den Knöchel und riss.

Zog an den Kabeln. Sie lösten sich. Einen Zentimeter.

Die letzte Luft blubberte mit dem Reißen und Rucken aus dem Rumpf auf. Das Wrack rutschte rumpelnd weiter ins Dunkel hinab und zog ihn mit sich.

Er hatte eine letzte Chance. Eine atemlose Anstrengung. Die Kabel gaben nach, als sich das Flugzeug aufs Neue verschob. Die letzten vermochte er durchzuschneiden, war frei und stieg auf. Sein Kopf schien zu explodieren.

Verrazzano brach durch die Oberfläche, und die Luft schmeckte wie ein kaltes Bier in der Wüste. Der Himmel schien ihn zu sich hochzuziehen, und er dachte schon, er sei doch ertrunken und steige zu den Wolken auf, doch dann begriff er, dass es die Dünung war und die Wellen ihn in Richtung Ufer spülten.

Lance packte ihn und strampelte durch die Gischt. Verrazzano spuckte Salzwasser aus Mund und Nase. «Du bist okay, Arschloch», sagte Lance. «Halt dich fest.»

Verrazzano sah, dass sie nicht im Meer selbst waren. Sie planschten durch die Mündung eines weiten Priels, das Marschland links und rechts voller Schilf. Lance watete aufs Trockene. Verrazzano erbrach Meerwasser. Er rollte in den Schlick, sah auf seine Suunto-Armbanduhr und checkte ihre Koordinaten.

«Wo sind wir?», keuchte Lance.

«Gut fünfundzwanzig Kilometer östlich von Manhattan. Ich nehme an, im Marschland hinter Jones Beach oder Point

Lookout. Etwa zweieinhalb Kilometer landeinwärts müssten wir auf ein Wohngebiet stoßen.»

«Schwer machbar.» Lance sah auf seine eigene Uhr. «Es bleibt keine Zeit.»

«Wir haben Glück, dass wir überhaupt noch leben. Was soll das heißen, keine Zeit?»

«Es ist fast acht.» Der Molnir-Mann sah zum anderen Ufer hinüber. Er blinzelte und zitterte.

«Wann wird das Sarin freigesetzt? Jetzt? Sag mir eine Zeit.»

Lance schüttelte geistesabwesend den Kopf. «Wir müssen hier weg.»

Verrazzano holte sein Handy hervor. Er wollte Haddad anrufen, damit sie nach ihm suchten und ihn und Lance in die Stadt brachten. Aber das Telefon funktionierte nicht mehr. Er ließ es in die Tasche gleiten.

«Die Piloten sollten irgendwo hier in der Nähe landen.» Lance betrachtete die sich wiegenden Spitzen des Schilfs rundum.

Verrazzano folgte seinem Blick und seinen Überlegungen. Es musste einen Trupp geben, der sie hatte empfangen sollen. Leute von Touma, wie die Piloten, oder vielleicht von Frisch, den der Palästinenser informiert hatte. Sie mussten gesehen haben, wie das Flugzeug abgestürzt war. «Wir machen uns besser davon. Sie werden bald hier sein.»

«Sie sind schon hier», sagte Lance.

Verrazzano ließ den Blick erneut über das Gelände schweifen.

Der Texaner öffnete den Mund, um etwas zu sagen, doch es kamen keine Worte daraus hervor, nur Knochen und Hirnmasse. Sein Gesicht explodierte auf das breitblättrige Süßgras, zertrümmert von der schweren Kugel eines Scharfschützen. Er fiel tot in den Schlick.

Verrazzano mühte sich, etwas über dem wogenden Schilf am anderen Ufer zu erkennen. Nichts. Es würde schwer genug sein, den Schützen zu erwischen, bevor der auch ihn erschoss, und jetzt musste er ihn lebendig bekommen. Ohne Lance war er der Einzige, der wissen mochte, wo sich das Sarin befand.

Verrazzano zog seine Jacke aus und legte sie Lance um die Schultern, ließ sich auf den Rücken sinken und zog den blutigen Körper über sich. Vorsichtig hob er den Köder an.

Eine Kugel schlug durch die Jacke, direkt unter dem Kragen, und fuhr durch Lance. Sie hämmerte den Toten zurück auf Verrazzano.

Er kroch unter ihm her und studierte den Weg, den die Kugel durch die Jacke und aus dem Körper genommen hatte. Die Schusslinie deutete auf eine Stelle im Schilf, die um eine Winzigkeit höher aufragte als der Rest. Er wartete. Ein Scharfschütze wechselte nach jedem Schuss die Position, um das Zielobjekt im Unklaren zu halten.

Ein paar Gräserspitzen flüsterten. Die meisten Leute hätten es der hereinwehenden Brise zugeschrieben. Verrazzano wusste, es war der Schütze.

Kapitel 49

Der Janitschar durchquerte einen schmalen Kanal und schob sich in dichtes Riedgras. Durch die wogenden Halme beobachtete er die Stelle, wo die zwei Männer nach dem Absturz ans Ufer gekrochen waren. Er verschränkte die Beine und stützte den linken Arm knapp unter dem Ellbogen auf sein Knie, um das meterlange XM2010 zu stützen. Das war die schwierigste Scharfschützen-Position, er spürte die Spannung in seinem Rücken und den Schultern. Aber es war die einzige Möglichkeit, sein Ziel durch die hohen Gräser im Blick zu behalten.

Er sah durch das Leupold-Zielfernrohr und legte das zweite Glied seines Zeigefingers auf den Abzug, um weicher abdrücken zu können. Mit dem ersten Schuss hatte er Lance getötet, seine zweite Kugel hatte den ICE-Agenten ausgeschaltet, dem er schon hinter Dr. Westons Haus begegnet war. Er war sicher, dass beide tot waren, dennoch wartete er – um sicherzugehen. In fünf Minuten würde er hinüberwaten, um sich endgültig davon zu überzeugen.

Die Nähe der beiden Ziele hatte etwas Intimes. Er mochte das. Weit entfernte Objekte waren weniger befriedigend. Er musste an seine weiteste Tötung denken, am Rande von Aleppo, im Norden Syriens. Ein Rebellenchef, aus einer Entfernung von zweitausendvierhundert Metern. Der Janitschar hatte gut fünf Meter neben sein Opfer gezielt, und der Wind hatte die Kugel mitten in den Leib des Mannes getrieben. Ein Sportschuss. Perfekt. Aber es störte ihn, nicht nahe genug zu sein, um die 7,62er ins Blut und Gewebe einschlagen zu hören.

Ein Fisch schnappte nach einer Fliege und schickte Ringe übers Wasser. Der Janitschar nahm das Auge vom Zielfernrohr. Er stellte sich vor, das Insekt zu sein, obwohl sein Geschäft doch das des Raubtiers war. Das beunruhigte ihn. Er musste aufmerksam und entspannt für den möglichen nächsten Schuss bleiben und das Auge wieder an sein Zielfernrohr bringen. Wenn er sicher sein konnte, dass die beiden tot waren, würde er mit seinem in der Nähe festgemachten Boot in die Stadt fahren, um die Sarin-Operation zu unterstützen. Er hörte ein weiteres Platschen eines Insekten jagenden Fisches. Seine Braue zuckte.

Das hohe Gras bog sich und wogte. Der Janitschar schüttelte die Spannung aus den Schultern. Hatte er einen Fehler gemacht? Seine Vorliebe fürs Intimere hatte ihn zu nahe an seine Opfer herangebracht. Die kleine Landzunge, auf der die beiden Männer lagen, war nur hundert Meter entfernt. Wenn einer von ihnen noch lebte, konnte er den Janitscharen angreifen, bevor der zu schießen oder mit seinem Boot zu flüchten vermochte.

Er lockerte sein Kinn. Er urteilte über sich, kritisierte sich selbst. Das war dumm. Es schaffte Spannung. Und sich dumm zu nennen, machte es noch schlimmer.

Ein Paddelgeräusch im Priel hinter ihm. Ein Schauer durchfuhr sein Rückgrat. Da war etwas. Es musste ein Vogel sein. Die Opfer lagen noch auf der Landzunge. Er wandte den Oberkörper um. Ein Austernfischer stelzte auf langen rosa Beinen durch den Schlick. Der Janitschar legte sein Gewehr beiseite. Der Vogel hob die roten, tückischen Augen, und das Lächeln des Janitscharen verblich. Der Austernfischer hob sich in die Luft. Der Janitschar wandte sich wieder seinem Gewehr zu.

Eine Gestalt wuchs aus dem Schlick vor ihm empor. Blaue Augen blitzten in einem dick mit Matsch beschmierten Gesicht. Eine Heckler & Koch stach in den Bauch des Janitscharen. Verrazzanos Zähne leuchteten weiß aus seiner Tarnung. Der Janitschar atmete scharf ein und zielte über sie. Sein Schlag traf Verrazzanos Nase.

Der Janitschar wusste, wie viel Training dafür erforderlich war, dass der ICE-Agent, statt zurückzuweichen, trotzdem weiter gegen ihn vordrang. Rücke deinem Gegner auf die Haut, ist die oberste Regel des wahren Kämpfers. Gib ihm nicht den Raum, sein Gewicht hinter einen Schlag zu bringen.

Verrazzano hakte den Fuß hinter das Knie des Janitscharen, knickte es ein und rammte ihn in den Dreck. Der Janitschar erkannte den Ko-soto-gake-Wurf. Aber das hier war keine Judo-Runde. Er knallte Verrazzano die Stirn auf den Kieferknochen und drückte den Daumen gegen seine Luftröhre. Das verdammte Blut des Mannes pulsierte über seine Fingerspitze. Verrazzanos Augen wölbten sich vor und flatterten nach hinten. Er war so gut wie erledigt.

Überrascht und wütend schrie der Janitschar auf und erschauderte, als Verrazzanos Messer in seine Seite eindrang. Er drückte gegen den Arm des ICE-Agenten. Verrazzano stand kurz vor dem Ersticken, ließ das Messer aber nicht los.

Der Janitschar gab Verrazzanos Kehle frei, taumelte zurück und rutschte ins Wasser. Er befühlte die Stichwunde. Sie war nicht tief. Verrazzano schwankte mit flatterndem Blick auf ihn zu. Der Janitschar lächelte schwach. Vor zehn Minuten war der Agent beinahe ertrunken und scheute vor einem Kampf im Wasser zurück. Der Janitschar winkte mit beiden Händen: «Komm schon.»

Verrazzano tat zwei wacklige Schritte über das heruntergetretene Gras, und mit dem dritten schnellte er vor und reckte sein Messer mit der linken Hand vor sich hin. Der Janitschar riss die Arme hoch, um ihn abzublocken. Aber den eigentlichen Angriff vollführte Verrazzano mit der rechten Faust, die er seinem Gegner gegen den Hals rammte, genau da, wo der ihn, sich nach dem Messer streckend, freigab.

Der Janitschar fiel in sich zusammen, als wären seine Beine aus Watte. Verrazzanos Klinge schnitt ihm über den Bauch. Der Janitschar packte die Hand mit dem Messer, doch die übrigen Extremitäten des ICE-Agenten droschen aus allen Richtungen auf ihn ein. So mochte es sein, mit einem Krokodil zu kämpfen, mit dem Unterschied, dass das Krokodil ihn nur fressen wollte.

«Moment. Ich weiß, wo das Sarin ist.» Er spuckte und hustete. «Ich soll jetzt hin. Ich nehme dich mit. Mein Boot liegt ganz in der Nähe.»

Verrazzano atmete durch die Nase, laut und tief. «Wo ist es?»

Der Janitschar streckte den Arm aus. «Mein Boot? Es ...»

«Das verdammte Sarin. Sag mir den genauen Ort.»

«Ja, okay, mach ich.» Der Janitschar war fast wieder auf den Beinen. Er taumelte. Verrazzano hielt ihn. «Ich bringe dich hin. Ich zeig's dir. Du wirst es sehen. Mit deinen eigenen Augen.»

Der Satz war wie eine Warnung. Verrazzano hob die Arme, bevor der Schlag kam. Aber die Finger des Janitscharen, zu einer Speerspitze geformt, stießen ihm ins Gesicht. Der Janitschar spürte, wie der Augapfel nachgab, und er hörte den Amerikaner schreien. Der Janitschar warf ihn in den Strom und drückte die Knie auf seine Schulterblätter. So hielt er ihn in den Schlick gepresst. Nach dem Augentreffer gab es kaum mehr eine Gegenwehr. Er hielt den Amerikaner unter Wasser, bis er sich nicht mehr bewegte.

Erschöpft und glücklich erhob sich der Janitschar auf die Beine. Die Strömung nahm Verrazzanos Körper mit sich mit.

Der Janitschar stieg ins Schilf, um sein Gewehr und seine Ausrüstung zusammenzupacken, und platschte anschließend durchs flache Wasser zu seinem Boot, einem Sechs-Meter-Bowrider mit einem starken Außenborder. Über den Sitzen vorn im Bug, dort, wo in den Verkaufsbroschüren immer ein Mädchen in einem Bikini saß, spannte sich eine himmelblaue Plane. Er verstaute seine Ausrüstung im Heck, stellte sich ans Ruder und raste aus dem Priel aufs offene Meer hinaus.

Der Janitschar leckte sich das Salz von den Lippen. Eine Ecke der Plane vorn lag lose über den Sitzen. Sie flatterte im Wind. Er schüttelte den Kopf. Er hätte sie richtig festzurren sollen. Er überlegte, ob er langsamer werden und es nachholen sollte, aber der Kampf mit Verrazzano hatte ihn Zeit gekostet. Er musste bei der Attacke in Manhattan sein, und es wurde knapp, selbst ohne eine weitere Verzögerung. Er ließ den Bowrider über die Wellen tanzen.

Kapitel 50

Martin Chavez rollte über die UN-Plaza. Er kam an der pazifistischen Skulptur der Pistole mit dem verknoteten Lauf vorbei. Seine Innereien fühlten sich exakt wie dieser Lauf an. Nervös steckte er sich einen Streifen Doublemint in den Mund. Seine Zunge war völlig ausgetrocknet. Er kaute heftig und rückte das zusätzliche Kissen zurecht, das dabei half, dass er nicht nach vorn kippte. Darunter steckte die dünne Computertasche mit seinem Laptop, einem Kabelset und einem USB-Stick mit der Software, von der er annahm, dass er sie brauchte. Er steuerte seinen Rollstuhl ins Security-Zelt.

Adela stand hinter dem ersten Metalldetektor. Ihre Schicht hatte gerade begonnen. Sie hatte ebenfalls einen Kaugummi im Mund. Ihr Hals zuckte. Chavez wusste, es war das Adrenalin. Er versuchte, sie mit seinem Blick zu beruhigen. Es funktionierte nicht, er gab auf und fuhr auf sie zu.

Eine Frau mit sherryfarbener Haut lief an ihm vorbei und überprüfte die Taschen ihrer Burberry-Jacke, als sie das Band vor dem Röntgenscanner erreichte. Als sie Chavez sah, sagte sie mit dem kehligen *O* der Leute aus Maryland: «Oh, Entschuldigung. Sie kommen zuerst.»

Adela kam durch den Metalldetektor. Er machte kein Geräusch. Chavez warf einen Blick auf ihren Gürtel. Der elektronische Override-Schlüssel, der normalerweise neben ihrer Pistole hing, damit der Detektor nicht aktiviert wurde, war nicht da. Sie war vorbereitet. Sie hielt ihn verdeckt in der Hand.

«Ladies first», sagte Chavez zu der Frau in der Burberry-Jacke.

«Oh, danke.» Sie legte ihre Tasche auf das Band und zog den Reißverschluss auf.

«Haben Sie einen Laptop, Ma'am?» Adela trat neben die Frau.

«Klar. Ich war schon oft hier. Ich kenne die Prozedur.» Sie holte den Laptop aus der Tasche und legte ihn in eine Plastikwanne.

«Kommen Sie aus Baltimore?», fragte Chavez.

«Das hören Sie? Ich werde mein O einfach nicht los.»

Adela schob die Wanne aufs Band und fuhr mit der Hand unter die Verkleidung.

«Oh, ich mag Cal Ripken», sagte Chavez.

«Jeder mag ihn», sagte die Frau.

«Er macht tolle Wohltätigkeitsgeschichten.»

Die Frau holte Luft. Chavez spürte ihre Ungeduld. «Für Behinderte und so», sagte er.

Sie warf einen Blick auf seinen Rollstuhl. «Baltimore ist sehr stolz auf ihn.» Sie lächelte.

Adela berührte die Jackentasche der Frau nur ganz leicht. Chavez hielt den Atem an. Der Lippenstift. Sie steckte ihn hinein.

«Und wie kommen *Sie* durch den Metalldetektor?» Die Frau nahm ihren Führerschein wieder in Empfang. «Tut mir leid, das geht mich wohl nichts an.»

«Kein Problem.» Chavez klopfte mit der Hand auf die Armlehne seines großen Stuhles. «Der Junge ist ganz aus Plastik. Jedes einzelne Teil. Eine Spezialausgabe, damit ich nicht extra durchsucht werden muss.»

«Ja, ich nehme an, das wäre ...» Die Frau legte betreten die Stirn in Falten.

«Demütigend? Sicher.» Er grinste.

Adela folgte der Frau durch den Metalldetektor, jetzt ohne ihren Override-Schlüssel.

«Kommt aus Schweden.» Chavez trommelte aufs Neue einen Rhythmus auf seine Armlehne.

Der Detektor sirrte und blinkte rot. Der Mann am Röntgenschirm hob den Kopf. Die Frau aus Baltimore schien verwirrt.

Chavez griff unter die Bandverkleidung. Adelas Override-Schlüssel klebte fest an ihrem Kaugummi. Er zog ihn herunter.

«Bitte, gehen Sie noch einmal zurück, wenn Sie etwas in ihren Taschen haben, Ma'am», sagte Adela.

Chavez verdrehte mitfühlend die Augen, als die Frau zurückkam.

«Ernsthaft», sagte sie. «Sehe ich so gefährlich aus?»

«Klar. Wie ein Bond-Girl.»

Sie lachte, während sie noch einmal ihre Taschen durchsuchte. Hervor kam ein rotes Metallröhrchen. «Ein Lippenstift.»

Adela hielt ihr einen kleinen Plastikkorb hin. «Legen Sie ihn da hinein, Ma'am.»

«Aber er gehört mir nicht.»

Adela schüttelte den Korb. Die Frau warf den Lippenstift hinein und ging durch den Detektor, der jetzt ruhig blieb.

«Ich habe keine Ahnung, wie der da reingekommen ist», murmelte sie.

Adela schob die Handtasche und den Laptop ans Ende des Tisches und hielt der Frau schließlich auch den Korb mit dem Lippenstift hin.

«Ich sage doch, er gehört mir nicht.»

Chavez fuhr durch den Metalldetektor. Der Override-Schlüssel tat seinen Dienst. Kein Sirren, kein Licht, trotz der

Computerausrüstung unter den Stummeln seiner Schenkel. Er blieb stehen, als warte er darauf, dass Adela und die Frau Platz machten.

Chavez holte den Kaugummi aus dem Mund und klebte ihn unter den Tisch. Den Schlüssel steckte er in die Masse. Es hielt. Er zog die Hand zurück.

«Biep, biep», sagte er. «Macht Platz, Ladies. Der Lippenstift hatte eine schöne Farbe. Er wird Ihnen stehen.»

«Männer.» Die Frau lächelte Adela zu. «Als würde eine Frau einen fremden Lippenstift benutzen.»

Adela warf ihn in einen Mülleimer. Der Mann am Bildschirm sah noch einmal gelangweilt herüber. Die Frau eilte davon.

Adela sah sich um, fuhr mit der Hand unter den Tisch, fühlte herum und zischte ihrem Ehemann leise zu: «Er ist nicht da. Was hast du damit gemacht, Marty?»

Chavez versteifte sich. «Ich hab das verdammte Ding drunter geklebt.»

«Sir, Sie haben da was verloren.» Eine Stimme vom anderen Ende des Röntgenscanners.

Chavez drehte seinen Rollstuhl. Eine knochige, mittelalte Frau mit zerzaustem, rötlich braun gefärbtem Haar und ein blasser, muskulöser Mann warteten vor dem Metalldetektor. Die Schultern des Mannes bewegten sich auf und ab. Atemlos, er hatte es eilig.

Die Frau deutete auf den Boden. Der Override-Schlüssel lag wie eine verlorene Münze auf den Steinplatten.

Adela starrte Chavez an. «Ich heb das für Sie auf, Sir», sagte sie. Sie bückte sich, nahm den Schlüssel, drehte sich zwischen ihn und die Leute und legte die Hand auf seine, hielt ihre jedoch geschlossen und ließ die kleine Scheibe in ihre Tasche gleiten.

Die Rothaarige hob den Arm und öffnete ihre Brieftasche. Eine goldene Marke glitzerte im Neonlicht des Security-Zelts. «Wir sind US Federal Agents.»

Der Schreck fuhr Chavez so tief in den Bauch, dass er die Hände heben und sich ergeben wollte.

«Wir müssen zu Mr Holtz, Ihrem Sicherheitschef», sagte die Frau. «Ich bin Special Agent Kinsella. Agent Todd und ich sind vom Immigration und Customs Enforcement. Wir sind bewaffnet. Ich gehe jetzt einfach durch, okay?»

Adela sah sich den Ausweis der Frau an. «Hm, ja. Gehen Sie.»

Das Licht leuchtete, und es sirrte wieder. Kinsella steckte ihren Ausweis zurück in die Jacke. Todd folgte ihr. «Müssen Sie unsere Verabredung mit Mr Holtz überprüfen?», fragte Kinsella.

Adela blinzelte, als hätte man sie geohrfeigt. «Nein, Ma'am.»

Todd sah Chavez mit einer Miene an, als wäre er bereit, in hundert verschiedenen Sprachen loszufluchen. Der Agent würde das Verbrechen in seinen Augen erkennen, er wusste es. Seine Hände waren bereits wieder auf dem Weg nach oben, als Todd in die Eingangshalle weitereilte.

Adela bewegte sich von ihrem Mann weg. «Der Nächste, bitte. Gehen Sie durch.»

Chavez fuhr in die Halle. Die Agenten mussten wegen ihnen hier sein. Vielleicht hatte er Spuren hinterlassen, als er die UN-Website aus Massies Büro ausspioniert hatte. Aber warum die Einwanderungs- und Zoll-Leute? Hatte einer bei der Frau nachgefragt, die ihn für den Job beim ICE interviewt hatte? Er trug immer noch ihre Karte in der Tasche. Special Agent Roula Haddad. Hatte er etwas verraten, als er mit ihr gesprochen hatte? *Nein, Martin, du Dummkopf. Das war, bevor dir Kyle was von der UN-Sache erzählt hat.*

Er überquerte die polierten Fliesen und fühlte sich, als hätte man ihn tödlich getroffen. «Ich muss das hinkriegen», flüsterte er. Und fragte sich, wie oft er heute noch sterben würde.

Kapitel 51

Die Torwache leuchtete mit einer Taschenlampe durch den Montagewagen der Klimaanlagen-Firma Airstoria. Der Mann überprüfte die alten Werkzeugkisten und sah durch zahllose Pumpen und Vakumieradapter, bis er dachte, dass es nichts Verdächtiges gab, und den Fahrer auf den schlammigen Parkplatz am Rand des Baugeländes dirigierte.

Drei Techniker verließen den Transporter. Auf dem Rücken ihrer weißen Overalls stand unter dem Schneeflockenlogo der Firma eine Adresse in Astoria, Queens. Die Männer reckten sich nach der Fahrt und sahen den neuen UN-Tower hinauf, als stellten sie sich vor, wie er fertig aussehen würde. Sie hievten ihre Ausrüstung zwischen die Kipplaster, trugen sie eine bulldozerbreite Rampe hinunter und weiter in einen Tunnel, der das neue mit dem alten Gebäude verband.

Kyle Massie zog heftig an seiner Winston, während er Clay und Slav auf dem Plankenpfad über den Matsch folgte. Eine Gruppe Schweißer arbeitete an einem Abflussrohr und schickte Funken hinauf zu der provisorischen Beleuchtung entlang der nackten Betonmauer. In einer tiefen Nische waren zwei Elektriker damit beschäftigt, einen Transformator zu installieren.

Zwei Männer kamen auf sie zu. Einer war ein stämmiger, untersetzter Wachmann, der seine muskulösen Schultern und massigen Hüften im Takt seiner Schritte hin und her wandern ließ. Der andere, ein langer, dünner, buckliger Kerl in einem grauen Anzug und mit einem blauen Helm und einem UN-Ausweis um den Hals, rief Massie aus gut zehn Metern mit einem zentraleuropäischen Akzent zu: «Auf dem Gelände hier herrscht überall Rauchverbot.»

Er schob die hellgrüne Brille auf der Nasenwurzel hoch und musterte die Klimaanlagen-Techniker. «Wo wollen Sie hin?»

«Ins Hauptgebäude, Sir», murmelte Clay. «Wir führen die Klimaanlage von dort durch diesen Tunnel.»

«Sir, wir beeilen uns besser. Wir müssen den Inspektionsgang zu Ende bringen», sagte der Wachmann zu dem Anzugträger. Er ging um die Techniker herum. «Wir müssen unseren Rundgang beendet haben, bevor die Sitzung der Generalversammlung anfängt.»

Der große Mann hob die Hand, um ihn zum Schweigen zu bringen, und sagte zu Clay: «Das ist ein Fehler. Die Kanäle für die Klimaanlage sind bereits letzte Woche installiert worden. Ich habe eure Leute dabei gesehen.» Er deutete zur Decke. Glänzende Stahlschellen führten einen rechtwinkligen Kanal längs durch den Tunnel.

Clay scharrte mit den Füßen auf den Planken. «Nun, ich nehme an, wir …»

«Im Übrigen hat heute nur unentbehrliches Personal Zugang, wegen der Generalversammlung. Wo sind Ihre Passierscheine von meiner Abteilung?»

Der Wachmann hinter dem großen Mann verdrehte die Augen und sah auf die Uhr.

«Was für eine Abteilung ist das?», fragte Clay.

«Ich bin der Sicherheitschef. Zeigen Sie mir Ihre Papiere.»

Massie warf seine Zigarette weg. Er kniff die Augen zusammen, um zu lesen, was auf dem Ausweis stand, den der Mann um den Hals trug. Danach handelte es sich um Andreas Holtz, der offenbar tatsächlich der Chef der Sicherheitsabteilung war. *Genau der, dem wir nicht begegnen wollten,* dachte er. «Die Kanäle sind installiert», sagte er, «aber die Luftklappen müssen noch justiert und mit dem bestehenden System im Hauptgebäude verbunden werden, und das ist dahinten.» Er wollte weitergehen und die anderen beiden mit sich ziehen.

«Ihre Passierscheine. Zeigen Sie sie mir.» Holtz setzte eine Miene auf, die unter UN-Leuten als herausfordernd gelten mochte, für Massie sah er aus wie ein Vanillepudding, der sich noch nicht ganz gesetzt hatte.

Clay stellte seinen Werkzeugkasten in den Dreck, und Massie sah, wie er die Faust ballte, bereit, sie dem UN-Mann in die Kehle zu rammen.

Das Telefon des Sicherheitschefs klingelte. Er hob den Finger, um zu signalisieren, dass die Klimaanlagen-Männer bleiben sollten, wo sie waren. «Holtz hier.»

Clay nickte zu einer Nische hinüber. Massie verstand, was er vorhatte. Ihn da zusammenzufalten und zum Schweigen zu bringen. Den Wachmann gleich mit, und darauf zu hoffen, dass die Elektriker nichts merkten. «Noch nicht», murmelte er.

Holtz sprach in sein Telefon. «Die ICE-Agenten sind hier?»

Massie zischte verärgert. Der Janitschar hätte den ICE-Agenten draußen auf Long Island ausschalten sollen. Während Holtz dem Anrufer zuhörte, legte Massie zwei Finger an die Augenbraue. *Plan B*. Slav nickte.

Holtz beendete sein Telefongespräch und fuhr sich mit der Hand durch das dünner werdende Haar. Massie fragte sich, was die ICE-Agenten wussten und was sie den UN gesagt hatten.

Slav trat zu Holtz und sagte langsam und bestimmt auf Russisch: «Machen Sie sich nicht lächerlich. Sie haben uns den Auftrag gegeben, das Abhörprogramm der NSA hier in den Vereinten Nationen aufzudecken, und es gibt Grund zu der Annahme, dass sie die Klimaanlage benutzen. Also lassen Sie uns unsere Arbeit machen.»

Massie war nicht sicher gewesen, ob sie es mit der Russennummer probieren sollten, selbst nachdem Frisch sie entsprechend instruiert hatte. Der UN-Mann hatte Frisch davon erzählt, aber das hätte auch bloße Angeberei sein können. Ein Ass wie Frisch konnte Männer zu so was verleiten. Was, wenn die Russen längst fertig waren? Und jetzt standen sie hier mit dem Sicherheitschef ... Massie betete, dass sie damit durchkamen.

Holtz sah auf sein Telefon. Es summte und blinkte in seiner Hand. Der Österreicher bedeutete den Männern weiterzugehen. Dem Wachmann nickte er zu: «Sie können den Rundgang auch ohne mich beenden. Die Männer hier sind okay.»

«Ja, Sir», sagte der Wachmann.

Holtz beantwortete den Anruf und lief mit dem Handy am Ohr von ihnen weg.

Der Wachmann murmelte: «Ich hätte den Rundgang von Beginn an allein machen können, so wie jeden Tag, du alles besser wissender Sesselfurzer.» Er grinste die Techniker an. «Weil heute eine Generalversammlung stattfindet, muss sich das Arschloch in jeden kleinen Scheiß einmischen.» Damit ging er weiter in die Gegenrichtung.

«Das wäre beinahe danebengegangen», sagte Clay.

Slav lachte und klatschte ihn heimlich auf Brusthöhe ab.

Massies Puls stotterte. «Gehen wir.»

Als er sich bückte, um die Werkzeugkiste zu nehmen, rief der Wachmann nach ihnen: «Hallo, Leute.»

«Was soll das jetzt?», murmelte Massie.

Der Wachmann zeigte auf den Schacht an der Decke und winkte sie mit der anderen Hand heran. «Seht euch das an.»

Slav und Clay zögerten. «Was will der?», sagte Clay.

«Wartet hier.» Massie ging hinüber und folgte der Geste des Wachmanns. Ein Teil des Schachts hatte sich von der Decke gelöst, und die scharfen Kanten schnitten in das darin verlaufende weiche Rohr.

«Das ist gefährlich», sagte der Mann. «Wir können das hier nicht so herunterhängen lassen.»

«Wir reparieren das auf dem Rückweg», sagte Massie.

«Auf keinen Fall, Mann. Ich brauche den Tunnel für den Notfall. Für eine Evakuierung des Hauptgebäudes. Das müssen Sie sofort reparieren.»

Massie starrte das Rohr an. Die Elektriker ein Stück den Tunnel hinunter hörten mit ihrer Bohrerei auf. Die Schellen des Kanals über ihm knarzten. Das Ding konnte jeden Moment herunterkommen. *Wie wahrscheinlich ist das?,* dachte er. *So eine Scheiße.* «Das ist in Ordnung. Das hält.»

Damit drehte er sich um.

Der Wachmann sprang und riss an dem Schacht. Er schlug dagegen, und das Echo schallte tief in den Schacht. Das Rohr schwang hin und her und knirschte. «Ich habe Ihnen gesagt, das Ding kann jeden Moment herunterkommen. Sehen Sie sich das an, Mann.»

Massie hob einen Finger an die Wange und kratzte sich. «Okay, wir sehen mal», sagte er und bedeutete Slav und Clay mit einem Kopfrucken, zu ihm zu kommen.

«Hätten Sie von Anfang an richtig gearbeitet, würde das jetzt hier nicht so runterhängen.»

«Okay, Sir, wir kümmern uns darum. Gehen Sie nur und beenden Sie Ihren ...»

«Ich bleibe, bis das in Ordnung gebracht ist.» Der Wachmann griff nach seinem Walkie-Talkie. «Wir brauchen ein Schild, damit die Leute hier aufpassen.»

Massie signalisierte Clay und Slav, den Schacht wieder

zu befestigen. «Da läuft keiner drunter her. Wir arbeiten ja daran.»

«Die Vorschrift besagt, dass wir ein Schild auf dem Boden brauchen.» Er redete in sein Walkie-Talkie: «Janie, ich brauche ein Warnschild im Nordtunnel. Bring es möglichst schnell her.»

Jetzt haben wir zwei von denen am Hals, dachte Massie. «Lass uns das verdammte Ding reparieren, dann geht's los», brummte er Clay zu.

Slav griff nach oben in den Schacht. Kaum, dass das Gewicht seines Unterarms auf dessen Rand drückte, löste sich die Schelle in der Decke komplett, und kam bis auf Hüfthöhe herunter.

«Scheiße.» Der Wachmann sprang zurück. «Habe ich es nicht gesagt? Hättet ihr vernünftig gearbeitet ...»

«Ja, Sie haben recht.»

Massie betrachtete den Schaden. Die Oberseite des Schachts war jetzt sichtbar. Auf ihr prangte ein langer weißer Plastikaufkleber mit der Aufschrift: «Ace-Klimaanlagenbau, Bensonhurst, Brooklyn, N.Y.» Er hob die Hand vor das Airstoria-Schild auf seiner Brust. Wenn der Wachmann den richtigen Namen der Klimaanlagenfirma sah, würde er fragen, warum sie ein anderes Logo auf ihren Overalls trugen.

Clay beugte sich über den Schacht, um ihn anzuheben. Das große Logo auf seinem Rücken geriet dabei genau neben den Ace-Aufkleber, allerdings war der Wachmann noch zu sehr damit beschäftigt, in sein Walkie-Talkie zu jammern, um es zu bemerken. Massie schob sich vor Clay. Er bückte sich und packte das Ende des Aufklebers.

Jetzt sah auch Clay die Aufschrift und legte die Hand darauf, mit einem angespannten Blick zu Massie hin.

«Reiß ihn runter», sagte Massie und ging auf den Wachmann zu, um so dessen Sicht zu blockieren. Clay zog an dem Aufkleber. Er hustete laut, um das entstehende Geräusch zu übertönen.

Massie entspannte sich etwas, als er hörte, wie sich der Aufkleber löste. Er drehte sich um.

Clay starrte ihn an, das zusammengeknüllte Plastik in der Hand. Er schüttelte den Kopf.

Massie sah auf den Schacht. Der Aufkleber hatte einen langen rechteckigen Abdruck hinterlassen, voll mit winzigen weißen Plastikfetzen, nur der Name der echten Klimaanlagenfirma und das Logo waren frei von ihnen. Da klebten roten Reste, und der Name war so gut zu lesen wie zuvor.

Er drehte sich zum Wachmann um, der ein paar Schritte näher gekommen war. Der Bursche las den Namen der Firma auf dem Schacht. Dann sah er auf Massies Overall und das Airstoria-Logo. Er würde einen Moment brauchen, um es zu kapieren, aber Massie sah, wie er sich dem Schluss näherte, dass die Leute da vor ihm nicht die waren, die zu sein sie behaupteten.

Als er den Mund öffnete, um den Wachmann abzulenken, und es ihm zu erklären, flog etwas klare Flüssigkeit neben ihm durch die Luft und traf den Wachmann ins Auge.

Der Mann blinzelte, schlug die Hände vors Gesicht und brüllte.

Massie fuhr zu Slav herum, der den Deckel zurück auf eine Literflasche Zyanid schraubte.

Damit war es entschieden. Keine Rederei mehr. Massie trat dem Wachmann gegen das Knie. Als er am Boden lag, stampfte er ihm auf den Hals. Das Zyanid würde ihn in einer Minute umbringen, aber Massie wollte ihn tot haben, bevor er den Mund noch einmal aufmachte. Er trat noch einmal zu und spürte, wie das Genick des Mannes brach. Massie sah anklagend zu Slav hinüber, der mit den Schultern zuckte und die Flasche zurück in die Werkzeugkiste legte.

Massie zog ein langes Stück des weichen Faltrohrs aus dem Metallschacht, stieß mit den Fingern hinein und durchtrennte es. «Pass da mal auf.»

Clay sah zu den Elektrikern hinüber, die immer noch mit ihrem Transformator beschäftigt waren. «Alles bestens.»

Massie zerrte dem Wachmann das Ende des Rohrs über Kopf und Schultern, sorgsam darauf bedacht, nicht mit dem Zyanid in Berührung zu kommen. Er zog das Rohr bis über die Füße hinunter und ließ es oben wie unten ein Stück überstehen. «Den Klebestreifen.»

Slav warf ihm eine silberne Rolle zu. Massie verschloss damit beide Enden und sagte: «Fass mal einer mit an.»

Massie und Slav trugen den Wachmann in eine Nische und stellten ihn aufrecht in die Ecke. Massie nahm dazu noch eine der Gehplanken und lehnte sie vor den Toten. Er trat ein Stück zurück. Wenn da einer nicht allzu genau hinguckte, sah er nur etwas Klebestreifen und ein Stück Holz – die Art Müll, wie sie auf jeder Baustelle herumlag.

Die drei Männer eilten durch den Tunnel. Als sie das Ende erreichten, trat eine Security-Frau aus der Tür des Hauptgebäudes.

«Scheiße», murmelte Clay.

Die Frau legte die Hand auf den Pistolengürtel und rückte ihre Kappe zurecht. Von hinten kamen die Elektriker. Es war unmöglich, die Frau zum Schweigen zu bringen, ohne auch die beiden Trafo-Burschen auszuknipsen, und hier am Ende des Tunnels standen die Chancen nicht schlecht, dass ihnen irgendwer an einem Bildschirm im Gebäude oben zusah.

«Geht schon, Jungs.» Die Elektriker blieben hinter Massie auf der Planke stehen.

Die Security-Frau griff nach rechts. Massie zuckte zusammen. Sie wollte ihre Waffe. Er trat von der Planke in den Dreck, bereit, sich umzudrehen und zu fliehen.

Die Hand wanderte zur Pistole, und darüber hinaus. Sie griff nach der Spitze eines reflektierenden Warnschilds. «Gefahr: Laufende Bauarbeiten», stand darauf. Sie hob es an und schwenkte es sich vor den Bauch, einen der Füße mit der anderen Hand fassend.

«Jungs, die Lady wartet, dass wir da endlich durchgehen», sagte einer der Elektriker.

Clay ging an der Frau vorbei und grüßte mit der Hand an der Mütze. Slav folgte ihm. Massie stieg aus dem Dreck und betrat das UN-Gebäude mit den Elektrikern hinter sich.

Er sah zu, wie die Security-Frau die Planken hinunterging. Sie schüttelte den Kopf, als sie zu dem herunterhängenden Stück Lüftungsschacht kam und ihr Warnschild aufstellte. Sie beugte sich über den Schacht und schüttelte den Kopf aufs Neue.

Massie verfluchte das Logo auf seinem Overall. Was, wenn sie anfing, Schlüsse zu ziehen?

Die Frau zog sich die Hose ein Stück höher und kam zurück. Er konnte einfach weitergehen, aber wenn der Frau das Airstoria-Logo aufgefallen war, schlug sie womöglich Alarm und schickte eine Truppe los, um sie zu suchen. Er drehte sich im Kreis und überlegte, wie er sie loswerden könnte. Das Erste, was er sah, war eine Videokamera. Sie waren jetzt im Hauptgebäude. Hier gab es keinen Ort, wo man sie nicht sehen konnte.

«Was ist, Kyle? Komm schon.» Slav fasste Massies Arm.

Massie trat einen Schritt zurück in den Tunnel.

Die Frau kam auf ihn zu. Die Hände auf dem Gürtel, die rechte nah bei der Pistole. Sie betrachtete Massie, während sie die letzte steile Planke aus dem Tunnel heraufächzte.

Er konnte sie zurück in den Tunnel ziehen. Da war niemand. Oder doch? Vielleicht kam gerade einer vom anderen Ende. Er bückte sich, um in den Tunnel hineinzusehen.

Eine Gruppe Arbeiter trug metallene Gerüstteile herein. Massie konnte die Frau da nicht ungesehen beiseiteschaffen.

Sein Mund war trocken. Das Herz drohte ihm die Brust zu sprengen. Und das Schlimmste war, dass er mit einem Mal an sich selbst zweifelte. Vielleicht war das jetzt der Punkt. An dem er nicht weiterwusste. An dem es vorbei war.

Die Security-Frau blieb ein paar Meter vor ihm stehen. Sie drückte den Rücken durch und musterte ihn von Kopf bis Fuß. «Das ist ja ein Riesending.»

Massie starrte sie an. Er traute sich nicht, etwas zu sagen. Wenn er den Mund öffnete, würden seine Zähne unkontrollierbar klappern.

«Glück für euch von Airstoria, dass ihr das nicht versaut habt, sondern die Leute vom Ace-Klimaanlagenbau. Wir müssen die auf der Stelle herholen.» Sie drängte an Massie vorbei. «Schwein gehabt, was?»

«Sicher, Süße.» Clay boxte Massie auf den Ellbogen. «Kyle?»

«Alles okay. Mir geht's bestens.» Massie trat in den Werkstattbereich, der den Tunnel mit dem Keller des UN-Towers verband. Aber er wusste, dass das nicht stimmte. Ginge es ihm bestens, wäre er an einem völlig anderen Ort.

Kapitel 52

In Frischs Bluetooth-Hörer murmelte Holtz voller Panik und Wut, was die ICE-Agenten bloß wollten, die in seinem Büro warteten. Was für Informationen hatten sie? Eine Nachricht vom Janitscharen. Frisch las sie, während er die Wartungstreppe seines Gebäudes hinaufging. «Verrazzano eliminiert.» *Vielleicht nicht, bevor er weitergegeben hat, was er wusste,* dachte Frisch. Deshalb sind jetzt die anderen ICE-Agenten in den Vereinten Nationen. Er kam aufs Dach und versteckte sich hinter dem Windenhäuschen des Aufzugs. Holtz murmelte auf Deutsch: «Dieser verfickte Frisch.» Frisch grinste und packte sein russisches Scharfschützengewehr aus. Bei seinem Besuch der UN hatte er den Ausweis des Österreichers genommen und mit einigem Gehabe inspiziert, als der gerade von einer Gruppe Schulkinder abgelenkt wurde. Dabei hatte er mit durchsichtigem Klebeband unbemerkt einen drahtdünnen UHF-Sender am unteren Rand der Plastikhülle befestigt, und so heute Morgen schon Slav auf Russisch mit Holtz sprechen hören, als der den Anruf wegen der ICE-Agenten bekommen hatte. Er stellte das Wintores auf sein Stativ und richtete die Waffe auf den UN-Turm.

«Wo sind die Agenten, Aisha?» Der Österreicher war zurück in seiner Abteilung.

«Die warten in Ihrem Büro, Andreas», sagte seine Sekretärin aus Bangladesch.

Frisch fuhr mit dem Zielfernrohr zwölf Stockwerke in die Höhe und sechs blau getönte Fenster von der Seite nach innen. Das Büro des Sicherheitschefs. Die Personen darin waren etwas verschattet, aber klar genug zu sehen, um sie, wenn nötig, zu erschießen. Der Österreicher kam herein.

«Ich bin Andreas Holtz, der Sicherheitschef.» Er schüttelte ihnen die Hand. Zwei ICE-Agenten, drei Zielobjekte insgesamt. Holtz würde der Letzte sein. Die ICE-Leute würden sofort in Deckung gehen, aber der Österreicher war eine Niete. Er würde es niemals aus dem Raum schaffen. Wie erstarrt würde er dastehen und die beiden toten Agenten anstarren, bis es auch ihn erwischte.

«Ich bin Special Agent Kinsella. Das ist Special Agent Todd. Immigration and Customs Enforcement.»

«Geht es um das Nervengas?»

Frisch zuckte, als der Österreicher das Wort aussprach, und richtete das Fadenkreuz auf ihn. Er beruhigte seinen Atem und war bereit, den Mann zu erschießen, bevor er etwas ausplauderte.

Die ICE-Agenten antworteten nicht gleich, vielleicht wunderten sie sich über die Art, wie Holtz sich verhielt. Er war eindeutig nervös, aber nicht so, wie man es vom Sicherheitschef eines wichtigen öffentlichen Gebäudes erwarten würde, nachdem die Bundesregierung eine Terrorwarnung wegen eines bevorstehenden Angriffs herausgegeben hatte. Eher wie ein Mann mit einem schlechten Gewissen, der etwas zu verheimlichen hatte.

«Warum fragen Sie, Sir?» Die Stimme der Agentin war so typisch New York, dass das angefügte höfliche *Sir* zumindest spöttisch, wenn nicht verächtlich klang.

«Sie haben eine Warnung herausgegeben.» Holtz sammelte sich. «Oder etwa nicht?»

Die ICE-Agentin hatte keine Eile mit ihrer Antwort. Sie wartete, ob Holtz noch mit mehr herausplatzte, wie es Schuldige oft tun. Aber er blieb ruhig, und sie sagte: «Wir haben Grund zu der Annahme, dass sich eine bestimmte Menge Sarin im UN-Tower befindet. Sie müssen das Gebäude schließen.»

«Großer Gott. Auf welcher Grundlage sagen Sie das?»

«Was haben Sie heute Morgen unternommen, als Sie die Warnung bekommen haben?»

«Alles, was in unseren Verhaltensregeln vorgesehen ist.»

«Mir ist nichts Besonderes aufgefallen, als wir in das Gebäude gekommen sind.»

«Wir rufen nicht jedes Mal gleich die Marines, wenn irgendeine Bundesbehörde nervös wird.» Holtz schnaubte einen Lacher heraus. Die ICE-Agenten sagten nichts. «Ich verstehe Ihre Fragen nicht.»

«Vielleicht dachten Sie, Sie wären sicher, weil Sie die angedrohte Attacke aufhalten könnten?»

«Ich verstehe rein gar nichts. Was, um alles in der Welt, meinen Sie? Wie sollte ich eine Attacke aufhalten können?»

«Indem Sie beispielsweise ein Angebot annehmen, das man Ihnen gemacht hat.»

«Es tut mir leid, aber ich kann Ihnen nicht folgen.»

Eine Pause. «Hat kürzlich jemand versucht, Sie zu bestechen, Mr Holtz?»

«Mich zu bestechen? Sind Sie verrückt?»

«Jemand namens Tom Frisch?»

Im Moment hatte Holtz die Oberhand. Das ICE hatte keinerlei Befugnisse. Sie konnten ihn nicht zwingen, das UN-Gebäude zu evakuieren. Dieser kleine Fetzen von Manhattan war offiziell nicht Teil der USA. Frisch musste darauf bauen, dass Holtz sein Terrain verteidigte – und nichts zugab.

«Warum sollte mich jemand bestechen wollen?», sagte Holtz. «Wer ist dieser Frisch?»

Frisch grinste. Holtz würde nichts ausplaudern. Nicht

an einem der wichtigsten Tage im UN-Kalender. Er hatte sich nicht bestechen lassen, aber er hätte Frisch aus dem Kreis der Bewerber ausschließen müssen. Frisch fragte sich, ob Holtz vielleicht auf ein größeres Angebot gewartet hatte.

«Warum Sie jemand bestechen sollte? Vielleicht, um sich einen Vertrag zu sichern? Vielleicht im Zusammenhang mit dem neuen Tower, den Sie bauen?» Das war wieder die Frau, die ihren Ton langsam auf volle New Yorker Direktheit hochfuhr.

«Die UN haben klare und sehr genaue Verfahrensweisen für die Vergabe von Verträgen, Agent Kinsella, genau wie für die Sicherheitsmaßnahmen im Fall einer Terrorwarnung. Ich kann Ihnen versichern, dass mich niemand zu bestechen versucht hat. Was haben Sie sonst noch für einen Grund für Ihre Annahme, dass sich Sarin im Gebäude befindet?»

Er lenkte sie ab. Holtz war doch kein so völliger Trottel.

«Wir haben einen weiteren Verdächtigen in diesem Zusammenhang festgenommen, der sagt, das Sarin befindet sich hier in den Vereinten Nationen.»

«Kann uns der Verdächtige einen Hinweis auf den genauen Ort geben? Und wann wird die Attacke stattfinden?»

Die ICE-Agenten antworteten nicht. Einer von ihnen hustete verlegen. Frisch wollte, dass sie etwas sagten. Er wollte wissen, was sie über ihn wussten. Nein, was sie über Wyatt wussten, machte ihm Sorgen. Um sich selbst machte er sich keine Sorgen, er konnte abtauchen, wenn nötig. Aber wenn ihm ein Ausrutscher unterlief und er den Colonel bloßstellte, war er ein toter Mann. Frisch war so hart wie eh und je, stellte aber dennoch fest, dass ihm der Gedanke an den eigenen Tod eine bedrohliche Eiseskälte den Nacken hochtrieb und dabei wie billiger Fusel in seiner Kehle brannte. Wyatt würde ihn nicht schmerzlos abtreten lassen.

«Der Verdächtige ist im Moment nicht verfügbar», sagte der Mann.

«Was um alles in der Welt …? Wollen Sie damit sagen, Sie wissen nicht, wo er ist? Nun, ich kann das Gebäude nicht ernsthaft aufgrund von so fadenscheinigen Gründen …»

«Hören Sie nicht, was wir sagen?» Die Frau wieder.

«Schick sie nicht einfach weg», flüsterte Frisch. «Horch sie aus. Bring sie dazu, dir zu sagen …» *Ihm was zu sagen? Etwas Tröstendes?* Wyatt sagte immer: «Du willst Beruhigung? Deine Mamma hat weiche Titten. Ich bin der harte Hund.» Mütterlich war die ICE-Agentin sicher nicht.

«Ich höre Sie laut und deutlich, und ich hoffe, Sie hören auch mich. Wenn Sie mich jetzt bitte entschuldigen wollen», sagte Holtz. «Ich habe viel zu tun.»

Er führte die ICE-Agenten hinaus. Die Frau drehte sich in der Tür noch mal um. «Wir sind hier noch nicht fertig, Holtz. Wir werden das Sarin finden.»

«Ich bin sicher, Sie halten mich auf dem Laufenden. Aisha, ich möchte jetzt nicht gestört werden.» Holtz schloss die Tür ab und griff nach seinem Telefon.

Frischs Handy vibrierte. Er nahm ab. «Andy Holtz, was gibt es Gutes?»

«Ich weiß, was Sie machen.» Holtz' Stimme war nur ein Flüstern. «Da ist Sarin in meinem Gebäude.»

«Keine Scheiße.»

«Frisch, Sie haben das Sarin hier hereingebracht. Ich weiß es. Alles, was Sie gesagt haben, als Sie hier bei mir waren, ergibt plötzlich einen Sinn.»

«Erst jetzt?»

«Spielen Sie nicht mit mir, Frisch. Ich kann das Gebäude nicht evakuieren. Heute nicht. Ich würde wie ein Idiot dastehen.»

«Wie ein *korrupter* Idiot.»

«*Ich will einen* … Ich schließe einen Handel mit Ihnen. *Der Vertrag,* Sie wissen schon.» Sein Englisch versagte unter dem Druck. «Er gehört Ihnen. Der Security-Vertrag, Sie können ihn haben. Die fünfzig Millionen Dollar im Jahr, dahinter sind Sie her. Habe ich recht?»

Wenn der Tag so weiterging, wie gewünscht, würde Frisch im nächsten Monat so viel verdienen. Er führte den Kolben des Wintores an seine Schulter. «Das *war* mein Plan. Aber die Dinge haben sich geändert.»

«Wie meinen Sie das? Hören Sie, ich will Ihr Geld nicht. Sie können Ihre fünf Millionen behalten. Ich weiß, Sie versuchen mir zu zeigen, wie sehr ich Ihre Firma brauche. Sie wollen doch nicht ernsthaft die Vereinten Nationen angreifen? *Kommen Sie.* Das tun Sie nicht, Frisch. Erinnern Sie sich daran, wie Sie mir gesagt haben, ich bräuchte Sie, wie eine Bananenrepublik Kalaschnikows und Schweizer Banken braucht? Ich stimme Ihnen zu. Ja, ich brauche Sie, Frisch.» Holtz stützte sich am Fenster ab, wie gekrümmt vor Stress. Er ließ den Kopf sinken.

«Sie wissen, wie es in Bananenrepubliken zugeht?» Frisch sah die kahle Oberseite des Österreicher-Kopfes. «Dem blonden Mistkerl wird die Haut abgezogen.» Er drückte ab.

«Frisch?»

Die Kugel drang durch den Kopf des Österreichers und blieb in seinem Kreuz stecken.

Kapitel 53

Chavez verließ den Lastenaufzug. Neue leuchtend blaue Glasfaserkabel hingen zwischen den alternden Kupferrohren an den Betonsteinwänden. Kyle Massie grinste ihn verzerrt an, führte ihn durch den Keller zum Maschinenraum für die Klimaanlage und rief durch den Lärm des riesigen Kompressors: «Hat dein Rollstuhl keinen Turbolader?»

«Ich fahre so schnell, wie es geht, Kyle.»

Der Beginn der Operation schien Massie erschüttert zu haben. Ohne langsamer zu werden, drehte er sich zu Chavez um. «Nun gib schon Gas, verdammt.»

«Kyle, pass auf.»

Massie lief mit der Schulter voran in eine Wand von Zeitungen, die fürs Recycling zu Bündeln verschnürt waren. Er versuchte die fallenden Ballen zu halten, Staub wirbelte in Unmengen auf ihn herab. Der Schmutz füllte seinen Mund. «Scheiße, verdammte.» Er hustete grauen Schleim auf den Unterarm seines Overalls.

Chavez' Anspannung stieg um eine Stufe. Er wusste, warum Massie den Schleim mit dem Ärmel auffing. Mit Spucke auf dem Boden würde er seine DNA hinterlassen. Ihr Auftrag war illegal, aber diese extreme Vorsichtsmaßnahme überraschte Chavez genauso wie Massies Nervosität.

Am Ende einer engen Abzweigung kamen sie in den Kontrollraum der Klimaanlage. Massie schloss die Tür hinter ihnen, und der Lärm aus dem Korridor ging zurück. Die

Wände bestanden aus rohen Ziegeln, überall verliefen nackte Rohre. Auf Kopfhöhe führte ein rechteckiger Lüftungsschacht über eine Wand. Auf einem grauen Metalltisch, neben einem verstaubten Monitor, sirrte ein Laufwerk. Zwei Männer in Weiß rissen gerade einen Teil des Lüftungsschachts von der Wand. Einer war schwarz, der andere hatte einen tiefen, frischen Kratzer im Gesicht. Es waren die Männer, die Chavez und Massie vor dem Billardclub angegriffen hatten.

«Himmel», sagte Chavez. «Diese Männer ... Kyle, was geht hier vor?»

Massie zog ein Messer aus der Tasche und schnitt durch das Klebeband und die Reparaturen, die er an der Rückenlehne des Rollstuhls vorgenommen hatte.

«Kyle?» Chavez verdrehte den Hals und sah, wie Massie die Klinge seines Messers in seinem Stuhl versenkte.

Massie hielt das graue Messer in die Höhe. «Gefällt es dir? Superhartes, verstärktes Nylon. Fällt Metalldetektoren nicht auf.»

Chavez begriff gar nichts mehr. Massie war durchgedreht. Der Mann war übererregt und nervös. Und jetzt dieser Wahnsinn mit seinem Rollstuhl.

Slav griff in das Kissen des Rollstuhls und zog einen dunkelgrauen Behälter heraus. Er lief an einem Ende spitz zu, und das andere hatte Finnen, wie eine Artilleriegranate. Slav warf dem Schwarzen das Ding zu. «Hey, Clay. Lutsch den dicken Schwanz, du Schwuchtel.»

Der Schwarze fing den Behälter und lachte. «Willst du uns umbringen, Slav?»

«Die beiden haben nur so getan, als griffen sie uns an?» Chavez sprach langsam, ungläubig. «Ihr habt dieses Zeug in meinem Stuhl verstaut? Kyle, sag mir, dass das nicht stimmt.»

Massie kniete sich vor Chavez hin, sein Blick war aufgewühlt. Er schüttelte bedauernd den Kopf, und die Hand seines alten Freundes beruhigte Chavez. Er würde schon dafür sorgen, dass alles wieder in seine Bahn fand.

Slav schraubte den Deckel vom Batteriekasten unter dem Rollstuhl ab und holte einen weiteren Behälter und eine graue Schachtel hervor, knapp zwanzig Zentimeter breit und zwei, drei hoch. Hinten hingen rote und blaue Kabel heraus.

«Das ist ein Zeitzünder», sagte Chavez.

«Tick, tick, tick», sagte Massie. «Kawumm.»

Es blitzte in Chavez' Hirn, seine Gedanken stockten und wollten sich nicht mehr verbinden. Der Schock war zu groß, um richtig wahrgenommen zu werden. Er versuchte eine Entschuldigung für seinen Kumpel zu finden, für sich. Für Adela. Der Soldat, der ihm im Irak das Leben gerettet hatte, Kyle, sein Freund, hatte ihn hereingelegt. Und Chavez hatte die Frau betrogen, die ihn wie ein Engel liebte. «Ihr baut eine Bombe?»

Clay schnitt ein Loch in das freigelegte weiche Rohr im Lüftungsschacht. Im Raum wurde es schlagartig wärmer, als die Luft daraus in den beengten Raum drängte.

«Das wird das Zeugs überallhin blasen», murmelte Massie befriedigt.

Slav nahm die Plastikflasche aus seinem Werkzeugkasten. Er schüttelte einen halben Liter klare Flüssigkeit vor Chavez' Gesicht hin und her. «Hast du Durst, Mann? Das ist Zyanid. Das zieht dir die Socken aus.»

«Ach, Scheiße», lachte Clay. «Der Junge hat gar keine Socken. Nicht mal Beine.»

Slav kippte die Werkzeuge aus seiner Kiste, legte die Behälter hinein, den Zeitzünder obenauf und verband die Kabel mit den Behältern.

«Ihr wollt die Klimaanlage sprengen?», sagte Chavez.

Massies Handy klingelte. «Ja, Boss. Ist der ICE-Agent tot? Okay, wir suchen den Janitscharen.» Er legte auf. «Clay, du kommst mit. Slav, du baust alles auf.»

«Was ist?», fragte Slav.

«Wir müssen was bereinigen, wir sind gleich zurück.» Massie ging zur Tür.

«Kyle», rief Chavez. «Ich mach die Computersache nicht. Du kannst mich nicht dazu zwingen. Ich stoppe das hier.»

Massie beugte sich tief über den Rollstuhl. «Um dich ins Bild zu setzen, Spezialist Chavez: Es gibt keine Computersache.»

«Ihr habt mich nur gebraucht, um hier reinzukommen?»

«Deine Frau und deinen verdammten Rollstuhl haben wir gebraucht», rief Slav. «*Dich* braucht keiner.»

Taubheit breitete sich in Chavez' Körper aus, als er es begriff. Einen Moment lang verzog Massie das Gesicht, als peinigte ihn ein unerwartetes Bedauern, doch dann sah er ihn mit harten, bösen Augen an, wie ein Tier, das Chavez mit seinem Sohn hinter den Gittern des Zoos sehen mochte. Massie ging zur Tür. «Clay, nimm das Zyanid mit.»

Clay machte mit der Giftflasche eine Bewegung zu Chavez hin. «Ich dachte, das ist für ihn?»

«Da reicht die Hälfte», sagte Slav. «Das ist nur ein halber Mann.»

«Schnauze. Mach deine Arbeit.» Massie ging mit Clay hinaus in den Korridor.

Slav folgte den beiden aus dem Raum. «Soll ich ihn schon auf eine Zeit einstellen?»

Chavez hörte sie draußen durch den Lärm des Kompressors schreien. Er fuhr ein Stück vor und sah in die Kiste mit der Bombe. Die beiden Behälter waren mit etwas beschriftet, das ihm wie Arabisch vorkam. Und sie trugen ein mehrfarbiges, gut zehn Zentimeter breites Karo mit drei verschiedenen Ziffern.

1

4 0

Chavez musste Hilfe holen, bevor Slav den Zeitzünder einstellte.

Er erinnerte sich an die ICE-Agenten, die hinter ihm durch dem Metalldetektor gekommen waren. Wenn er denen eine Nachricht schickte, konnten sie womöglich in ein paar Minuten hier sein, immer angenommen, sie waren noch im Gebäude. Er holte die Visitenkarte der Frau aus der Tasche, bei der er sein Vorstellungsgespräch gehabt hatte.

Chavez zog die dünne Laptoptasche unter dem Sitz hervor, die er mit hereingeschmuggelt hatte, zog den Reißverschluss auf und startete den Computer.

Die Maschine fuhr hoch. «Komm schon.» Chavez hielt die Visitenkarte der ICE-Agentin in der Hand.

Slavs Stimme schien wieder näher zu kommen. «Willst du's mit einem Erschütterungszünder?»

Massie befand sich ein Stück den Gang hinunter, seine Antwort war nicht zu verstehen.

«Scheiße.» Chavez starrte zur Tür. Er hatte keine Zeit. Slav kam zurück.

«Ich schließe beide Behälter an, okay?» Slav bewegte sich wieder von der Tür weg. «Kyle, ich verstehe dich nicht.»

Der Laptop war hochgefahren. Chavez klickte auf Skype und gab die Adresse von Roula Haddads Visitenkarte ein. Er schickte eine Anrufanfrage.

Haddads Avatar erschien links auf dem Bildschirm. Anfrage akzeptiert.

Chavez klickte auf ihren Namen. Die sechs Noten des Ruftons schallten laut aus dem Computer. Fluchend fuhr er die Lautstärke herunter und rechnete damit, dass Slav gleich hereingestürmt kam.

Haddad antwortete. «Ja?»

Chavez sprach schnell und so laut, wie er sich traute. «Agent Haddad, Sie haben mit mir wegen eines Jobs gesprochen. Ich bin Martin Chavez.»

«Entschuldigen Sie, Mr Chavez, die Entscheidung ...»

«Deswegen rufe ich nicht an.»

«Ich kann jetzt wirklich nicht.»

«Ich bin im UN-Gebäude. Jemand versucht es in die Luft zu sprengen.»

Sie war sofort voll konzentriert. «Woher wissen Sie das?»

«Ich sitze direkt neben der Bombe. Es sind zwei Behälter und ein Zeitzünder.»

«Wo sind sie?»

«Was ist in den Behältern? Was Nukleares?»

«Nein, Mr Chavez. Ein Nervengas. Sarin.»

«Oh, Scheiße.»

«Mr Chavez, Sie müssen mir Ihre genaue ...»

«Meine Frau ist im Haus. Wenn das losgeht, wird sie ... Mann, was habe ich getan?»

«Sagen Sie mir, wo genau Sie sind.»

«Ich bin unten ...»

Eine starke Hand packte den Laptop. Chavez fuhr erschrocken zurück. Slav schleuderte den Computer gegen die Wand. Das leichte Gehäuse zersprang, die Verbindung wurde unterbrochen.

«Hast doch noch was in der Hose», sagte Slav. «Nur, dass du damit zu denken versuchst.»

Er holte mit der Faust aus. Chavez sah sie direkt auf sein Kinn zukommen.

Kapitel 54

In der Luft hing der Linsensuppengeruch leichten Hafennebels, als der Bowrider des Janitscharen den East River hinaufraste. Verrazzano lag auf den Sitzen vorn unter der Plane und spürte, wie sich der Rumpf immer wieder dramatisch hob und in die Wellen stieß, als raste er sich selbst davon. Alles war schnell und laut, der kabbelige Fluss und der dröhnende Verkehr auf den Brücken über ihnen.

Er linste unter der losen Ecke der Plane her. Das Boot steuerte durch die Flussbiegung vor der Williamsburg Bridge, ganz nahe am Ufer entlang. Die Fischer im East River Park zogen ihre Ruten ein und bellten Beleidigungen auf Spanisch herüber. Der Janitschar stand am Steuer. Verrazzano erinnerte sich an einige Details, die Haddad in der Akte über den Mann gefunden hatte, und suchte nach Verbindungen zu Lance, Frisch und Molnir. Ihm wollte nichts einfallen.

Er hörte, wie ein Reißverschluss heruntergezogen wurde und Beine in eine Hose fuhren. Der Scharfschütze zog sich Sachen an, die nicht voller Matsch aus dem Marschland waren.

Als der Janitschar ihm ins Auge zu stechen versucht und ihn unter Wasser gedrückt hatte, hatte Verrazzano kaltblütig kalkuliert. Er war sicher, dass der Mann sich auch durch Schmerzen zu nichts zwingen ließ. Verrazzano hätte den Kampf gewinnen und ihn mit einer Waffe bedrohen können, wusste jedoch, dass der Araber kein Wort über seine Lippen kommen lassen würde. Also ließ er sich von dem Mann schlagen und ihn annehmen, dass er tot sei. Als er mit der Strömung davontrieb, fehlte auch nicht mehr viel. Dennoch, während der Janitschar seine Scharfschützenausrüstung zusammensuchte, hatte sich Verrazzano durch den Matsch zum Boot gekämpft, vorn unter der Plane versteckt und sich langsam auf jeden einzelnen Teil seines Körpers konzentriert, bis er zu dem Schluss gekommen war, dass das bisher zwar ein ziemlich harter Tag gewesen war, er aber tatsächlich noch lebte. Oder wenigstens nicht tot war. Er zählte darauf, dass der Janitschar Teil der Attacke war und ihn zum Sarin brachte. Es war seine letzte Chance, es zu finden.

Es sah aus, als hätte er auf das richtige Pferd gesetzt. Sie schienen in Richtung UN unterwegs zu sein. Aber sein Telefon war tot. Verrazzano konnte weder Haddad noch das ICE-Büro erreichen. Der Bowrider fuhr unter den grauen Streben der Queensboro Bridge hindurch und stieß sanft gegen die Betonpontons des Franklin D. Roosevelt Drives. Verrazzano hörte, wie der Janitschar aus dem Boot kletterte, und dann das wütende Hupen, als er den Highway überquerte.

Er wartete. Wenn das Sarin im UN-Gebäude war, brauchte er den Janitscharen, um es dort auch zu finden. Er machte ein paar zusätzliche Haken an der Plane los, kroch aus seinem Versteck und kletterte auf den Bug.

Der Janitschar eilte unter den verrosteten Stützen der FDR-Ausfahrt her und zur 42nd Street hoch. Verrazzano sprang über die Straßenbegrenzung und rannte durch den Verkehr.

An der Ampel der First Avenue blockierten Polizisten an Straßensperren den Zugang zum UN-Gelände. Der Janitschar zog offenbar so etwas wie einen Ausweis hervor und hielt ihn einer Streife hin. Der Mann las ihn und trat zur

Seite. Der Janitschar joggte den Bürgersteig vor dem UN-Gelände entlang.

Verrazzano erreichte die Straßensperre, zeigte dem Polizisten, der den Janitscharen durchgelassen hatte, seine Marke und fragte: «Was für einen Ausweis hat Ihnen der Mann gerade gezeigt?»

«Von der syrischen Gesandtschaft bei den UN.» Der Polizist hakte die Daumen hinter seinen Gürtel und betrachtete Verrazzanos vermatschte Kleider und sein verdrecktes Gesicht. «Was ist Ihnen denn passiert?»

Verrazzano grinste finster. «Eine raue Anreise.»

Auf der Plaza vor dem UN-Hochhaus warfen die Polizisten wieder nur kurz einen Blick auf den Ausweis des Janitscharen und winkten ihn durch. Verrazzano rannte am schwarzen Zaun entlang. Hinter dem Tor platschte ein Springbrunnen wie ein Maschinengewehr. Der Janitschar umkreiste das Wasser und sah sich um. Sein Blick erfasste Verrazzano, und der ICE-Agent erkannte Bewunderung im Lächeln des Arabers. Es war ein gefährliches Gefühl. Es spornte die Leute an, noch härter und besser zu werden, und der Janitschar war bereits sehr gut.

Verrazzano eilte durch die Leute um den Springbrunnen herum. In Hosenanzüge gekleidete hartgesichtige, magere Frauen folgten grauen Machthabern ins Sekretariatshochhaus. Bauarbeiter trotteten zu den Gerüsten des neuen Towers hinüber. Im Laufschritt verschwand der Janitschar im Gebäude.

Verrazzano folgte ihm. Drinnen verlor er seinen Mann in der in den Plenarsaal strebenden Menge kurz aus den Augen. Dann sah er ihn hinten an einer Tür, die in einen um eine mächtige Tempelglocke gebauten Hof führte. Die japanische Friedensglocke hing am Zypressenholz eines Schinto-Schreins.

Nur noch eine weitere Person befand sich in dem Hof, ein stämmiger Schwarzer in einem weißen Overall mit dem Logo einer Klimaanlagenfirma. Er warf eine Zigarette weg, als wäre er nur für ein paar schnelle Züge herausgekommen, und ging auf die Türen zu, in der Hand einen Becher Kaffee. Er stieß mit dem Janitscharen zusammen, und der Kaffee ergoss sich von der Brust bis zum Nabel über ihn.

«Boah, tut mir leid, Kumpel», sagte der Klimaanlagenbauer. «Sind Sie okay?»

Der Janitschar ignorierte ihn, und der Mann trat in die Halle und zwischen die Menschen dort, während Verrazzano herauskam.

Verrazzano zog seine Waffe. Der Janitschar starrte ihn an und suchte nach einem Ausweg. Er wich zu der fast zweihundertfünfzig Pfund schweren Glocke zurück. Der Schrein und die kunstvoll beschnittenen Wolkenbäume versteckten ihn vor den Diplomaten in der Halle.

«Auf die Knie, die Hände hinter den Kopf», rief Verrazzano.

Der Janitschar ließ sich auf ein Knie sinken, wachsam und noch nicht ganz am Ende.

Verrazzano griff nach den Handschellen in seiner Tasche. Von der Jacke des Janitscharen tropfte es. «Der Kaffee», sagte Verrazzano, «hat der Sie nicht verbrannt?»

«Er ist nicht heiß.» Der Janitschar begriff, und seine Augen wurden größer, als ihn der Schmerz traf. Er packte seinen Bauch. Er erbrach sich, würgte und zuckte, während das Zyanid tiefer in seine Kleidung drang.

Verrazzano war erbarmungslos. Wenn er hier versagte, kam es zu einem Massaker. Der Janitschar würde sowieso sterben. «Wo ist es?», rief er. «Wo ist das Sarin?»

Der Janitschar tastete nach Verrazzanos Handgelenk. Er

griff fest zu. «Du hast mich nicht töten können, ICE-Mann», flüsterte er.

Der Janitschar würde eher sterben, als sich geschlagen zu geben. Verrazzano wusste, dass er genauso hartnäckig war wie er selbst. Das war die verborgene Verbindung in ihrem Kampf gegeneinander gewesen.

Der Mann murmelte den Satz, mit dem sich ein Muslim ein Heim im Paradies zu garantieren hofft: *«Inna lillahi wa inna ilayhi raji'un.» Wir gehören Allah, und zu ihm kehren wir zurück.*

«Du gehörst mir», rief Verrazzano. «Wo ist das Sarin?»

Der Janitschar hatte keine Luft mehr.

Hinter den ordentlichen Zedernbüschen hetzten ein paar letzte UN-Bürokraten den Gang hinunter, um die Rede des US-Präsidenten zu hören. Verrazzano hielt nach dem Killer Ausschau, nach einem weißen Aufblitzen des Overalls zwischen all den dunklen Anzügen. Nichts.

Er rannte durch die Glastüren in Richtung Plenarsaal.

Kapitel 55

Konvoi-Sirenen heulten draußen auf der First Avenue. Adela wischte sich den Schweiß von der Lippe. Die Heizung im Sicherheitszelt war voll aufgedreht. Für die Leute, die aus der Oktoberkälte hereinkamen und ihre Mäntel für die Metalldetektoren auszogen, war das in Ordnung, aber Adela war ihre ganze Schicht über hier drin und auf den Beinen. Ihr war heiß, und sie hatte Durst, und so griff sie nach ihrer Wasserflasche hinter dem Röntgenscanner. Die war leer. Sie winkte der Frau am Monitor zu. «Ich hole mir was zu trinken, Leonie. Bei dir alles okay?»

Leonie nickte schläfrig.

Adela wandte sich ihrem Kollegen zu. Es war fast neun Uhr, und sie waren in voller Besetzung. «Kenton, willst du ein Wasser?»

«Bring mir eine Rum-Cola mit.» Der Scherzbold tastete gerade einen fetten Touristen in einem Rangers-Hemd, so groß wie ein Fallschirm, ab.

Adela ging durch den Besuchereingang zu den Verkaufsautomaten.

Ein großer Mann mit kurzem, blondem Haar und blau getönter Sonnenbrille schob sich zwischen den Diplomaten vor ihr hindurch. Er trug einen weißen Overall mit einer blauen Schneeflocke auf dem Rücken.

Adela sah auf ihre Hände. Sie hatte, ohne es zu bemerken, die leere Flasche zerdrückt, warf sie in einen Abfalleimer und bewegte sich schnell zwischen den Leuten hindurch.

Hinter Kyle Massie her.

Sie folgte ihm auf die Feuertreppe. Er war eine Etage tiefer, als er sie sah. «Adela, wie geht's, mein Mädchen?»

«Wo ist Marty?»

«Bei der Arbeit, Schätzchen. Wie du es auch sein solltest.»

«Bring mich zu ihm.»

«Was redest du da?»

Adela fragte sich, ob sie ihren Mann in Verlegenheit bringen würde. Sie stellte sich vor, wie er ihr sagte, er käme allein zurecht, wütend und verärgert, weil sie sich da einmischte. Aber sie hatte gesehen, wie nervös er bei der Sicherheitskontrolle gewesen war. Er brauchte ihre Unterstützung. Sonst konnte er sich womöglich nicht richtig konzentrieren und machte einen Fehler an seinem Computer. Das wäre eine Katastrophe für die ganze Familie. «Du hast mich gehört. Bring mich zu ihm.»

«Du musst deinen Mann auf seinen eigenen vier Rädern fahren lassen, Adela.»

Die Gemeinheit seines Witzes schockierte sie, und sie begriff: Ihr Mann war benutzt worden. Der Freund, der Kyle zu sein vorgab, hätte niemals eine so abfällige Bemerkung über Martys Behinderung gemacht. Sie richtete die Pistole auf Massie. «Bring mich zu meinem Marty.»

Jemand rief aus dem Versorgungsgang unten nach Massie. Er machte einen Schritt auf die Stimme zu. Adela ging in Schussposition. «Keine Bewegung», sagte sie.

«Du willst Marty sehen? Also gut. Komm, Adela. Obwohl ich eigentlich keine Zeit für so was habe.»

Vorsichtig stieg sie die Feuertreppe hinunter.

«Er macht das nicht für mich, Adela. Er macht es, weil er so wieder zu einem Mann wird.»

«Marty ist ein besserer Mann, als du es je sein wirst.»

«Du erzählst mir Sachen, die ich längst weiß. Ich habe seine Hand gehalten, als die Dschihadisten ihn in die Luft gesprengt hatten. Ich habe ihm gesagt, dass er nicht sterben würde, und er hat auf mich gehört und es verdammt noch mal auch nicht getan. Das ist ein richtiger Mann, Adela. Dass er die Beine verloren hat, macht ihn in meinen Augen zu nichts weniger als einem Helden.»

Der Schweiß war schwarz auf Adelas blauer Uniformbluse zu sehen.

«Aber in seinen eigenen Augen ist er schwach und nur ein halber Mann.» Massie bewegte sich langsam auf sie zu. «Du hast dein Bestes getan, ihm zu zeigen, dass das nicht stimmt. Aber er ist stur. Er macht bei dieser Sache mit, um *sich* zu beweisen, dass er noch seinen Mann stehen kann. Deshalb habe ich ihn für die Agency rekrutiert.»

«Für wen?»

«Er arbeitet für die Regierung, Adela. So wie ich. Wir sind ICE-Agenten.»

«Aber er hat den Job nicht gekriegt. Ich habe den Brief selbst gesehen.»

«Mann, ist der Junge gut. Sogar dich hat er hereingelegt.»

«Er ist ein Agent?» Ihre Augen füllten sich mit Tränen.

«Marty arbeitet undercover.» Massie deutete über ihre Schulter. «Genau wie der da?»

Sie drehte sich um. «Wer?»

Er flog auf sie zu und schlug ihr heftig ins Gesicht. Schreiend rutschte sie aus und stürzte vor. Ein Schuss löste sich. Ihre Körper dämmten den Lärm des Schusses, aber der Widerhall fuhr wie ein Donner durch sie.

Massie taumelte von ihr weg. Blut breitete sich auf dem Ärmel seines weißen Overalls aus. «Gottverdammt, Adela. Was soll das?»

«Wo ist Marty?»

«Oh, Himmel, komm einfach mit.» Er betastete seine Wunde. «Verfickte Scheiße, Adela.»

Sie sah die Stufen hinunter, sie wollte nicht noch einmal fallen.

Er sprang und stieß ihren Kopf hoch, als er ihr an die Kehle ging und sie würgte. Sie erschlaffte und sackte zu Boden.

Kapitel 56

Martin Chavez kam wieder zu sich. Neben seinem Rollstuhl lag ein zerschmetterter Laptop. Er erinnerte sich, dass es seiner war, und dann erinnerte er sich an den Schlag, den er gegen den Kopf bekommen hatte. Er versuchte sich zu bewegen, aber seine Hände waren mit Plastikkabeln hinter seinem Rücken gefesselt. Die Sarin-Bombe lag in einem Werkzeugkasten auf dem Boden, daneben eine Zange. Draußen auf dem Gang rief Slav nach Massie. «Kyle, wo bist du?» Seine Schritte entfernten sich mit einem raschelnden Geräusch wie von Krepppapier in einer Geschenkschachtel. *Er trägt einen Schutzanzug*, dachte Chavez.

Er hakte sich mit dem Ellbogen an der Armlehne seines Rollstuhls fest und schwang sich auf den Boden hinunter, ergriff die Zange hinter seinem Rücken und hebelte sich hinter den Rollstuhl. Der Deckel des Batteriegehäuses war noch offen, nachdem Slav ihn abgeschraubt hatte, um den hereingeschmuggelten Zeitzünder herauszuholen. Chavez reckte die Hände nach der Batterie. Wenn er die beiden Pole mit der Zange verbinden und dabei die Plastikkabel um seine Handgelenke auf das Metall drücken konnte, würde die Batterie eine heftige Ladung abgeben und das Plastik wegbrennen.

Er drückte die Schultern zurück, griff in den Batteriekasten und bekam den kürzeren Pol mit der Zange zu fassen. Er hielt ihn fest.

Die Kabel um seine Handgelenke drückte er auf einen der Griffe der Zange. Womöglich jagte er sich einen Stromstoß durch den Körper und verbrannte sich übel die Haut. Die Batterie konnte auch explodieren und ihn mit Schwefelsäure verätzen. Er schluckte und manövrierte den Griff auf den zweiten Pol zu.

«Kyle?», rief Slav immer noch draußen im Gang.

Chavez beeilte sich, die Batterie kurzzuschließen, bevor Slav zurückkam. Dabei rutschten die Kabel vom Griff ab, und als er auf den zweiten Pol traf, versengte eine grelle Hitze seine Hände. Er biss die Zähne zusammen und schluckte den Schmerzensschrei herunter, der ihm tief aus der Kehle fahren wollte.

Er versuchte es noch einmal, hob sich etwas an und tastete im Batteriekasten nach der Zange. Schweiß stach ihm in die Augen, aber er bekam sie mit seinen feuchten Händen zu fassen.

Einmal, zweimal tastete er nach dem ersten Pol, bis er ihn wieder mit der Zange gepackt hielt, drückte seine Handgelenke gegen den Griff und mühte sich, nicht wieder abzurutschen.

Sein Atem zitterte, als er sich auf den zweiten Pol hinabsenkte. Ein Klacken von Metall auf Metall, dann ein Wahnsinnsschauder und ein Stromstoß, und die Hitze verbrannte seine Unterarme und Hände. Sein Mund öffnete sich weit und stumm, der Schmerz sengte ihm alle Luft aus der Lunge.

Das Plastik schmolz, seine Hände lösten sich voneinander, und er fiel aufs Gesicht. Sein Herz raste. Aber er würde nicht sterben, solange die Bombe nicht entschärft war. Mit zitternden Armen richtete er sich auf. Der Zeitzünder im Werkzeugkasten befand sich im Ruhemodus. Slav hatte ihn noch nicht aktiviert. Also musste Chavez ihn davon abhalten, an die Bombe zu gelangen.

Er riss einen der Sarin-Behälter vom Zünder, schob ihn

sich unter den Arm und schleppte sich zu seinem Rollstuhl. Es gelang ihm, sich zurück auf den Sitz zu hieven, er keuchte und schraubte den Joystick aus dem Bedienpult auf seiner Armlehne.

«Kyle?» Slav schien auf dem Rückweg. Sein Schutzanzug raschelte wieder, aber seine Stimme war klar. Er trug keine Atemmaske.

Eine ferne Tür knallte. Slav wartete, lauschte. «Kyle? Verdammte Scheiße.»

Der Joystick löste sich. Chavez legte sich den Sarin-Behälter zwischen die Stümpfe, griff unter sein Hemd und löste das Klebeband des Katheters, der seine Blase leerte. Der Beutel war halb voll. Er klemmte ihn unter den Arm.

Das andere Ende des Katheters führte in seinen Penis und hinauf in seine Blase. Er holte tief Luft und zog. Es fühlt sich an, als risse der Schlauch sein gesamtes Inneres mit sich. Er fluchte und stöhnte. Blut und Urin ergossen sich über ihn und in den Rollstuhl. Aber der Schlauch kam heraus.

Chavez ergriff den Zündmechanismus des Sarin-Behälters und versuchte ihn zu drehen. Jahrelang angesammelter Schmutz und Rost widersetzten sich ihm, doch dann bewegte sich die Kappe, er drehte sie ab und trennte den Zünder von der Sprengladung. Er wollte nicht, dass der Behälter in seinen Händen explodierte, wenn er den Schlagbolzen betätigte, und legte die Ladung auf den Sitz neben sich.

Slav kam näher. Er musste fürchterlich niesen. «Dieser verfickte Staub hier.»

Chavez schloss den Behälter, schüttelte ihn heftig und vermischte die beiden Vorläufer-Chemikalien.

Schließlich hielt er sich den Behälter vor den Bauch, nahm den Joystick und das Ende des Katheters in die andere Hand. Der Beutel unter seinem Arm saß gut.

Er stellte sich vor, seine Frau und sein Sohn kämen durch die Tür gelaufen und umarmten ihn. Aber er wollte sie jetzt nicht hierhaben. Er flüsterte ihre Namen und sagte ihnen, dass er sie liebte. Was er gleich tun würde, tat er für sie.

Slav kam herein und fummelte an der Kapuze seines Schutzanzugs herum. Er warf einen Blick auf Chavez, sah den Sarin-Behälter und den dünnen Plastikschlauch darüber. «Verdammte Scheiße.»

Ein kalter Strom Sarin wehte an Chavez' Finger vorbei. Er drückte seinen Urinbeutel zwischen Oberarm und Rippen zusammen. Die Flüssigkeit schoss durch den Schlauch, spritzte durch das entweichende Sarin und in einem Bogen durch den Raum.

Er erwischte Slav im Gesicht. Der riss die Hände hoch und duckte sich weg.

Chavez folgte ihm mit dem Schlauch und hielt ihn im Sarin-Strom.

Slav sprang vor und packte seinen Hals. Chavez würgte. Dann spürte er, wie Slavs Griff lockerer wurde. *Er stirbt,* dachte er. Das Sarin hat ihn geschafft. Seine Augen tränten. Das Nervengas griff auch ihn an. Er beschloss, nicht als Erster zu sterben.

Slav ließ Chavez los. Er tastete nach seiner Gasmaske, zog sie sich vors Gesicht, fluchte und hustete. Er bückte sich über die Werkzeugkiste mit dem Zeitzünder und dem anderen Sarin-Behälter.

«Nicht», keuchte Chavez. «Aktiviere ihn nicht.»

Slav starrte ihn durch die dicken Gläser seiner Gasmaske an. Zitternd kam er auf die Beine, brachte die Kiste auf Brusthöhe und schob sie in das Rohr der Klimaanlage.

«Du kannst nicht wollen, dass die Leute so sterben, wie du jetzt stirbst.»

Die Luft aus dem Hauptrohr würde durch das gesamte Gebäude zirkulieren. In den Plenarsaal. In die Lungen der Abgesandten dieser Welt. Ihren Atem stoppen. Adelas Atem.

Der Puls in seinem Nacken ruckte und lärmte wie ein Subway-Express. Schleim strömte ihm aus der Nase. Seine Arme zuckten. Chavez kannte die Symptome einer Sarin-Vergiftung – jeder Soldat, der in den Irak ging, wurde darauf trainiert. Er hatte versagt. Alles, was er getan hatte, war, sich selbst zu vergiften.

Du hast dich schon früher aufgegeben. Adela nie. Chavez lächelte. *Sie hat öfter recht als du.* «Sie haben dich auf Video. Sie kriegen dich.»

Slavs Blick unter der Gasmaske wirkte gehetzt und verwirrt. «Wenn was danebengeht, kümmert sich der Boss um meinen kleinen Jungen. Die scheiß Army kümmert sich um keinen.»

«Der Kerl, der dich einen Terrorangriff ausführen lässt, kümmert sich um deinen Sohn? Du bist ja wahnsinnig. Und was soll dein Junge von seinem Daddy denken, wenn er hört, was du getan hast?»

Slav sah Chavez zögernd an und trat von der Bombe weg. «Ich hab's schon versaut, als wir das Sarin nach New York gebracht haben, Mann. Ich hab sie damit in Berührung gebracht. Lee Hill und Parry. Also haben wir unsere Spuren verwischt. Haben Parry gekillt, und Lee praktisch auch.» Er lehnte sich gegen die Wand. «Um diese ganze verdammte Scheiße am Laufen zu halten.»

Chavez fuhr seinen Stuhl zum Rohr hinüber. Seine Brust und seine Hände zitterten. Das Sarin zeigte seine Wirkung. «Wir müssen diese Bombe entschärfen.» Er reckte sich, um die Kiste aus der Belüftung zu holen.

«Nicht. Sie hat einen Erschütterungszünder.»

Chavez starrte ihn entsetzt an. Eine heftige Bewegung,

und die Bombe ging los. Wahrscheinlich gab es eine Verzögerung von zehn, fünfzehn Sekunden bis zur Explosion. «Du musst sie entschärfen. Ich habe auch einen Sohn. Gib deinen Jungen nicht auf.»

Slav ging in die Knie.

Chavez' Herz flatterte. Ihm wurde schwarz vor Augen, dann waren es helle, geometrische Formen und wabernde Farben. «Nimm das verdammte Ding auseinander. Schluss, aus.»

Slav beugte sich in den Luftschacht.

«Gott sei Dank», sagte Chavez.

Slav griff nach dem Zeitzünder.

Chavez wusste, dass ihn das Sarin töten würde. Aber es war nur *sein* Leben, das ein Ende fand. Diese Sache, diese Bedrohung der ganzen Welt, war abgewendet.

Er hörte Schritte hinter sich.

Kyle Massie durchquerte den Raum. Ein Geräusch wie von einer Bowlingkugel, die ihre Bahn hinunterdonnert, sammelte sich in Massies Brust auf, und als er Slav ansprach, polterten die Worte wie wegspritzende Kegel aus seinem Mund. «Was machst du da, verdammt. Zahlt dir Frisch nicht genug? Du und deine verfickte Familie haben hiermit für immer ausgesorgt. Und ich auch. Keine Bettelbesuche mehr beim Veteranenverein. Das willst du versauen, du Arschloch?»

Slav schüttelte den Kopf. «Es ist nicht richtig, Kyle.»

Massie packte ihn am Kragen, stieß ihm den Lauf seiner Pistole an die Schläfe und drückte ab.

Kapitel 57

Die Halle vorm Plenarsaal war leer. Nur am Besuchereingang standen ein paar Wachleute. Alle anderen waren im Saal und warteten auf die Rede des amerikanischen Präsidenten. Verrazzano drehte sich im Kreis, konzentrierte sich. Er wollte kein Zeichen, keinen Hinweis übersehen.

Zwei Leute in Chemikalien-Schutzanzügen kamen aus einem Gang gerannt. Sie hielten auf Verrazzano zu. Wer zum Teufel war das? Verrazzanos Lunge kämpfte um jedes Atom Sauerstoff. Vielleicht brachte ihn das Sarin aus Dr. Westons Haus am Ende doch noch um.

Die beiden Personen in den Schutzanzügen blieben stehen. Die kleinere zog sich die Atemmaske vom Gesicht. «Herrgott, Dom», sagte Kinsella. «Wo um alles warst du?»

Verrazzano schnappte nach Luft. «Habt ihr das Sarin?»

Kinsella schüttelte den Kopf. Todd hinter seiner Maske schien tief besorgt. «Bist du okay, Dom?»

«Ich amüsiere mich prächtig.» Verrazzano griff nach Todds Ärmel und checkte die Taschen darauf. Drinnen steckten zwei Atropin-Autoinjektoren, für den Fall, dass jemand seinen Schutzanzug nicht rechtzeitig anbekam.

Die Doppeltüren des Plenarsaals öffneten sich. Ein schwerer, niedergeschlagen wirkender Mann in einem grauen Anzug kam heraus. Er ließ die Schultern hängen, und der Knoten seiner Krawatte blieb hinter seinem schwarzen Kinnbart versteckt. Zwei Männer und eine Frau, alle gut gekleidet, folgten ihm.

«Abu Hafiz, warum verlassen Sie den Saal?», rief die Frau

auf Arabisch. «Wir haben keine Anweisung vom Ministerium.»

Verrazzano erkannte den syrischen Dialekt. Er lief zu ihnen hinüber. «Was ist los? Was machen Sie?»

«Ein Protest», murmelte der Mann. «Ich bin der Botschafter der Regierung der Arabischen Republik Syrien. Unsere Nation besteht darauf ...»

«Das hat nichts mit der syrischen Regierung zu tun.» Verrazzano sah die Überraschung über seine Aggressivität in den Augen des Botschafters. «Jemand hat Waffen nach New York eingeschleust, um es so aussehen zu lassen, als plante Syrien einen Angriff auf die UN. Dieselben Leute, die auch Sie unter Druck setzen. Wer ist es?»

«Ich weiß nicht, was Sie ...»

Er packte den Botschafter und drückte ihm die Pistole in den fleischigen Hals. «Hier findet gleich ein Terrorangriff statt. Tausende Menschen könnten sterben. Also reden Sie.»

Todd trat vor, aber Kinsella fasste seinen Arm und schüttelte den Kopf. Die syrischen Diplomaten wichen zurück.

«Bitte. Ich weiß nicht, wer sie sind», wimmerte der Syrer. «Sie bedrohen meine Tochter. Sie werden sie umbringen.»

«Was haben sie Ihnen gesagt?»

«Sie haben mir befohlen, vor der Ansprache des amerikanischen Präsidenten den Saal zu verlassen.»

Damit es so aussah, als hätte die syrische Regierung von der Sarin-Attacke gewusst. Als steckte Damaskus dahinter. Es geschah in diesem Augenblick und würde den US-Präsidenten und Diplomaten aus allen Ländern der Welt töten.

Applaus drang aus dem Plenarsaal. Der Präsident trat ans Rednerpult. Verrazzano ließ den Botschafter los. Das Sarin würde während seiner Rede freigesetzt werden. Ihm blieben nur Minuten, um es zu verhindern.

Aber wo? Er sah sich um. Sein Schweiß trocknete in der kühlen Luft.

Die Luft.

Der Mann, der den Janitscharen getötet hatte, hatte den Overall einer Klimaanlagenfirma getragen. Das Sarin sollte durch die Luftschächte in den Plenarsaal geblasen werden. Verrazzano rief Todd. «Bill, gib mir dein Telefon.»

Todd holte den Blackberry aus seinem Schutzanzug. Verrazzano rief Haddad im ICE-Büro an. «Roula, ruf den Notfall-Wartungsplan für das UN-Gebäude auf. Ich muss wissen, wo jemand an die Hauptluftschächte in nächster Nähe zum Plenarsaal herankönnte.»

«Ich prüfe das nach», sagte Haddad.

Ein Schuss, nicht weit entfernt. Auf der Feuertreppe.

Verrazzano spurtete über den blauen Teppich. Kinsella und Todd folgten ihm. Die Halle war groß wie ein Football-Feld. Die Tür war fünfzig Meter entfernt.

«Im Keller, Dom», sagte Haddad.

«Ich bin bei der Feuertreppe in der Südost-Ecke der Halle.»

«Okay. Da runter und unten links.»

Er stieß die Tür auf.

Auf der Treppe lag eine Security-Beamtin der UN. Blut auf den Stufen, dem Boden. Verrazzano hob ihren Kopf an und suchte nach einer Wunde. Das Blut schien nicht von ihr zu stammen.

Sie öffnete die Augen. Ihre Pupillen waren groß und geweitet. Auf dem Namensschild über ihrer Brusttasche stand: «Adela Chavez.»

«Adela, ich bin ein Federal Agent. Was ist passiert?»

Sie zeigte auf den Gang in den Versorgungsbereich. «Ein großer Kerl. Weißer Overall. Kyle Massie.»

«Ist das Kyle Massies Blut? Ist er verwundet?»

«Der Arm.»

Verrazzano rannte die Stufen hinunter. Kinsella kniete sich neben Adela. Todd nahm im Vorbeikommen ihre Atemmaske mit.

«Tun Sie meinem Marty nichts», sagte Adela.

Unten im Gang dröhnte das Hauptgebläse für die Klimaanlage. Das Material von Todds Schutzanzug knisterte mit jedem Schritt wie eine Tüte Chips. Verrazzano starrte durch die Gläser seiner Gasmaske und sah nichts als Entschlossenheit in seinen Augen. Todd gab ihm Kinsellas Maske und klopfte auf seine Kopfhörer. «Der Präsident spricht jetzt.»

Eine Blutspur führte den Gang hinunter zu einem geschlossenen Raum. Verrazzano setzte sich Kinsellas Maske auf und bedeutete Todd mit einer Geste, die Tür einzutreten. Todd hob den Fuß und sprengte das Schloss mit einem harten Tritt aus dem Rahmen. Die Tür flog auf. Todd duckte sich weg, Verrazzano stürmte nach drinnen.

Zwei Männer. Einer in einem weißen Airstoria-Overall, Kopfschuss. Eine Gasmaske lag neben ihm. Ein Teil seines Gesichts war noch darin.

Der andere in einem Rollstuhl. Die Hose triefnass und unter ihm verdreht. Seine Augen und seine Nase trieften. Er hielt sich die Brust. «Sarin», keuchte er.

Verrazzano nahm die Maske vom Boden. Wischte Blut, Knochen und Hirn mit dem Overall des Toten heraus und zog sie über den Kopf des Mannes. Verrazzano zog eine Atropin-Spritze aus Todds Ärmeltasche und schob das Hemd des Mannes hoch. «Wie heißen Sie?»

«Martin Chavez.» Er atmete kaum noch.

«Martin, das hier ist ein Mittel gegen Nervengase.» Verrazzano trieb den orangefarbenen Injektor in Chavez' Brustmuskel. Das Atropin drang in seinen Körper.

«Haben Sie diesen Mann erschossen?» Verrazzano deutete auf Slavs Leiche.

Ein stotternder Atem, aber schon ein leichterer. «Das war Kyle.»

«Wo ist Kyle jetzt?»

«Ich weiß nicht. Ich habe die Besinnung verloren. Aber ...» Chavez keuchte. «Das ist eine Sarin-Bombe.»

«Wo?»

«In der Klimaanlage.»

Verrazzano ging zu dem großen, offenen Schacht an der Wand. Er linste über den Rand der Werkzeugkiste. Ein blinkendes rotes Licht. Das Ding war aktiviert. Es musste auf einen Zeitpunkt während der Rede des Präsidenten eingestellt sein. Verrazzanos Blick fuhr über die Drähte, die Ladung, den Behälter mit dem «4-1-0»-Gefahrendiamanten. Er hob die Arme, um die Kiste aus dem Schacht zu holen.

«Nicht», sagte Chavez. «Ein Erschütterungszünder.»

Ein Sensor. Höchstwahrscheinlich ein U-förmiges Röhrchen mit Quecksilber. Wenn er es bewegte, schwappte das Quecksilber durch das Röhrchen, schloss den Stromkreis und löste den Zünder aus. Als er die Hand zurückzog, berührte Verrazzano den gegenüberliegenden Rand der Öffnung im Schacht. Er spürte eine Flüssigkeit, hielt die Hand ins Licht und betrachtete sie. Blut, noch warm. Jemand versteckte sich im Schacht gegenüber von der Bombe, bewachte sie und blutete.

Todd rief durch seine Atemmaske: «Dom, hier ist noch ein Sarin-Behälter.» Er kniete sich neben die Granate, mit der Chavez Slav angegriffen hatte.

Chavez schluckte schwer. «Ich habe den Schlagbolzen reingedrückt. Das Ding ist leer.»

Todd hob den Behälter an. «Der ist noch mehr als halb voll. Sie haben die Sprengladung entfernt, richtig?»

«Ja.»

«Sie haben etwas von dem Sarin herausgeblasen, aber die Ladung ist nicht explodiert, und so ist der Bolzen wieder zurückgefahren und hat den Behälter verschlossen. Das war Ihr Glück, sonst wären Sie längst tot.»

«Wenn das Sarin aus dieser Granate in die Klimaanlage gerät», sagte Verrazzano, «wird es durch das ganze Gebäude geblasen und tötet alle.»

Er nahm den leeren Autoinjektor vom Boden, drückte den Schlagbolzen des Sarin-Behälters leicht nach innen und fuhr mit der Nadel der orangefarbenen Spritze hinein, zog ihren Kolben zurück und füllte sie mit dem Gas.

Verrazzano ging zurück zum Schacht. Die Hauptschlagader der Klimaanlage für das gesamte Gebäude war breiter als die Schultern eines Mannes. Er versteckte die Spritze in der geschlossenen Hand und wandte sich der Bombe zu. Seine ganze Aufmerksamkeit galt jedoch dem Schacht hinter ihm. Er lauschte auf ein Knarzen des Metalls oder ein Rascheln von Stoff, das ihm sagte, dass sich der versteckte Mann bewegte.

Er hob die Hände und langte in die Werkzeugkiste, machte klar, dass er keine Waffe im Anschlag hatte, und griff nach der Bombe. «Ich werde sehen, wie ich sie entschärfen kann.»

Der Lauf einer Pistole traf ihn hart zwischen die Schulterblätter.

«Keine Bewegung.» Kyle Massie lag flach im Schacht, direkt hinter den Blutspuren aus der Wunde, die Adela ihm zugefügt hatte.

«Warum machen Sie das, Kyle?», sagte Verrazzano.

«Weil Veteranen wie ich völlig leer ausgehen, wenn sie nach Hause kommen.»

«So ändern Sie das nicht, Kyle.»

«Die Dinge ändern zu wollen, das habe ich hinter mir, Arschloch. Diese Scheißkerle kriegen jetzt ein bisschen was von der Hölle zu spüren, durch die ich gegangen bin. Ich werde …»

Verrazzano schnellte herum, schlug die Pistole zur Seite und stieß mit der orangefarbenen Spritze zu. Massie zuckte zurück, aber der Hauptschacht der Klimaanlage ließ ihm wenig Raum zum Manövrieren. Verrazzano hielt ihn fest. Die Nadel traf Massie in den Hals und injizierte eine tödliche Dosis Sarin in seine Luftröhre, direkt in sein Atemsystem.

Verrazzano versuchte den mächtigen, brüllenden Mann festzuhalten, der so wild im Luftschacht um sich schlug, dass die Halterungen aus der Wand zu reißen drohten. Der Zünder der Sarin-Bombe ließ ein elektronisches Piepen hören.

«Der Sensor», rief Todd. «Gleich geht die Bombe hoch.»

Verrazzano riss den heftig sich wehrenden, zuckenden Mann aus dem Schacht und warf ihn auf den Boden.

Dann holte er die Werkzeugkiste heraus. Kein Grund mehr, vorsichtig damit umzugehen. Der Countdown lief. Er stellte die Kiste auf den Boden und sah Todd an. «Ich muss das Ding entschär…»

«Dom», rief Todd.

Massies Faust schlug Verrazzano auf die Zähne. Sein Kopf stieß gegen die scharfe Kante des Schachts.

Massie fiel auf die Werkzeugkiste. Verrazzano versuchte ihn herunterzubekommen, um den Zünder zu entschärfen. Massie hielt ein Bein des Tischs gepackt und den anderen Arm um die Kiste geschlungen. Wenn Verrazzano ihn da nicht herunterbekam, würde ihm die Explosion das Gedärm herausreißen. Aber auch das Sarin mischen, und das Gas würde in den Schacht gesaugt werden und den Plenarsaal in eine Gaskammer verwandeln.

«Erschieß ihn, Bill.» Er zerrte an Massies Körper.

Todd zog seine Glock. Er hob Massies Kopf an. Der Mann starb, seine Haut war lila, und aus den Ohren troff Blut, während ihn das Sarin, das Verrazzano ihm in die Kehle gepumpt hatte, erstickte. In einer Minute war er hinüber, doch ihnen blieben nicht mal Sekunden. Todds Blick hinter den Gläsern seiner Maske war verzweifelt, als wäre *er* der, der sterben musste. Das war nicht der Blick eines Killers. Er war ohne Tücke.

Der Mechanismus der Bombe piepte jede halbe Sekunde. Todd schickte eine Kugel in Massies Hinterkopf.

Verrazzano wollte den Körper von der Kiste hieven.

Zu spät. Das Piepen verstummte.

«Jesus Christus», sagte Todd.

Verrazzano stieß Todd zur Seite, ließ sich auf Massies Leiche fallen und drückte sie auf die Bombe. Die Explosion jagte aus der Kiste hoch, Massie ruckte unter ihm, und der Schlag fuhr auch durch Verrazzanos Körper. Sein Atem verließ ihn, seine Kehle war trocken, aber er lebte. Dieser Teil seines Plans hatte funktioniert. Über Massie gebeugt, hob er den Toten von der Kiste und warf ihn auf den Rücken. Massies Bauch war aufgerissen. Chavez stöhnte, als er ihn sah.

Todd kam wieder vor. «Dom, das Sarin.»

Verrazzano beugte sich über die Kiste, die Überbleibsel des Zeitzünders und den aufgerissenen Sarin-Behälter. So unsichtbar wie tödlich hob sich das Gas in Richtung Klimaanlage.

Er setzte sich auf Massies Beine, legte die Sarin-Granate in dessen ausgeleerte Bauchhöhle und packte sie am unteren Rand.

«Was machst du da?», sagte Todd.

Verrazzano trieb den Behälter hoch in Massies Brustkorb, durch die Lunge und aus dem Blick, bis übers Herz. Dann verschränkte er Massies Arme darüber und schloss den Körper um das Sarin, gegen allen Widerstand von Knochen und Gewebe. Blut sickerte durch seine Ärmel und um seine Ellbogen.

«Dom?», sagte Todd.

«Hydrolyse.»

«Ich kapier's nicht.»

«Sarin wird von Wasser neutralisiert, und Blut besteht hauptsächlich aus Wasser.»

Todd starrte in Massies Gesicht, als könnte das Gas aus seinen toten Augen austreten. Verrazzano wusste es besser. Todd müsste die Seele des Mannes sehen können, um die wahren Spuren des Gifts zu erkennen.

Kapitel 58

Nachdem er Holtz getötet hatte, blieb Frisch noch auf dem Dach. Nur für den Fall, dass er noch einmal schießen müsste. Sein Handy zeigte den Präsidenten bei seiner Rede vor den Vereinten Nationen: «Damit habe ich Ihnen, der Internationalen Gemeinschaft, meinen Plan dargelegt, wie wir der Geißel des Bürgerkriegs im uralten Land Syrien ein Ende bereiten wollen. Es ist so sehr unser Kampf, wie es der Kampf der Menschen dort ist. Denn es ist ein Kampf für Demokratie, Freiheit und das Leben selbst. Es ist ein Kampf für die edlen Ideale, die wir in den Vereinigten Staaten tief in unserem Herzen tragen, und ich rufe diese Versammlung auf, unseren Plan zu unterstützen. Ich beschwöre die Krieg führenden Seiten, die Gelegenheit zu ergreifen. Ich danke Ihnen allen.» Der Präsident verließ das Podium. Die Delegierten erhoben sich und applaudierten, was ein überraschender Anblick war, da viele von ihnen die Vereinigten Staaten verabscheuten. Aber die Rede war so voller Menschlichkeit und Mitgefühl gewesen, dass sie so ehrlich ergriffen waren, wie es internationale Diplomaten zu sein vermögen.

«Verdammt, verdammt», murmelte Frisch.

Der Präsident und die Delegierten im Plenarsaal fuhren sich nicht mit den Händen an Hals oder Brust. Sie starben nicht. Frisch schaltete die Übertragung aus. Er trommelte mit einem Fingernagel gegen den Lauf seiner Wintores.

Die Silent Circle App meldete sich. Er antwortete. «Ich weiß nicht, was passiert ist, Sir.»

«Ich habe während der ethnischen Säuberungen auf

dem Balkan ein paar Infiltrationen vorgenommen. Um proamerikanische Serben-Milizen zu schaffen, die den üblen Typen die Kontrolle abnahmen.» Wyatts Stimme war angespannt. «Einer meiner Serben sagte immer: ‹*Planiranje Bogu radovanje.*› Sie waren doch eine Weile in Sarajewo, Tom. Wissen Sie, was der Satz bedeutet?»

«Wir machen Pläne, um Gott die Freude zu machen, sie zu zerstören.»

Wyatt lachte, tief und nachdenklich. «Sie haben Talent, Tom. Sie sind ein wahrer Linguist. Aber nach dem Verlauf heute zu urteilen, würde ich sagen, ihr Talent reicht nicht aus.» Er legte auf.

Frisch zerlegte sein Gewehr, packte es in seinen Kasten und eilte die Treppe hinunter in die Molnir-Suite. Er hielt direkt auf die Sicherheitstür zu, doch als er sie aufdrücken wollte, gab sie nicht nach. Er sah seine Empfangsdame an. «Zissel, würden Sie bitte den Öffner drücken. Ich bin in Eile, Himmel noch mal.»

Sie sah ihn an wie eine Mutter, die sich fragte, wie sie ihrem wilden Teenager den Auslauf geben sollte, den er brauchte, ihn aber dennoch davon abhalten konnte, zu weit wegzulaufen. «Ich sitze hier den ganzen Tag und sehe mir die Leute an, die herein- und herauskommen. In letzter Zeit gefallen mir ein paar von denen nicht, Tom.»

«Ich werde mit denen schon fertig.»

«Wie die beiden, die zuletzt bei Kyle waren.»

«Das ist das Geschäft, in dem wir sind. Es wird schon alles gut laufen.»

«Einer von ihnen wartet in Ihrem Büro auf Sie.»

Welcher? Es war egal. Für jeden Einzelnen von ihnen war die Lösung die gleiche.

«Sie brauchen harte Kerle, Tom. Das weiß ich. Aber Sie sollten Ihre Irren davon abhalten, vollkommen durchzudrehen. Ich fürchte, einige von denen haben die Grenze längst überschritten. Rufen Sie den netten ICE-Agenten an und bitten Sie ihn um Hilfe.»

«Ich habe in meinem Leben noch nie jemanden um Hilfe gebeten. Lassen Sie mich das auf meine Weise erledigen.»

«*Mich* bitten Sie jeden Tag um Hilfe.»

«Machen Sie einfach auf.»

Sie drückte den Türöffner, und er trat in den Gang. Sie griff nach dem Telefon. Frisch hielt die Tür fest und lehnte sich noch einmal zurück. «Zissel?»

«Ja, Tom?» Da war jetzt Angst in ihrer Stimme.

Das tat ihm leid. «Wenn was passiert, Zissel. Für Sie ist gesorgt.» Er lief den Gang zu seinem Büro hinunter.

Clay drehte sich um, als Frisch hereinkam. Er sah offenbar etwas Gnadenloses im Gesicht seines Chefs, denn er hob gleich die Hände, um sich zu schützen. «Es ist nicht mein Fehler.»

«Was zum Teufel machst du hier? Warum bist du nicht bei Kyle?»

«Ich habe meinen Job gemacht. Ich will mein Geld und bin auch schon weg.»

«Du hast deinen Posten verlassen.»

«Meinen Posten? Das ist hier nicht die verdammte US-Army, Mann.»

Frisch hob seine Pistole. «Dann kann ich wohl das Kriegsgericht auslassen.» Er schoss Clay in die Stirn und zweimal in die Brust.

Frisch riss die Tür seines Schreibtischs auf und holte einen Aktenkoffer aus Titan heraus, der groß war wie ein Zehn-Liter-Kanister.

Der Verkehr lärmte über die Second Avenue. Frisch erwischte sich dabei, wie er jedem Hupen und Aufheulen eines Motors hinterherlauschte. Die Fahrer fluchten sich die

Seele aus dem Leib, weil die offiziellen Fahrzeugkolonnen während einer Generalversammlung Avenues und Querstraßen blockierten.

Sie hatten ja keine Ahnung, wie echte Scheiße stank.

Im Aktenkoffer war ein kleiner Transponder. Frisch steckte ihn in die Brusttasche seiner Anzugsjacke. Das Ding war so eingestellt, dass ein Alarm ausgelöst wurde, sobald er mehr als hundert Meter vom Koffer entfernt war, und der Griff des Koffers jagte dem, der ihn gerade hielt, sechshundert Volt in den Körper. Genug, um den Dieb wie ein Landei mit Flöhen zucken zu lassen. Das war Kyle Massies Witz.

Was ist schiefgegangen, Kyle?

Frisch hob die Matte unter seinem Schreibtisch und drehte das Schloss seines Bodensafes.

Er war der Kommandeur. Er war verantwortlich. Er wusste noch nicht, *warum* es geschehen war, aber das würde er schon bald herausfinden und sich fragen, warum er nicht vorausgesehen hatte, was schiefgegangen war.

Er hatte zwei Millionen Dollar in seinem Bodensafe. Mit eiligen, wütenden Bewegungen packte er die Bündel in den Aktenkoffer.

Er wusste es bereits. Er war es. Er hatte es verpatzt. *Der verfickte Tom Frisch.*

Er ließ die Schlösser des Koffers zuschnappen, steckte seine Pistole in die Gesäßtasche und lief zum Aufzug.

Zissel telefonierte. «Ja, in diesem Moment», flüsterte sie. Sie legte den Hörer sanft auf die Gabel, putzte sich die Nase und sah Frisch mit Liebe und Enttäuschung an. «Goodbye, Tom.»

Die Aufzugstüren öffneten sich. Frisch starrte zu Zissel hinüber. Er schätzte Loyalität, und sie war ihm treu ergeben. Aber er hatte ihren Gehorsam verspielt. Es war ein tödlicher Fehler gewesen, eine letzte Verbindung mit Wyatt einzugehen. *Tödlich kann ich nicht sagen,* dachte er. *Erst, wenn ich tot bin.*

Er warf einen Blick zurück. Er würde sich wehren, aber diesen Ort hier sicher nicht wiedersehen. Er spürte das Gewicht seines Koffers. *Das sind zwei Millionen, und sie sagen: Fickt euch doch alle ins Knie.*

Der Aufzug sank schnell nach unten.

Kapitel 59

Die Granaten schlugen näher denn je beim Hauptquartier des militärischen Geheimdienstes ein. Nabil Allaf sah zu, wie sie in der Finsternis der Nacht detonierten. In seinem Kabelkanal vom Golf lief eine endlose Diskussion und Analyse des Syrienplans des US-Präsidenten und verhöhnte ihn mit Ausschnitten aus dessen Rede. Er steckte sich eine Zigarette an. Er war seinem Traum so nahe gewesen, so nahe daran, der Zerstörung des Landes seiner Geburt zusehen zu können, aus einer Bar in Cannes, mit einer europäischen Blondine im Arm, einem Bankkonto voller Euros und einem Audi R8 draußen auf der Promenade de la Croisette. Der Koran sagte, wenn Gott jeden so bestrafen würde, wie er es verdiente, lebte niemand mehr. Das war der einzige Satz des Propheten Mohammed, dem Allaf wirklich zustimmte. Syrien war der einzige Schuldige an den Leiden seiner geschundenen Seele. *Lass es brennen,* dachte er, *so, wie ich all die Jahre als Sklave des Diktators gelitten habe.*

Auch er würde brennen, und ihm war kalt.

Sein Blackphone klingelte. Die verschlüsselte Silent Circle App. Er starrte aus dem Fenster auf die Artillerieeinschläge. So nahe war er ihm gewesen, seinem Traum. Er nahm ab. «Ja, Colonel Wyatt», murmelte er.

Ihm war heiß, erdrückend heiß, und zugleich überzog ihn eine Gänsehaut, als er Wyatts so schleppendem wie präzisem Tennessee-Akzent lauschte. Er schob das Fenster auf und blies den Zigarettenrauch in die warme Nacht hinaus. Er hatte einen Finger im Ohr, um den Lärm der vernichtenden

Detonationen auszusperren, und die Verzweiflung fuhr ihm bis hinab an die letzten, mitgenommenen Nervenenden.

«Das ist nicht fair. Ich habe meinen Teil beigetragen.» Allaf klang wie ein Kind, dem man sein neues Spielzeug verweigerte. Ja, so war er. Er hatte von einer französischen Blondine, einem deutschen Auto und der Riviera geträumt. Aber da war nur seine wilde Stadt. «Wenn diese Sache keinen totalen Krieg losgetreten hat, ist das Ihr Problem. Sie sind derjenige, der davon profitiert hätte. Ich will meine Bezahlung, in voller Höhe. Darauf bestehe ich.»

Die Verbindung brach ab.

Eine Granate schlug zwei Häuser weiter ein. Die Artilleriestellung strich mit ihren Schüssen das Tal entlang. Sie hatten ihren genauen Schusswinkel gefunden. Allaf sah den Leuten im Haus nebenan zu, dem Institut für Betriebswirtschaft. Sie blieben immer bis spät im Büro, da die Regierung die eigenen Gebäude mit Strom versorgte, während in den Wohngebieten die Lichter ausgingen. Jetzt liefen sie und flohen. Allaf schüttelte den Kopf. Sie konnten nirgends hin.

Wyatt würde andere Wege finden, um den Krieg anzuheizen. Einen Angriff auf Syrien zu provozieren, der die Irren vom Islamischen Staat an die Macht brachte. Den Islamisten die Waffen zu verkaufen, die sie brauchten, um die vom Westen unterstützten Regime des Nahen Ostens zu bekämpfen. Allaf starrte auf sein Blackphone. Nachdem die Verbindung unterbrochen worden war, zeigte der Bildschirm wieder das Foto von seiner Frau und den Kindern. Er legte es umgedreht auf den Tisch, nahm die Fernbedienung und schaltete den Fernseher aus. «Ich bin's so satt», murmelte er.

Er hievte sich von seinem Stuhl und warf die Zigarette aus dem Fenster. Fünf Stockwerke tiefer landete sie aufleuchtend auf dem Beton.

Eine weitere Granate schlug ein, diesmal mitten ins Institut für Betriebswirtschaft. Einen Schritt näher. Als die Wellen der Explosion verebbten und kaum mehr Trümmer herabstürzten, hörte Allaf Menschen schreien. Endlich fühlte er sich in dieser Stadt zu Hause. Er setzte sich auf seinen Schreibtisch und sah in den Himmel. Die nächste Granate würde ihn finden. Er öffnete die Arme weit und lachte.

Kapitel 60

Die Sirenen der Autokolonne des Präsidenten hallten die East 42nd Street herunter. Verrazzano nahm den Anruf von Tom Frischs Empfangsdame entgegen. Er dankte ihr, beendete das Gespräch, setzte eine Yankees-Kappe auf und zog den Schirm tief über die Sonnenbrille. Das Signal. *Zielperson ist unterwegs.*

Er ging eilig den Bürgersteig hinunter. Kinsella nahm seinen Schritt auf der anderen Seite der Straße auf. Sie bewegten sich vom UN-Gelände in Richtung des Büros von Molnir Partners. Haddad sah sie von der Second Avenue aus kommen. Sie las ein Exemplar der *Daily News.*

Ein Mann in einem dunklen Anzug mit einem schweren Aktenkoffer kam aus dem tempelturmartigen Tower 820 Second Avenue und wandte sich in Richtung Fluss. Haddad faltete ihre Zeitung zusammen. Sie hatte Frisch identifiziert.

Der Chef von Molnir lief den Block hinunter. Verrazzano fühlte sich wie ein einsamer Verteidiger, auf den ein mächtiger Angreifer zugestürmt kam und der bereits die Wucht des Zusammenstoßes spürte und sich bewusst war, was auf dem Spiel stand, wenn er ihn nicht stoppte. Den Regenmantel hatte er sich von einem der Geheimdienstmänner des Präsidenten ausgeliehen, um seine verdreckte Kleidung zu verdecken, dazu die Kappe und die Sonnenbrille.

Vor ihm überquerte jetzt Kinsella die Straße und hielt auf die Tür einer Bäckerei zu. Frisch wich aus, traf sie aber dennoch an der Schulter.

Sie fuhr kreischend herum, packte Frisch am Rockaufschlag und riss ihn nach unten. Von ihrem Gewicht gezogen, beugte Frisch sich vor, die Lippen vor Wut zusammengebissen, weiß und blutlos.

Verrazzano trat hinzu und bückte sich zu der ihren Fuß befühlenden Kinsella hinuter. «Alles in Ordnung mit Ihnen, Ma'am?» Er stieß mit seiner Schulter gegen Frischs Schulter. »'tschuldigung.»

Frisch machte sich von Kinsella los. Sein Magnolien-After-Shave überdeckte den metallenen Geruch des Verkehrs. Verrazzano berührte Frischs Brust. «Sieht aus, als hätten Sie das im Griff, Mann.»

Kinsella bog ihren Fuß hin und her und schob sich das Haar über die Schultern. «Ich denke, es geht. Tut mir leid, es war mein Fehler.»

Frisch sah Verrazzano hinterher, der bereits weitergegangen war, und checkte mit einem schnellen Griff auf den Schenkel seinen Taschenhalfter. Verrazzano grinste finster. *Deine Pistole habe ich nicht mitgehen lassen, Arschloch.*

Er folgte Frisch mit dem Blick und zählte seine Schritte. *Fünfundzwanzig.*

Fünfzig.

Todd lehnte an einem Toyota am anderen Ende des Blocks und trommelte mit den Fingern aufs Dach des Autos.

Fünfundsiebzig.

Kinsella schlug sich den Staub von der Hose. Haddad kam auf Verrazzanos Seite.

Einhundert.

Frisch versteifte sich, als ihn der Strom aus seinem Aktenkoffer durchfuhr. Seine Beine ruckten unkontrolliert, er schrie vor Schmerz auf und stolperte gegen einen geparkten Lieferwagen. Er wollte den Koffer loslassen, versuchte, ihn abzuschütteln, doch die sechshundert Volt schmiedeten ihn fest in seine Hand.

Todd bewegte sich auf den taumelnden, zuckenden Mann zu.

Verrazzano jonglierte mit Frischs Transponder.

«Der geborene Taschendieb», sagte Kinsella. «Sah aus, als gäbst du ihm nur einen freundlichen Klaps, Dom.»

«Denkst du, er hat genug?»

Verrazzano trat ein paar Schritte vor, und der Strom im Koffer schaltete sich ab.

Frisch lag, sich immer noch windend, auf dem Rücken. Todd kniete sich neben ihn und fühlte seinen Puls.

Verrazzano hielt den Transponder zwischen Daumen und Zeigefinger. «Coole Erfindung, Frisch. Sie sind ein cleveres Kerlchen. Nur sollten Sie den Leuten, die für Sie arbeiten, nicht von solchen Dingen erzählen. Am Ende kommen sie und plaudern es aus. Vor allem die bereits Halbtoten, die wollen, dass wir nett zu ihnen sind.»

Er erkannte den Ausdruck in Frischs Augen. Der Mann dachte, er sei von Wyatts Leuten erwischt worden, und rechnete damit, wegen der verpfuschten Sarin-Attacke exekutiert zu werden. Beim Verhör würde Verrazzano das benutzen. Frisch würde den Aufenthaltsort von Wyatt preisgeben. Rede oder stirb, so einfach war das. Und Männer wie Frisch wählten niemals den Tod.

«Ich nehme an, Ihr Kyle hat Martin Chavez davon erzählt. Chavez dann mir, und schon zuckt Tom Frisch herum wie ein Landei mit Flöhen.»

Er rollte Frisch auf den Bauch und zog ihm die Arme auf den Rücken. Mit einem zufriedenen Lächeln legte er ihm die Handschellen an. Er musste an seinen Meditationsunterricht denken: *Die Welt ist, was du bist.*

«Ich bin Special Agent Dominic Verrazzano, Immigration and Customs Enforcement», sagte er. «Sie sind verhaftet.»

Todd schob Frisch auf den Rücksitz des ICE-Wagens.

Haddad und Kinsella stiegen vorne ein. Verrazzano winkte ihnen zu, sie sollten vorausfahren. Er wollte Sauerstoff für seine vernarbte Lunge und ganz sicher nicht die gleiche Luft wie Frisch einatmen.

Er ging in Richtung First Avenue und nahm das Telefon, das er sich von Haddad ausgeborgt hatte. Er rief Quanah an.

Als er ihn am anderen Ende hatte, sagte er: «Die Situation ist bereinigt.»

Quanah ließ erleichtert Luft ab. «Himmel, Dom, das war in letzter Minute.»

«Ich bin gern spontan. Wie sieht es bei dir aus?»

«Ich stehe gerade in der Entsorgungsanlage. Die Hydrolyse wurde vor einer Viertelstunde abgeschlossen. Du hast es geschafft, Mann.»

Verrazzano schloss die Augen.

«Ich war dir gegenüber ungerecht», sagte Quanah leise. «Was die Geschehnisse von vor Jahren angeht. Das war unfair. Ich war mindestens so schlimm wie du. Wahrscheinlich hat es mich emotional entlastet, dir das alles vorzuwerfen. Tut mir leid. Ich hoffe, du hasst mich deswegen nicht?»

«Nur so, wie ich Erdnussbutter hasse. Nicht wie Hitler.»

Es war die Art rabenschwarzes Geplänkel, das sie einst zu Freunden gemacht hatte. Quanah lachte leise. «Bis dann, Bruder.»

Verrazzano legte auf, und das Telefon summte in seiner Hand und signalisierte eine Textnachricht von einer unbekannten Nummer. Er öffnete sie.

«Die Sache mit der Vergangenheit ist die», las er, «dass wir sie vor uns haben.»

«Wie wahr das ist, Wyatt», flüsterte er.

Die Sonne schillerte im East River. Verrazzano kniff die Augen zusammen und lief hinein in seine Vergangenheit.

Thriller bei C.H.Beck

Joachim Zons

Wer die Hunde weckt

Thriller

399 Seiten. München 2016

Als der Journalist David Jakubowicz schwer verletzt in einem ins Hafenbecken gestürzten Auto erwacht, wird ihm bewusst, dass er Opfer eines Anschlags geworden ist. Die CIA-Agentin neben ihm ist tot. Sie hatte brisante Informationen über eine bevorstehende politische Aktion von extremer Skrupellosigkeit. Die Jagd auf die Verantwortlichen führt Jakubowicz von der Chefetage seiner Münchner Zeitungsredaktion schließlich bis nach Afghanistan.
Wieso konnte der deutsche Kommandeur Robert Westphal amerikanischen Piloten befehlen, einen mit Kindern besetzten LKW am Fluss Taloqan zu bombardieren? Wem nützte der Angriff? Wurde Westphal gekauft? Und wo befindet er sich jetzt? Nicht nur der deutsche Geheimdienst, auch die Regierung versucht, den Fall zu vertuschen, während die Arbeit für Jakubowicz und seine junge Kollegin Emma Bricks lebensgefährlich wird.
In seinem ersten Thriller erweist sich Achim Zons als Meisterschüler von John LeCarré: Mit literarischer Hochspannung erzählt er von einem unbeirrbaren Einzelgänger, der sich ins Herz der politischen Finsternis wagt.

Michael Lüders

Never Say Anything

Thriller

367 Seiten. München 2016

Die Journalistin Sophie Schelling hatte sich auf eine ganz normale Dienstreise eingestellt. Doch manchmal ist man zur falschen Zeit am falschen Ort: Sophie sieht etwas, das sie nie hätte sehen dürfen. Immer tiefer verstrickt sie sich in das Netz eines übermächtigen Gegners, bis ihre Suche nach Wahrheit zu einem blutigen Kampf ums Überleben wird. Der Bestsellerautor Michael Lüders führt den Leser auf die dunkle Seite der Macht und stellt seine Heldin vor eine Gewissensfrage: Wie weit bist du bereit zu gehen, um die Wahrheit herauszufinden? Würdest du dafür deine Zukunft aufs Spiel setzen? Oder vergisst du lieber, was du erlebt und erfahren hast? Dieser Thriller ist eine höchst aktuelle Auseinandersetzung mit Geheimdiensten und entfesselter Moral. Erzählt aus der Sicht einer mutigen Frau, die ihren Beruf als Journalistin ernster nimmt als ihr guttut. Der Inhalt ist fiktiv, doch Ähnlichkeiten mit der Wirklichkeit sind unvermeidlich!